한센병 환자들의 사랑과 희망
- 에스페란토 초보자용 읽기 책

La Fundo de l'Mizero

빈곤의 밑바닥

비츨라프 세로셰프스키(Vaclav Sieroŝevski) 지음

빈곤의 밑바닥(에·한 대역)

인　쇄: 2024년 9월 23일 초판 1쇄
발　행: 2024년 9월 30일 초판 1쇄
지은이: 바츨라프 세로셰프스키(Vaclav Sieroŝevski)
옮긴이: 카지미에시 베인(Kazimierz Bein) 에스페란토 옮김
　　　　장정렬(Ombro) 우리말 옮김
펴낸이: 오태영
출판사: 진달래
신고 번호: 제25100-2020-000085호
신고 일자: 2020.10.29
주　소: 서울시 구로구 부일로 985, 101호
전　화: 02-2688-1561
팩　스: 0504-200-1561
이메일: 5morning@naver.com
인쇄소: TECH D & P(마포구)

값: 15,000원
ISBN: 979-11-93760-17-8(03890)

한센병 환자들의 사랑과 희망
– 에스페란토 초보자용 읽기 책

La Fundo de l'Mizero
빈곤의 밑바닥

바츨라프 세로셰프스키(Vaclav Sieroŝevski) 지음
카지미에시 베인(Kazimierz Bein/Kabe) 에스페란토 옮김
장정렬(Ombro) 옮김

진달래 출판사

원서

Aŭtoro : Vaclav Sieroŝevski
Esperanta tradukisto : Kazimierz Bein(Kabe)
Eldoninto : Hachette, Paris, [1904]

Enhavo(목차)

En la 'tajga'[1] de la malproksima nordo misteraj lokoj ekzistas, pri kiuj la enlanduloj ne volonte parolas, eviteme respondante la demandojn: "tien nur la vento alflugas kaj la migrantaj birdoj sidiĝas dum sia flugo al la maro". Tie la akvoj regas; oni ĉie vidas ilin palajn kaj brilantajn; kaj la ĉielo pendas super ili pala pro ilia rebrilo. Sur la bluaj vastaĵoj vejnoj de akvumita tero serpentumas kaprice kiel polipaj palpiloj.

Sur la plataj bedoj de la seka tero staras maldensaj arbaroj, kvazaŭ okulharoj; jen malgranda monteto aperas; jen oni trovas rivereton, kiu kunigas du akvujojn kaj per sia murmureto rompas la monotonecon de la starantaj akvoj. La okulo eraras en la perla spaco kaj ripozas nur sur la malklaraj desegnaĵoj de la malproksimaj insuloj kaj promontoroj. Mirinde malgaja lando.

Sed la dramon de tiuj ĉi akvaj vastaĵoj kreas precipe iliaj ···bordoj. La tieaj lagoj plej multe mirigas ne tiam, kiam la ventego ilin skuas kaj ĵetas furiozajn ondojn; ne en hela tago, kiam la ora suno kisas ilian bruston, malkovritan kvazaŭ en dormo,

---

1) Virga siberia arbaro

kaj ili en siaj bluaj speguloj observas plej malgrandan nubeton, plej delikatan nuancon de la ĉielo, kliniĝinta super ili; nek en silenta nokto, kiam la brilo de la luno tremas sur ili kaj la fajreroj de la puraj steloj bruletas en iliaj nigraj profundegaĵoj; sed tiam, kiam pelataj de delikata blovo de la vento miloj da iliaj etaj ondoj karesas la abomenajn bordojn, delikate murmuretante.

La lagoj karesas ilin, ĉar ili posedas nenion alian: nek ŝtonegojn, nek altaĵojn ⋯ ĉar se ĉi tiuj mizeraj bordoj ne ekzistus, la akvoj malaperus — forfluus en la Oceanon, por ĉiuj same maldolĉan, indiferentan kaj profundegan, ili do karese premiĝas al la marĉoj, trinkas la kotan akvon, lekas la muskojn malpurajn kaj ĉifitajn. De la griza, kvazaŭ senviva supraĵo nenio tiam rebrilas ⋯ Reto de malbelaj sulkoj kaj de rustkolora ŝaŭmo fluas sur ili, puŝata de la vento, kaj en la bruo de la ondoj oni aŭdas senliman malĝojon ⋯ Tiaj estas la tieaj lagoj, kiam ili vivas.

Sed vintre, kiam la vento ŝutas amase neĝon sur la glaciiĝintajn akvojn kaj la prujno blankigas la trunkojn kaj branĉojn de la arboj, la ĉirkaŭaĵo fariĝas senlima, blanka, malplena, senviva, marmora mortintejo, kovrita de la glacia ĉielo.

Tiam eĉ la vento tie ne fajfas. La malmoliĝinta tero kuŝas en nepriskribebla silento; la maldensa tajgo kovras ĝin tie ĉi kaj tie kvazaŭ aranea punto;

la senmova, kruda aero premas ĉion kiel multepeza kristalo. La suno leviĝas sen brilo kaj tuj subiras; la longaj noktoj, malsupre mallumaj, supre brilas fosfore. Nenio rompas la senvivan silenton; nur iafoje ruliĝas la bruo de la tero, krevanta pro la frostoj, ĝi ruliĝas kiel la tremo de la mortiĝo kaj ripetas ĝin febrotreme ĉiuj partetoj de la malmoliĝinta aero kaj ŝtoniĝinta tero, de la arbaroj kaj akvoj kaj ĝi fariĝas simila al la tondro. Ekster tio ĉi ⋯ nenio. Tute ⋯ nenio!⋯ Silento. Oni aŭdas la murmureton de prujnaj steletoj, falantaj teren. Frosto.

La vojaĝanton ĝojigas la izoleco, — neniu ekster li suferas la malvarmegon. En la fino de la vintro malofta apero rompis la silenton de la sanktejo. Du nordaj cervoj jungitaj al glitveturilo kaj du homoj en grandegaj peltoj rompis kun krako kaj ronko tra la arbaraj vojetoj kaj tra la glataj lagoj similaj al ŝtona plato de grandega tombo. Ili pene marŝis en la neĝaj amasoj, kiuj atingis ĝis iliaj genuoj; de la feloj, kovrantaj iliajn vizaĝojn, flugis kun murmureto la vaporo de ilia elspiraĵo, kuniĝis kun la vaporo ĉirkaŭanta la ŝvitantajn cervojn kaj formis moviĝantan nubon, kiu tuj falis sur iliajn vestojn kaj jungaĵon kiel neĝaj skvamoj, aŭ flugis post ili kiel longa blanka rubando kiel ŝaŭma sulko post vaporŝipo. Ili similis malgrandan, koloran grenadon, kiu brilas kaj fumiĝas, flugante malalte super blanka maro. La viro tenis en unu mano la rimenajn kondukilojn de la cervoj, en la alia rektan brançon, sur kiu li apogis sin kiel sur episkopan bastonon. De tempo al tempo li atente rigardis la blankigitan densejon aŭ la malproksimon, kie la palaj lagoj kuniĝis kun la ĉielo. La virino verŝajne nenion vidis, ĉar kolumo el sciuraj vostoj tute kovris ŝian vizaĝon. La aŭdado gvidis ŝin; ĝi ne estis malfacila, ĉar la plej malgranda murmureto kuris al ŝi kiel akra grinco. Kiam do ŝi aŭdis, ke la cervoj haltis subite, ŝi rapide detiris de la vizaĝo la kovrilon kaj rigardis tra la fendo inter la peltoj. La cervoj turnis sin fl anken kaj staris laŭlarĝe de la vojo. La viro, demetinte de la vizaĝo la kapuĉon, montris per la bastono nudan lokon inter la arboj kaj murmuretis:

—Li iris ĉi tie ⋯ ĉu vi vidas?⋯

La virino rapide viŝis per la mano la palpebrojn, kovritajn de la prujno. Sur la neĝo oni tre bone vidis larĝajn signojn de homa piedo. Ili iris en la mezo de la arbaro kaj poste sur la vojeto, kie veturis la vojaĝantoj.

—Verŝajne jam ne malproksime de ĉi tie ⋯ Atendu, mi vokos.

Li komencis raŭke krii.

—Uhu!⋯ hu ⋯ ho ⋯ hu ⋯

Ankaŭ la virino kunigis kun lia voko ŝian malfortan, sed sonoran voĉon. Ambaŭ ili estis Jakutoj.

Ili eksilentis kaj aŭskultis. Sed en la senmova aero, en kiu antaŭ momento iliaj voĉoj sonis kiel sonoriloj, nun regis plena silento.

—Verŝajne ne tie ĉi!⋯ Eble ⋯ ili mortis? — diris la viro.

—Ne, ili vivas longe! — per tremanta voĉo respondis la virino.

—Veturu antaŭen, Pjotruĉan!⋯

Pjotruĉan momenton ŝanceliĝis, rigardis la vojon, fi ne li ekkondukis la cervojn, sed li iris malproksime de la misteraj postsignoj. La virino jam ne kovris la vizaĝon, kvankam la terura malvarmego tranĉis ŝiajn vangojn, nazon kaj palpebrojn. Ŝiaj nigraj pupiloj malgaje rigardis la postsignojn, kiuj tiel teruris ŝian kunulon, kaj ŝia koro batis pli kaj pli forte, premis la spiradon kaj malhelpis la iradon.

—Dio mia!⋯ Eĉ tiu ĉi abomenulo timas ⋯

Ili iris ankoraŭ kelkcentoj paŝojn; Pjotruĉan tiel vivege ektiris la kondukilojn, ke la cervoj ekbatis la glitveturilon per la piedoj. Samtempe la Jakuto levis la manojn supren, etendis la piedojn, kvazaŭ li volus forkuri kiel eble plej malproksime de tio, kion li ekvidis. La kovrilo defalis de lia vizaĝo kaj ĝi aperis sub la fela kapuĉo: abomena vizaĝo, plata, kovrita de aknoj, kun difektita nazo kaj kun puso en la okuloj. Nun ĝi estis morte pala kaj kovrita de grandaj gutoj da ŝvito.

—Anka ⋯ Anka ⋯ rigardu ⋯ sango!⋯ —

murmuretis li — ne, mi ne iros plu por io ajn en la mondo ⋯ Mi ne veturos, ne,⋯ mortigu min, mi ne veturos!⋯

Efektive iu restigis sangajn postsignojn — grandajn rubenajn makulojn kun flava rando. Anka rigardis tiujn signojn de sufero kaj ŝi estis timigita ne malpli ol Pjotruĉan.

—Viro, aŭ virino? — demandis ŝi.

Pjotruĉan rigardis en la mezon de postsigno.

—Kiu povas scii? Virino, ŝajnas al mi.

—Pjotruĉan, mia bona, karulo mia ⋯ ni veturu ankoraŭ iom. Kriu, kaj poste ni veturos.

—Bone mi krios! Sed mi ne veturos por io ajn. Kial mi devas perei? Ili bezonas helpon, ili mem devas serĉi. Ni lasos ĉi tie la pakaĵojn. Poste ili venos kaj prenos ⋯ En la frosto ĉio estas sendanĝera, neniu ŝtelos ⋯ Vulpo? — Li ŝanceliĝis momenton, sed tuj li revenis al la antaŭa decido.

—Mi diros al la komunumo, ke ni trovis sangon sur la vojo, ke mi ne povis fari unu paŝon plu ⋯ Ne ekzistas leĝo postulanta, ke oni iru, kie la sango de la lepruloj estas ⋯ La sola rigardado povas kaŭzi malsanon ⋯ Tiu ĉi ”sinjorino” ne ŝercas.

—Tiam mi neniun vidos!

—Pli bone estas, ke vi ne vidu ⋯ Por kio rigardi? Li estas kvazaŭ mortinto. Min vi devas nun rigardadi ⋯ Mi ne havas nazon, sed li tute ne havas karnon sur la vizaĝo ⋯

—Pjotruĉan, Pjotruĉan ··· Vi ja promesis. Nur unu fojon, solan fojon ··· Eble, kiam mi ekvidos lian senkarnan vizaĝon, mi lin forgesos ··· lia ombro ĉesos min turmenti nokte? La ŝamano[2] ja ordonis ··· Mi volas esti trankvila kiel la aliaj ··· mi volas, ke ĝi ŝanĝiĝu. Tiam eble mi vin ekamos, kutimos ···

Pjotruĉan nee balancis la kapon.

—Mi vokos, sed mi ne veturos. Ĝi estas vana. Por ĉiu kara estas la vivo ··· Mi veturus, sed la sango ··· De la sola odoro oni povas malsaniĝi.

Tiam vi ne sekvus min tien, ho ne! Huhu··· hu ··· uu ··· Oha ··· Ili kriis kelkfoje kiel eble plej laŭte kaj, depuŝinte la kapuĉojn de la oreloj, atente aŭskultis, Post iom da tempo el la malproksimo, kovrita de la frostaj vaporiĝaĵoj kaj de la punta teksaĵo de la arbaroj, alflugis al ili plenda ĝemo, simila al hunda bleko.

—Ĉu vi aŭdas? Jen ili estas! — kriis Anka kaj tuj ekkuris.

Pjotruĉan kaptis ŝian manikon.

—Vi freneziĝis, virino! Unu paŝo plu kaj vi estus enpaŝinta en la sangon!

—Mi devas, devas. Mi rigardos de malproksime ··· Vi restu ĉi tie ··· Mi tuj revenos tuj ···

Ŝi eltiris sin el liaj manoj kaj iris tra la neĝaj amasoj. Sur ŝian varmigitan vizaĝon, de kiu la kapuĉo tute defalis, la frosto metis malvarmajn

---

2) Jakuta idolista pastro

blankajn kisojn, la densa aero haltigis ŝian rapidiĝintan spiradon. Ŝajnis al ŝi, ke ŝi falos; ŝi miris, ke la tero forkuras de ŝiaj piedoj, ke la koro tiel terure batas kaj doloras. La okuloj, rigardantaj malproksimen, ne vidis, ke Pjotruĉan time rapidis post ŝi; la oreloj ne aŭdis la krakadon de la glitveturilo kaj la ronkadon de la cervoj. Fine ŝi ekvidis malproksime jurton[3] inter neĝaj amasoj, kovritan de la neĝo ĝis la supro, kaj antaŭ ĝi kelke da nigraj homaj figuroj. Ili rimarkis ŝin kaj genufl eksis, etendinte la manojn. Ŝi rekonis la edzon. Li staris antaŭ la aliaj, ŝi do kuris al li, forgesinte pri ĉio.

—Anka!⋯ Anka!⋯ Atendu! Haltu!⋯ Kion vi faras?⋯ Atendu, mi diros al vi! — kriis post ŝi Pjotruĉan, penante ŝin kapti. Ŝi ne aŭskultis lin; ju pli proksime ŝi sentis la persekuton, ju pli laŭte piedfrapis la cervoj, des pli rapide ŝi kuris ⋯ Ŝia alproksimiĝo kaŭzis tumulton en la areto da mizeruloj. Unua forkuris malgranda, preskaŭ nuda knabineto; post ŝi rapidis maldikiĝinta skeleto kun longaj haroj kaj gestoj de Tunguzo[4]; eĉ viva kadavro, kies tuta vizaĝo prezentis unu vundon, leviĝis de la tero. Nur li staris genue rigidiĝinta kaj, kvankam li rigardis ŝin, ŝajnis, ke li tute ŝin ne vidis. La sama vizaĝo, la samaj okuloj malgajaj,

---

3) Jakuta domo.
4) 역주: 동북 시베리아 지역에 사는 통구스(Tungus)족

kiujn ŝi tiom da fojoj kisadis!

Ŝi saltis al li kaj kaptis lian manon.

—Vi estas ··· vivas ··· spiras ··· Gregorio!··· Ankoraŭ la vizaĝon vi havas ··· ili mensogis ··· kaj la buŝo ne estas difektita ··· Mi ne volas ··· Mi restos ĉi tie ··· Mi preferas kun vi ie ajn ··· Oni min turmentis ··· Mi estis kvazaŭ malbenita ··· Oni evitis min ··· La sennazulo ··· Pjotruĉan ··· nur li ··· — parolis ŝi senorde.

—Ĉu ankaŭ vi malsaniĝis? — balbutis la viva kadavro, tuŝante ŝian brakon.

Ŝi ekrigardis kaj ĵetis sin flanken de la kripla, sanga, senfingra mano etendita al ŝi. Ŝi rimarkis teruran vizaĝon, en kiu tra la putraj lipoj la dentoj lumis, kvazaŭ en moka rideto ··· La konscio subite ekbrilis en ŝiaj larĝe malfermitaj pupiloj!

—Kial vi tuŝis min, abomenulo?··· Vi scias, ke estas malpermesite. Kio okazis?··· — La kadavro ekridis. Samtempe virino, staranta en la pordo, maldikiĝinta, sed juna kaj vestita pli bone ol la aliaj, kiu ĝis nun suspekte rigardis la fremdan virinon, subite ĵetis sin antaŭen kun malfermitaj brakoj:

—Haltu, haltu! Deĵetu la pakaĵojn, kiujn vi alveturigis. Ili estas niaj. La komunumo ilin sendis, mi scias ··· Haltu, ĉar alie mi ŝmiros vian vizaĝon per mia propra sango ··· vi abomena, sennaza monstro ··· Tuj lasu ĉion. — Ŝi kriis kaj kuris rapide preter Anka kaj Gregorio.

Tiam ankaŭ la aliaj tien rigardis;

Pjotruĉan, kiu jam turnis la glitveturilon por forkuri, ŝanceliĝis, poste li komencis rapide deĵeti la sakojn: manĝaĵon, vestojn, eĉ litaĵon. Li deĵetis ĉion kaj ekbatis la cervojn, kiuj ekkuris galope. La virino tute ne intencis lin persekuti; ŝi ridis, kliniĝis al la deĵetitaj objektoj kaj rigardis ilin. La terurita Jakuto lasis ankaŭ sian proprajon kaj tiamaniere pligrandigis la "riĉaĵojn" senditajn de la komunumo. La malsanuloj alrampis al la donacoj, rigardis ilin scivole, kaj homaj delikataj briloj eklumis en iliaj doloraj bestiĝintaj vizaĝoj.

—Tamen oni memoras pri ni. Ekzistas ankoraŭ en ĉi tiu mondo bonaj Jakutoj! — ekĝemis longharulo, simila al Tunguzo. — Eĉ pri vi, Biterĥaj, oni ne forgesis ⋯ Rigardu, oni sendis al vi ĉemizeton ⋯ tute bonan ĉemizeton oni sendis al vi —li aldonis, eltirante el la pakaĵoj malgrandan infanan ĉemizeton kalikotan. Kun bonkora rideto li donis ĝin al la nuda, malgranda knabino, moviĝema kiel simieto.

—Redonu, ĝi estas por mi! — kriis la alta virino kaj kaptis la ĉemizon el ŝiaj manoj.

—De kie vie scias, ke ĝi estas por vi? Ĉu oni tie skribis? Vi ja ne naskos infanon tiel grandan kiel ĉi tiu ĉemizo! — diris la longharulo kun malica rideto.

La virino kolere lin rigardis, deturnis sin, sed ŝi ne ellasis la akiron el sia mano.

1장. 격리된 남편을 찾아 나선 안카

호수들은 자신을 에워싸고 있는, 넓고 황량한 호숫가를 쓰다듬는 것 외에는 다른 도리가 없다. 왜냐하면, 그들에게는 그것 말고는 다른 아무것도 가진 것이 없기 때문이다: 바위도 없고, 높은 비탈도 없다... 이 황량한 호숫가라도 없었다면, 그 많은 물마저 사라질 것만 같다. - 모두에게 똑같이 쓸쓸하고 무관심한 저 깊은 대양으로 흘러가 버릴 것만 같다. 그래서 저 넓은 호수들은 자신의 물을 여기저기 쓰다듬듯이 압박하고, 흙탕물을 마시고, 더럽혀지고 구겨진 이끼를 핥는다. 그때는 저 회색의, 마치 생명 없는 표면에는 아무것도 반사되지 않는다... 아주 못생긴 물고랑들과, 녹슨 것처럼 보이는 거품들의 그물은 얽힌 채로, 바람에 밀려, 넓은 호수 위에 흐른다. 그러면 사람들은 호수가 만드는 황량한 파도 소리를 들으면, 헤아릴 수 없는 슬픔이 찾아오는 것만 같다...

그게 이곳 호수들의 풍경이다.

그러나 바람이 호수의 얼어있는 표면에 눈을 가득 내던지고, 이슬이 나무줄기와 나뭇가지들을 하얗게 만드는 겨울이 되면, 호숫가는 끝이 보이지 않을 정도로 하얗다. 텅 비어있다. 생명이라고는 찾아볼 수 없는, 대리석 묘지처럼 변하고 얼음 하늘로 덮인다.

　그때는, 그곳에는 바람조차도 휘파람 소리를 내지 않는다. 굳어버린 대지는 형언할 수 없는 침묵 속에 놓인다. 드문드문 보이는 타이가 산림은, 다채로운 거미줄처럼, 그 대지의 여기저기를 덮는다. 고요한 처량한 공기가 무거운 수정처럼 모든 것을 짓누른다. 태양은 반짝임 없이 떠올랐다가 곧 져버린다. 밤은 길기만 하고, 저 아래는 어둡고, 저 위는 인광으로 빛난다. 생명 없는 침묵을 깨뜨리는 것은 아무것도 없다. 간혹 대지가 강추위로 갈라지는 소리가 퍼져가면, 그 소리는 마치 사멸해가는 떨림처럼 구르고, 그 소리를 단단해가는 대기와, 돌덩이처럼 굳어버린 대지, 여기저기 숲들과 이곳저곳 물이, 열병에 걸린 듯이, 되풀이해 구르고 굴러, 그 소리는 나중에는 천둥소리와 비슷한 소리를 낸다. 이 소리 밖에는,… 아무것도 없다. 온전히 … 아무것도 없다!… 침묵뿐. 사람들은 서릿발 같은 별들이 땅에 떨어지면서 내는 웅성거림을 듣는다. 추위.

　그 여행자를 기쁘게 하는 것은 고독이다. ─그 여행자를 제외한 다른 사람들은 이 강추위로 곤욕을 겪지 않는다.

　겨울 끝자락에, 낯선 일행의 출현이 그런 신성한 곳의 침묵을 깨뜨렸다. 눈썰매에 묶인 북쪽 순록 2마리와 엄청 두툼한 모피를 입은 남녀 두 사람이 숲속 길들을 지나치면서, 또 대형 무덤의 석판처럼 미끄러운 호수 위를 지나면서 내는 쿵~하는 소리와 코 고는 듯한 소리를 내며, 침묵을 깨뜨렸다.

　그 낯선 일행은 자신들의 무릎까지 닿는 눈덩이들을 지나치며 힘들게 달려가고 있다. 얼굴을 덮은 가죽 사이로 나오는 그들의 입김은 약하게 웅얼거리는 소리를 내며 날아, 비지땀을 흘리는 사슴을 둘러싼 증기와 합쳐지고는, 떠도는 구름 모양을 만든다. 그 구름은 즉시 눈으로 만든 물고기 비늘처럼 그들 옷과 마구

(馬具) 위에 내리기도 하고, 증기선이 지나간 뒤에 거품의 고랑처럼 길고 흰 리본처럼 그들 뒤를 따라 날기도 한다. 그 모습은, 마치 반짝이며 연기를 내뿜으며, 하얀 바다 위를 낮게 나는, 천연색 소형 수류탄 같은 모습이다.

일행 중 남자는 자신의 한 손에 사슴을 묶은 가죽 고삐를 들고, 자신의 다른 손에는 마치 주교 지팡이에 의지하듯이, 곧은 나뭇가지에 의지하고 있다. 그는 때로 하얀 눈으로 덮인 덤불 숲이나 창백한 호숫가 하늘과 맞닿은 저 먼 지평선을 뚫어지라 바라본다.

일행 중 여자는, 다람쥐 꼬리로 만든 목도리로 얼굴을 완전히 덮었기에, 필시 아무것도 보지 못했을 것이다. 청각에 그녀는 귀를 기울였다. 아주 작은 웅얼거림 같은 소리라도 날카로운 삐걱거림처럼 그녀에게 달려들기에, 그 듣는 소리는 어렵지 않았다. 그래서 그녀는 썰매 끄는 사슴들이 갑자기 멈추는 소리에, 얼굴에서 그 얼굴을 가리던 다람쥐 꼬리로 만든 목도리를 서둘러 살짝 들어, 그 꼬리털 사이의 틈새로 바깥을 살펴보았다. 사슴들이 옆으로 돌아서서, 길의 길이 방향으로 서 있다.

남자는 얼굴에서 털모자를 벗고는 자신의 채찍으로 나무들 사이의 빈 곳을 가리키며 중얼거렸다.

-그 사람이 이 길로 지나 갔네...보여요?...

여자는 눈꺼풀 위로 맺힌 서리를 재빨리 한 손으로 닦았다. 눈 위에는 사람의 발이 남긴 넓은 흔적이 선명하게 보였다.

그들은 숲 한가운데로 들어갔다가 여행자들이 지나다니는 길로 갔다.

-필시 여기서 멀지 않을 것 같은데요... 잠깐, 내가 불러 보지요

그 남자는 쉰 목소리로 고함을 지르기 시작했다.

-우휘....후...호...후...

여자도 약하지만, 소프라노 같은 목소리로 그 남자가 부르는 소리에 동참했다. 그 두 사람은 야쿠트(Jakut)족 사람이다.

그렇게 외친 그 두 사람은 잠시 침묵하고는 자신들의 귀를 기울였다. 그러나, 조금 전만 하더라도 그들 목소리가 종소리처럼 들리던, 고요한 공기 속에서, 이제는 아무 소리도 들리지 않고, 완전한 침묵이 흘렀다.

-아마 여기가 아닌가 보오!... 아마... 그들은 죽었을지도?

일행 중 남자가 말했다.

-아뇨, 그들은 오래 살 거예요!

떨리는 목소리로 여자에게 대답했다.

-앞으로 더 가 봐요. 표트루찬Pjotručan!...

표트루찬는 순간 비틀거리더니, 다시 나아갈 길을 바라보고는, 마침내 자신이 몰던 사슴들을 다시 끌어 제자리로 오기 시작했다. 하지만, 그 의문의 발자취가 난 쪽으로 좀 더 멀리까지 가 보았다.

여자는 이제 자신의 얼굴을 가리지 않았다. 끔찍하게 매서운 추위가 그녀 뺨, 코와 눈꺼풀이 상처를 내도. 그녀의 검은 눈동자는, 그 남자가 그토록 겁에 질린 채 보고 있는 그 발자국들을 우울하게 보면서 그녀 자신도 겁에 질렸다. 그녀 심장은 점점 더 세게 뛰고, 숨 쉬는 것조차도 힘들고, 걷는 것은 더 힘들게 느껴졌다.

-맙소새!... 이 가증스런 작자도 겁을 집어먹는구나...

그들은 수백 보를 더 걸어 앞으로 나아갔다. 표트루찬이 고삐를 아주 세게 잡아당기자, 사슴들이 자신의 발로 썰매를 차게 될 정도였다. 동시에 그 야쿠트인은, 마치 그 자신이 본 광경에서 가능한 한 멀리 도망치려는 듯이, 자신의 두 손을 들고, 두 발을 뻗었다. 얼굴 덮개가 남자 얼굴에서 떨어지니, 모피 두건 아래 그 얼굴이 보였다: -흉측한 얼굴, 납작하고 여드름이 가득

하고, 코가 손상되었고, 두 눈에는 고름이 붙어 있다. 지금 그 얼굴은 지독하게도 창백하고 굵은 땀방울로 덮여 있다.

-안카... 안카... 저길 봐... 저 피를요!... - 그 남자가 중얼거렸다. - 못 가겠소, 난 더 이상 이 세상 앞으로 가지 않을 거요... 난 더 이상 이 썰매를 끌고 가고 싶지 않아요, 아니,... 날 죽여요, 난 썰매를 더는 끌지 않겠어요!...

실제로 누군가의 핏자국이 보였다. -노란색 테두리의, 커다란 루비색 핏자국이다.

안카Anka는 그 고통의 흔적을 바라보고, 자신도 표르투잔만큼 겁이 났다.

-남자에요, 여자에요?

그녀가 물었다.

표르투찬은 그 발자국 한가운데로 살펴보았다.

-잘 모르겠소. 여자인 것 같소 내가 보기엔.

-표트루찬, 여보, 내 사랑... 조금만 더 가 봐요. 소리를 한 번만 더 질러 봐요. 그리고 우리가 썰매를 더 끌고 앞으로 나아가 봐요.

-알겠는데요, 내가 소리를 한번 질러 보지요! 하지만 나는 더는 가지 않을 거요. 내가 왜 여기서 실종되어야 해요? 도움이 필요한 이는 저들인데, 스스로 살길을 찾아야 하는 이는 저들인데. 우리는 여기 이쯤에 이 짐을 놔둡시다. 그러면 나중에 저들이 와서 챙겨 갈 거요... 이런 추위에는 위험한 것 전혀 없구요. 아무도 훔쳐 가지도 않을 거요 ... 늑대라면 모를까?

그는 잠시 흔들렸지만, 곧바로 이전의 결정으로 돌아갔다.

-우리가 도중에, 길에서 핏자국을 발견했다고, 우리가 한 발도 더는 나아갈 수 없다고 그렇게 우리 지역사회에 알려야겠어요 한센병 환자 핏자국이 있는 쪽에 꼭 가야 한다는 그런 법은 없거든요. 그냥 쳐다보기만 해도 그 병에 걸린다고 하던대요... 이

“부인” 은 농담하지 않거든요.

-그럼, 나는 아무도 쳐다보지 않겠어요!

-쳐다보지 않는 게 더 낫지요... 왜 볼려고 해요? 그이는 죽은 사람이나 마찬가지라구요. 지금 당신은 나를 한번 자세히 봐요... 내겐 코가 이젠 없지만, 그이 얼굴엔 살점이라고는 전혀 없다구요...

-표트루찬, 표트루찬... 당신은 정말 약속했잖아요. 딱 한 번만, 딱 한 번만... 내가 그이의 살점 없는 얼굴이라도 한번 보고 나면, 나는 그이를 잊을 수 있을 겁니다... 그 뒤에는 그이 그림자가 밤이라도 나를 더는 괴롭히지 않겠지요? 무당[5]이 그렇게 명을 내렸으니까요... 나도 다른 사람들처럼 침착하고 싶어요... 나는 그 상황이 바뀌기를 원합니다. 그러면 어쩌면 나는 당신을 사랑할 수 있게 되고, 이 모든 것에 익숙해질 수 있겠지요...

표트루찬은 안된다는 듯이 고개를 내저었다.

-내가 불러 보기야 해 보겠지만, 썰매로 더 앞으로 나아가, 찾아보는 것은 하지 않을 거요. 그것은 쓸데없는 일이구요. 사람에게는 생명이 소중하니... 내가 썰매로 더 앞으로 가 볼 수도 있겠지만, 저 피는... 저 피 냄새만 맡아도 사람들이 그 병에 걸릴 수 있다고 했다구요.

그때는 당신은 나를 거기까지 따라가지 않을 거네요. 오호라, 따라가지 않겠다! 후후...후...우우...오하...

그들은 여러 번 가능한 한 크게 고함질러 보았다. 그러면서 또 귀까지 두른 모자를 들고는, 주의 깊게 무슨 소리라도 들을 수 있는지 귀를 쫑긋해 보았다. 잠시 후, 얼어붙은 수증기와 숲의 다양한 레이스 천으로 뒤덮인 저 먼 곳에서 개 짖는 소리와 비슷한 애처로운 울음소리가 날아 들어왔다.

-당신도 들었나요? 저들이 여기 있네요!

---

5) 역주: 야쿠트족이 믿는 신앙의 무당

안카가 외치고, 즉시 달려갈 참이었다.

표트루찬이 그녀 소매를 잡았다.

-당신, 이 여자야, 미쳤구나! 한 걸음 더 나아가면, 당신은 그런 환자 피 속으로 들어가게 되는 거라구요!

-그래도 난 가야 해요, 가야 해요. 난 저 멀리서도 살펴보고 싶어요... 당신은 여기 남아 있어요... 금방 돌아오겠어요...

그녀는 그이 손에서 몸을 빼내고 눈더미 속을 걸어 나아갔다. 모자가 완전히 벗겨진 그녀의 뜨거운 얼굴에 차가운 공기가 하얀 입맞춤을 하는 듯했고, 두꺼운 공기가 그녀의 가쁜 호흡을 멈추게 했다. 그녀는 넘어질 것만 같았다. 그녀는 이 땅이 그녀 발에서 멀어지는 것만 같고, 심장이 너무 심하게 뛰고 아프니, 깜짝 놀랐다. 저 멀리 앞만 보고 가던 그녀 눈은 뒤에서 표트루찬이 겁에 질린 채 그녀를 뒤쫓아오는 걸 보지 못했다. 썰매의 삐걱거리는 소리와 썰매를 끄는 사슴들의 낑낑대는 소리가 그녀 귀에 들리지 않았다. 마침내 그녀는 저 멀리 꼭대기까지 눈으로 뒤덮인 눈더미에 서 있는 유르트[6) 한 채를 발견했다, 그 집 앞에는 사람들 모습도 몇 명이 보였다. 그네들도 달려오는 그녀를 발견하고, 무릎을 꿇고 손을 뻗었다. 그녀는 그들 중에 자신의 남편이 있음을 알아보았다. 그 남편이 다른 사람들 앞에 서 있기에, 그녀는 모든 것을 잊어버린 채, 그 남편을 향해 달려갔다.

-안카!...안카!...잠깐! 거기 서요!... 뭐하는 거요?... 잠깐, 내가 당신에게 할 말이 있어요! - 표트루잔이 그녀를 붙잡으려고 뒤쫓아오며 고함을 질렀다. 그녀는 포트루찬이 하는 말이 들리지 않았다. 그 뒤쫓음이 가까워질수록, 또 사슴 발자국이 크게 들릴수록, 그녀는 더 빨리 내달렸다. 그녀가 그렇게 그 비참한 사람들이 있는 쪽으로 다가가자, 그 비참한 사람들은 깜짝 놀랐다.

---

6) 주; 야쿠트 사람들의 가옥. 가죽이나 펠트로 만든, 가볍고 쉽게 옮길 수 있게 된 둥근 천막

그 무리 중 거의 벌거벗은 듯한 작은 소녀가 먼저 도망가버렸다. 그녀 뒤를 긴 머리에, 퉁구스(Tunguzo) 사람[7] 몸짓의, 가냘프고 앙상한 해골 같은 사람이 또 도망가버렸다. 심지어 얼굴 전체에 상처 하나가 보이는, 송장 같은 사람도 앉았던 자리에서 일어섰다. 오직 그 남편이라는 사람만 무릎을 꿇은 채 경직된 듯이 선 채로, 비록 그녀를 바라보고 있지만, 전혀 그녀를 보지 못하는 것 같다.

그녀가 수없이 키스했던 그 얼굴, 똑같은 그 슬픈 눈!

그녀는 남편에게 달려가, 남편 손을 잡았다.

-당신, 여기 있었네요... 살아 있었네요... 숨소리도 들리네요... 그레고리오!... 당신 얼굴은 그대로네요... 그 사람들이 거짓말했네요... 당신 입도 병들지 않고 그대로네요... 나는 가지 않으렵니다... 나는 여기 남을 거에요... 당신이 있는 곳이 어디든지, 나도 그곳에 함께 남을 겁니다... 사람들이 나를 엄청 괴롭혔어요... 난 저주받은 사람 같았어요... 사람들이 나를 피해 다녀요... 코 없는 사람이라고... 표트루찬... 그 사람만... -그녀는 두서없이 말했다.

-그럼, 당신도 그 병이 들었어요?

산 송장 같은 남편이 말을 더듬으며 그녀 팔을 만져 보았다.

그녀는 주위를 한번 힐끗 살펴보고는, 그녀에게 내민, 남편의 피가 나 있고, 손가락이 없는, 굽은 손 옆에 자신의 몸을 내던졌다. 그녀는 남편의 썩어가는 입술 사이로 보이는 이가, 마치 조롱의 미소처럼, 빛나는 끔찍한 얼굴을 보게 되었다. 갑자기, 활짝 열린 그녀 눈동자에서 정신이 번쩍 들었다!

-당신은 왜 나를 만져요, 못난 사람... 그런 행동은 금지된 거 알잖아요. 무슨 일이 있었던 거요?...

그 시체 같은 사람이 살짝 웃음을 보였다. 동시에, 문간에는 수척하지만 남들보다 옷을 잘 차려입은 한 젊은 여자가, 이렇게

---

7) 역주: 동북 시베리아 지역에 사는 부족

찾아온 그 낯선 여자를 지금까지도 의심스럽게 바라보며, 갑자기 두 팔을 벌린 채, 자신의 몸을 앞으로 내밀었다:

  -그만, 그만 해요! 당신들이 가져온 짐보따리들은 여기로 던져요. 저것들은 우리 것입니다. 공동체가 우리에게 저 사람들을 보냈네요. 난 알겠어요... 그만해요. 그렇지 않으면 내 피로 당신 얼굴을 더럽힐 거요... 당신은 흉측하고 코 없는 괴물 같은 이라고... 모든 것을 즉시 놔두고 여길 떠나요.

  그녀는 소리를 지르며, 안카와 그레고리오 옆으로 빠르게 달려왔다.

  그러자 다른 사람들도 그곳을 바라보았다.

  이미 표트루찬은 썰매를 돌려 내빼려다가 한번 비틀거리더니, 나중에는 썰매에 실린 보따리들을 재빨리 내던지기 시작했다, - 음식, 옷, 심지어 침구까지. 그는, 이 모든 것을 내려놓은 뒤, 썰매를 모는 사슴들을 때리자, 그 사슴들이 내달리기 시작했다. 얀카, 그 여자는 그를 쫓아갈 생각이 전혀 없다. 그녀는 웃었다. 그러고는 그렇게 나동그라진 물건들에 자신의 몸을 굽혀 살펴보았다. 그 겁에 질린 야쿠트족 사람이 자신이 지니던 것마저 내려놓자, 공동체가 보낸 "보따리들" 이 더 많아졌다. 병자들은 자신의 몸을 기듯이 하여, 그 선물들에 다가가, 궁금한 듯이 살펴보았다. 그러고 그들의 섬세한 눈길의 반짝임이, 마치 병든 동물처럼, 변해버린 얼굴에서도 드러나 보였다.

  -그래도 그 사람들은 아직도 우리를 기억하긴 하네요. 이 세상에는 아직은 선한 야쿠트족 사람이 남아 있네요! - 퉁구스족 모습과 비슷한 장발 남자가 한숨을 내쉬었다. - 비테르카이 Biterĥaj, 너도 그들이 아직 잊지는 않았나 보네... 저 봐요, 사람들이 셔츠를 보냈네요... 아주 좋은 셔츠를 네게 보내주었네.

  그는 보따리들에서 꺼낸 옥양목 천으로 된 소형 아동 셔츠를 꺼내며 덧붙였다. 그는 친절한 미소를 지으며, 그 셔츠를 거의 벌거벗은 원숭이처럼 움직이는 어린 소녀에게 주었다.

 -돌려줘, 그건 내 거야!

 키 큰 여자가 소리를 지르며, 그녀가 두 손에 들고 있던 셔츠를 낚아챘다.

 -이것이 당신 것이라는 걸 어떻게 알아? 거기에 그렇게 쓰여 있나? 당신은 이 셔츠 크기의 아이도 낳지 않았으면서!

 그 장발의 남자가 사악한 미소를 띠며 말했다.

 그 여자는 화를 나며, 그를 바라보다가 돌아섰지만, 자신의 손에 챙긴 그 셔츠를 다시 내려 놓지는 않았다.

II

La ruĝaj briloj de la fajro rampis sur la malalta plafono kaj sur la klinitaj muroj de la jurto, kovritaj per fulgo, ĵetante sur ilin grandegajn monstrajn ombrojn de la figuroj sidantaj ĉirkaŭ la fajrujo. Oni kuiris la vespermanĝon kaj ĉiuj malsanuloj kolektiĝis por observi ĉi tiun gravan laboron. Eĉ Salban kaj lia edzino Kutujaĥsit — du vivaj, preskaŭ senkarnaj skeletoj — sidis ĉe la kaldronoj, tremante kaj mallaŭte ĝemante, kaj rigardis avide la bolantan akvon.

—Vi ankoraŭ ne mortis, maljunaj putruloj?··· La morto ne povas trovi vin, aŭ vin timas ··· Vane oni nutras vin, — mokis ilin la altkreska virino, la sama, kiu proprigis al si la ĉemizon de Biterĥaj.

—Ne peku, Mergenj, ankaŭ vin ĝi trovos ···

—Ĝi serĉu! Mi ne timas ĝin! Ne dolĉe estas loĝi ĉi tie kun vi.

—Ĝi vin elturmentos, vi sufiĉe suferos ··· La manoj, piedoj defalos al vi ··· Vi ĉesos estri ··· vi humiliĝos, — ekĝemis Kutujaĥsit.

—Antaŭe mi mortos, mi ne atendos, — rediris Mergenj.

—Tro malhumila vi estas. Eble vi pli frue bezonos homan helpon! — aldonis longharulo, kiun pro liaj mallertaj gestoj kaj malrapida parolado oni moke nomis Fluo, kaj li rigardis plensignife la tro dikiĝintan talion de la virino. Ŝi ruĝiĝis, ŝiaj okuloj brilis, sed ŝi diris nenion.

Ŝian atenton tute okupis murmureto, kiu flugis de la benkoj, kaŝitaj en la ombro.

—··· Mi ne havis rifuĝejon. Kiam oni forprenis vin, mia frato proprigis al si la bovinojn, kaj min li elpelis. Se vi estas infektita, diris li; li timas ankaŭ min. La aliaj ankaŭ timis. Se iu akceptis min, tio estis nur por unu, du tagoj. Mi devis plenumi plej malfacilan laboron, dormi en la plej malbona angulo, en sterko, kaj manĝi el aparta vazo. Mi mastrino, mi sinjorino manĝis kun la hundoj. Por mi ekzistis neniu loko sur la tero ··· La najbaroj, kiujn ni ne unufoje helpis bonkore, ofendis kaj insultis min. Mi estis por ili kvazaŭ ŝua plando ··· Plej longe mi loĝis ĉe la riĉulo Simono. Li ne nutris min, sed almenaŭ ne elpelis. Mi vivis per la almozo. Sed kiam mi kulpigis la fraton en la juĝo pri mia havo, ankaŭ Simono elpelis min. ”Mi ne bezonas fierajn laboristinojn-riĉulinojn. Pro tio la najbaroj malamos min”. La frato kalumniis min, ĉikanis, promesis, ke li nutros vin. Li diris, ke li sendis al vi jam tre multe. Oni aljuĝis al li unu duonon, la alian oni ordonis redoni. Ĉu li sendis ion al vi?

Gregorio silentis.

—Mi sciis, ke li, mensogas, sed de vi eĉ vaporo ne alflugas en nian mondon ⋯ La komunumo diris, ke mi, ne povos mastrumi sen viro, ke la bestaro pereos; tial ĝi ordonis lasi la duonon al mia frato, por ke li nutru vin.

—Kredu al li ⋯ — murmuretis moke la viro. — Kaj via duono?

—Sen tero, sen laboristo, sen fojno, kion povis fari sola virino? Fine Pjotruĉan min prenis!⋯

Ŝi eksilentis malfacile spirante.

—La sennazulo?

—Jes, tiu ĉi ⋯ malbela, abomena ⋯

—Ĉu li ⋯ amis vin?

La virino mallaŭte ploris.

—Kion mi devis fari? La morto persekutis min. Ĉio ŝajnis al mi abomena ⋯ Sopiro, malĝojo brulanta iris post mi kiel mia ombro. Sed mi ne povis vin forgesi, mi ne povis forgesi, kiel ni konatiĝis unu kun la alia, kiel feliĉe ni vivis, kiam vi prenis min ⋯ Miaj internaĵoj estis plenaj de larmoj ⋯ Mi volis vidi vin ⋯ nur unufoje, nur de malproksime. Sed alie okazis. Mi estas ĉi tie, mi estas kun vi kaj ⋯ mi ne bedaŭras! Morti ĉie oni devas, ĉie egala estas la morto ⋯ Vi povas vivi ankoraŭ longe, kaj ni povas ankoraŭ ĝui la amon! Ni mortos kune! Mi ne povis forgesi ⋯ La doloro premis mian koron, puŝis min al vi ⋯

—Kredu al ŝi! — siblis neatendite Mergenj. — Kiu venas ĉi tien memvole ⋯ viva en inferon!? Oni forpelis ŝin, ĉar ŝi estas malsana. Nur mi pereas inter vi sana, senkulpa ⋯ Vi memoras, kiam mi venis, mi montris mian korpon, puran, sanan, sen makulo, sen akneto. Kial mi suferas, inter vi, malbenitaj? Vi malpurigis min per via spiro, per via sango, vi fermis por mi la tutan mondon. Por tio fajro brulanta englutu vin antaŭ via morto. La tondro batu ĉiutage viajn vundojn ⋯

—Pro kio vi ree furiozas Mergenj?⋯ — ekĝemis Salban. —Ne ni altrenis ja vin ĉi tien, sed via propra edzo ĵetis vin ligitan. Se ni ne estus tiam malligintaj vin, vi estus pereinta pro la kuloj kaj malsato.

—Kial vi faris tion? Ĉu mi ne estas nun kvazaŭ sen animo.

—Ni ĉiuj estas ombroj de homoj! — ekĝemis Fluo.

—Kaj tiu ĉi virino memvole venis! Nian mizeran nutraĵon, kiu al ni ne sufiĉas, ni devos dividi kun ŝi ⋯ Deŝiru de ŝi la vestojn, ŝmiru ŝin per viaj sukoj, ŝi eksentu plej baldaŭ doloron kaj suferon! — kriis la kolera furiozulino. Ŝi ĵetis sin al la geedzoj.

Ĉiuj eksilentis. Anka, tremanta kaj pala, ĉirkaŭprenis siajn vestojn per la manoj. Mergenj haltis antaŭ ŝi kaj ridis.

—Vi timas? Memoru do, memoru, kia mi estas ⋯ Vi konas min?⋯ Kredeble vi ne unufoje aŭdis pri mi de la Jakutoj ⋯

—Mi aŭdis — murmuretis Anka. — Mi scias, ke oni tre maljuste agis kontraŭ vi, ke nun vi venĝas vin al ili kaj disportas la infekton.

—Ho, ankoraŭ ne! Mia korpo ankoraŭ estas sana, sed venos la tempo ⋯ Aŭskultu, vi diris, ke oni maljuste agis kontraŭ mi, jes, maljuste, ho kiel maljuste! Mi estis bona, kvieta, mi havis ĉion ⋯

—Ĝi jam estas kuirita! Rigardu, ĝi bolas kaj tuj elfl uos —ekkriis Biterĥaj kaj montris la kaldronojn per la mano. Ĉiuj turnis sin tien.

Oni elverŝis la ”enhavon” en grandegan lignan pladon, kaj la malsanuloj, sidiĝinte ĉirkaŭ la tablo, komencis vice ĉerpi per kuleroj. Nur Salban kaj Kutujaĥsit manĝis aparte el malgrandaj vazoj, ĉar la komuna nutraĵo estis tro varmega por iliaj vunditaj lipoj kaj la aliaj manĝis tro rapide.

—Dio donu sanon al Pjotruĉan, ke li venis ⋯ Ree ni malsatus. Hieraŭ ni manĝis la lastan fiŝon! — diris Fluo, lekante la kuleron.

—Kial vi nomas lin pli bona, ol la aliaj?⋯ La komunumo sendis lin, li venis, ĉar ĝi ordonis al li — aldonis kolere Gregorio.

—Diru, ke via edzino! — diris Mergenj malice rigardante la geedzojn.

—Rakontu, Anka, la novaĵojn el la mondo, — sin turnis al la juna virino Salban.

Ŝi komencis rakonti pri la aŭtuna fiŝkapto, pri la

manko de fojno, pri la malsato, kiu minacas printempe la komunumon. Ili atente aŭskultis, ĉar ĉio tio estis grava ankaŭ por ili. Poste Anka rakontis detale: kiu mortis, kiu malpacis, kie naskiĝis knabo kaj kie knabino.

—Muĉila edziĝis. Li prenis virinon maldikan, nigran, malgrandan, kaj donis por ŝi dek bovinojn.

—Al kiu li donis? Ŝi ja estas orfino ⋯

—Li donis al la princo ⋯ Li devis doni ⋯ Vi ja scias, ke ĉiu virino havas sian prezon ⋯

—Vi aŭdas, Gregorio ⋯ La viroj ĉiam kaj ĉie gajnas — eĉ ĉe la lepruloj ⋯ Tie ĉi ili ne pagas por la virinoj ⋯ — ridis Mergenj.

Anka demande rigardis ŝin, sed Mergenj jam leviĝis por kolekti kaj lavi la vazojn. Ŝi maldelikate reprenis la vazon de Biterĥaj, kiu lekis ĝin avide, kie ajn povis atingi ŝia lango.

—Vi faros truon en la vazo! Donu!⋯ La infano time etendis al ŝi la maldikajn manetojn, kiuj fl eksiĝis sub la pezo de la vazo, kaj ŝi kuris al sia protektanto Fluo.

El la plej gravaj novaĵoj plej multe impresis ĉiujn la rakonto pri ”sinjorino, kiun cent ĉevaloj alveturigis de malproksime, de la sudo”.

—Ŝi estis tre granda sinjorino, oni faris por ŝi apartajn vojojn, dehakinte arbojn en la tajgo, apartajn pontojn sur la riveroj, ĉar sur la malnovaj ŝi ne povis veturi. Ŝi veturis de la imperiestrino

mem kaj devis veni ĉien. Nur al ni ŝi ne povis, ĉar
la kuloj terure pikis sin. Ŝi demandis ĉie pri sanigaj
herboj.

—Kia sanigo! La morto estas nia sanigo! —
samtempe ekĝemis Salban kaj lia edzino.

—Pro ĉi tiuj herboj oni intencis konstrui domon
kun feraj fenestroj ⋯

—Malliberejon! — korektis Fluo.

—Kaj meti tien ĉiujn malsanulojn el la tuta lando.

—Ho! ho ⋯ Ĉu eble estas konstrui tian domon? Ni
estas tre multaj. Tie ĉi ni estas sep, en la distrikto
de Borsk, en la orientaj kaj nordaj lokoj loĝas
lepruloj ⋯ Kie ja estas fiŝoj, tie ankaŭ lepruloj ⋯
Preskaŭ duono de la Jakuta lando nutras sin per fi
ŝoj ⋯ Kion do oni faros? Ĉu oni metos ĉiujn? Kiu
Jakuto scias, kio okazos al li post unu jaro?⋯ Ankaŭ
ni ja estis sanaj kaj ĝojaj kaj neniu el ni sciis, ke li
portas en si venenon!⋯

—Eble la imperiestrino ordonos pro ĉi tiu saniga
herbo!

Sed pri kio ni estas kulpaj, pri kio?

—Pli bone estus, se oni per unu fojo mortigus nin.
Por kio vivi, se oni devas sidi en skatolo, post
ĉirkaŭbaro. Oni tie ne vidas la mondon ⋯ la sunon
⋯ La vintro kaj printempo estas egalaj. Oni ne
povas meti retojn por fiŝoj aŭ birdoj, oni ne povas
kolekti kreskaĵojn ⋯ Nun ni almenaŭ iom similas la
aliajn!⋯ Vi diras, ke ili donos ĉion, kion ni bezonas!

Nenion ili donos!··· Ili ne donos pli multe ol nun, ĉar ili ne povas, ili mem ne havas ··· Nun ni povas helpi nin per nia propra laborado kaj penado, sed post feraj kradoj?··· Ĉiuj unuvoĉe plendis kaj indignis.

—Sendube la distriktestro, kanajlo, elpensis tion! — kolere diris Fluo.

—Silentu! ne parolu tro multe! — haltigis lin Gregorio. —Kion ili povas fari al mi? Kion? Ili venu ĉi tien, ili alkonduku tutan militistaron ···

—Ni al ĉiuj ŝmiros la buŝegojn per sango! — ekridis Mergenj. — Kiam ĉiuj estos malsanaj, pli bone estos por ni, ĉar ĉiuj estos egalaj!

Fluo eksilentis kaj indigne rigardis ŝin.

—Mi tute ne deziras, ke ĉiuj malsaniĝu. Ili estu sanaj, Dio favoru ilin. Ĉu miaj vundoj malpli doloros min, kiam aliaj havos similajn?··· Sed meti nin en malliberejon ··· Kial? Ĉu ni estas kulpaj?··· Pro kio enterigi vivajn homojn?

—Vi estas prava, prava!··· Ili estu sanaj. Dio ilin benu, sed ni ankaŭ volas morti liberaj ··· — Ĉiuj konsentis kaj disiris.

Anka malligis sian pakaĵon kaj komencis tondi kaj kudri ion por la edzo. Mergenj ankaŭ kudris ion. La geedzoj Salban ĝemis en silenta angulo, kaj Fluo fl ikis la retojn ĉe la fajrujo kaj rakontis al Biterĥaj per raŭka voĉo:

—Malgranda Dika Maljunulino, kiu posedis kvin

bovinojn, eliris matene serĉi la brutojn sur la kampo. Tie ŝi trovis floron kun kvin branĉetoj kaj, rompinte neniun, ŝi alportis ĝin hejmen, metis sur la kusenon kaj zorge kovris. Poste ŝi sidiĝis por melki la bovinojn. Subite ··· eksonoris sonoriletoj, la tondilo falis teren. La maljunulino ektremis, la lakto elfluis teren. Ŝi kuris en la jurton, rigardas la fl orojn: la floro kuŝas kiel antaŭe. Ŝi revenis kaj ree melkis. Kaj ree ŝi aŭdas sonoriletojn, ree la tondilo falis de la tablo. Ŝi ree disverŝis la lakton teren.

Kaj la floro ··· ĝi kuŝas kiel antaŭe. Triafoje ŝi mallaŭte alproksimiĝis kaj rigardis tra fendo en la pordo. Maldekstre, kie la virinoj dormas, kie staras la benko por la nesvatitaj knabinoj, belega virgulino sidas.

Super la helaj okuloj la brovoj kuŝas kiel du zibeloj, kiuj etendis la piedetojn unu al la alia, ŝia buŝo — el fandita arĝento, ŝia nazo — el forĝita arĝento ··· Kiam ŝi parolas, ŝajnas, ke papilio flirtas sur ŝiaj vangoj; kiam ŝi glutas, ŝajnas, ke hirundo fl ugas en ŝia gorĝo. Tra la blanka vesto brilas la lunsimila korpo, tra la travidebla vesto brilas la korpo amata.

Post iom da tempo Ĥaĝit-Bergenj, la filo de "Glora sanga okulo" iris en la grandan, malluman arbaron. Subite li ekvidis: apud la domo de Dika Maljunulino, kiu posedis kvin bovinojn, sciuro sidas sur lariko. Li komencis celi kaj bone pafi. De la frua mateno ĝis la malluma vespero li ne trafis eĉ unu fojon. La suno subiris. En tiu tempo lia sago falis en la kamentubon de la jurto. "Maljunulino, redonu al mi la sagon," li petas. Neniu respondis. Varmega sango ruĝigis liajn vangojn, ruĝa sango kolorigis lian frunton, de la flanko kolera penso alsaltis, de poste aroganta penso alflugis, li ĵetis sin en la jurton. Li ekvidis la virgulinon; li ekvidis ŝin kaj svenis; poste li reviviĝis, enamiĝis, elkuris el la jurto, saltis sur la ĉevalon kaj galopis hejmen: "Gepatroj miaj, diris li, Maljunulino, kiu posedas kvin bovinojn, havas belegan knabinon! Prenu ŝin kaj donu al mi" ⋯ La patro sendis naŭ militistojn sur naŭ ĉevaloj. Ili galope rajdis en la arbaron, rapide eniris en la jurton, ekrigardis kaj svenis pro la beleco de la knabino ⋯ Ili reviviĝis, eliris; la plej eminenta restis ⋯ "Malgranda Maljunulino, kiom vi postulas por via filino?" ⋯

Fluo interrompis la rakonton kaj enpensiĝis. La virinoj portis en la jurton la litaĵon, kiun ili tage aerumis ekstere.

—Iru dormi, Biterĥaj. La vundoj doloras min, mi ne rakontos plu. Morgaŭ la vetero ŝanĝiĝos: ni havos degelon aŭ venton ⋯

Biterĥaj obee iris en la angulon, kie ŝi dormis kun Fluo sur benko.

Antaŭ la fajrujo Fluo longe lavis en varma akvo kaj bandaĝis siajn kripligitajn piedojn. Laca kaj suferanta li falis sur la liton kaj tuj ekdormis.

—Vi dormas, Fluo! Ne dormu, karulo ⋯ Vi ne aŭdas — vekis lin post momento Biterĥaj. — Fluo, bona Fluo ⋯ Ne dormu, mi timas ⋯

—Kio okazis? — demandis dormetante Fluo.

—Bruego ⋯granda bruego!

—Ĝi bruegu! La glacio en la lagoj krevas, la vetero ŝanĝiĝos.

—Fluo, tio estas alia bruego! Eble venas la sinjorino, kiun veturigas cent ĉevaloj kaj kiu intencas meti nin post ferajn kradojn ⋯

—Dormu, dormu! Ne timu!⋯ ni forkuros ⋯

—Ankaŭ min vi prenos, Fluo, mia arĝenta, mia karulo ⋯

—Mi prenos vin, mi prenos ⋯ Sed nun dormu. Kion ili povas fari al mi? Kion? Ili venu ĉi tien, ili alkonduku tutan militistaron ⋯

2장. 고향 소식이 궁금한 환자들

붉은 불빛이 낮은 천장과 검댕으로 뒤덮인 유르트의 기울어진 벽에 기어올라, 난로 주위에 앉아 있는 사람들의 괴상한 모습의 그림자를 그 벽과 천장으로 던졌다. 사람들이 저녁 식사를 준비해 놓자, 모든 병자가 이 중요한 일을 관찰하러 모였다. 심지어 살반Salban과 그의 아내 쿠투야크시트Kutujahsit가 −살아있어도 살이라곤 없는 해골 모습이다− 가마솥 옆에 앉아, 떨면서도, 조용히 신음하며, 끓는 물만 집중해 바라보았다.

−늙고 썩은 당신들은 아직 죽지 않았지?... 죽음이 당신들을 찾아낼 수 없었거나, 당신들을 보기를 두려워 하겠지... 당신들을 헛되이 먹여 살리고 있어,

비테르카이가 가져야 하는 셔츠를 챙겨간 그 키 큰 여자가 그들을 조롱했다.

−죄짓지 말아요, 메르겐Mergenj, 그 죽음이 당신도 찾을거요...

−찾아보라지! 난 죽음 따위는 두렵지 않아요! 당신과 함께 여기 사는 게, 뭐 달콤한 일인가요.

−그게 당신을 괴롭히는 일이고, 충분히 고통받을 일이 될거요... 당신 손발이 당신에게서 떨어져 나갈 거요... 당신은 더는

이를 주체할 수도 없을 거요... 당신도 겸손해질 때가 올 거요.
　쿠투야크시트가 한숨을 쉬었다.
　-내가 먼저 죽을 거요. 난 기다리지 않을 거요.
　메르겐이 답했다.
　-당신은 너무 거만해요. 다른 사람보다 당신이 더 빨리 도움
이 필요할 수도 있거든요!
　장발인 남자가 그렇게 말했다.
　그 장발의 남자는 서투른 몸짓과 느린 말투였다. 그래서 그곳
사람들은 그를 플루오Fluo라고 별명을 붙여 놓았다, 그리고 그는
너무 뚱뚱해진 그 여자 허리를 의미 있게 바라봤다.
　그녀는 얼굴을 붉히며, 자신의 두 눈을 반짝였으나 아무 말도
하지 않았다.
　그녀 관심은 그림자 속에 숨은 벤치들에서 날아오는 작은 중
얼거림에 완전히 가 있었다.
　-... 나는 피난처가 없었어요. 사람들이 당신을 데려가자, 내
오빠가 그 젖소들을 자기 것으로 차지하고는, 나를 쫓아냈어요.
"만일 네가 감염되었다면", 오빠가 그리 말했어요. 오빠는 나
도 두려워했어요. 다른 사람들도 나를 멀리했어요. 누군가가 나
를 받아줘도, 그게 고작 하루 이틀 정도였어요. 가장 힘든 일을
해야 했고, 가장 지저분한 곳인 거름 더미에서도 자야 했고, 따
로 된 그릇을 마련해 먹어야 했어요. 내가 안주인인데도, 내가
혼인한 부인인데도 집 지키는 개 옆에서 밥을 먹어야 했지요.
내게는 그 땅에 살 곳이 없었어요... 우리가 한 번 이상 친절하
게 도와준 이웃들도 나중에는 나에게 화내고 욕하더군요. 그들
은 나를 짓밟힌 신발 바닥 정도로 여기더군요... 가장 길게는 부
자인 시모노Simono 댁에 있었어요. 그분은 나를 먹여 살리지는
않았지만, 적어도 나를 내쫓지는 않더군요. 나는 구걸하며 살아
왔어요. 하지만 내가 내 재산을 두고 오빠와의 다툼을 벌이자,

부자인 시모노 댁에서도 나를 내쫓더군요. "내게 자만에 찬 일꾼이자, 부유한 여성을 거둘 수는 없습니다. 이웃 사람들이 나를 싫어하니까요. 당신 오빠가 나를 비방하고, 괴롭히고, 당신 오빠가 당신을 먹여 살리겠다는 약속도 했으니까요." 오빠가 당신에게 이미 엄청 보냈다고 그분이 말하더군요. 그 다툼 결과는, 오빠가 절반 갖고, 나머지 절반은 되돌려주라고 판결로 나왔어요. 그 오빠가 뭔가를 여기로 보내왔나요?

그레고리오는 말이 없었다.

-난, 오빠가 거짓말한다는 거 알지만, 당신이 사는 이곳에서 수증기조차 우리 공동체로 날아오지 않았어요... 우리 공동체에서는 내가 남자 없이는 살림을 꾸릴 수 없다며, 또 가축이 다 죽어 나갈 거라면서, 오빠가 당신을 먹여 살려야 한다면서 오빠에게 재산 절반을 주라고 명령을 내렸어요.

-그럼, 당신 오빠를 한 번 믿어 봐요... - 그 남자는 조롱하듯 중얼거렸다. - 그리고 당신이 가진 반쪽은요?

-땅도 없어지고, 일꾼도 없어지고, 건초도 없는데, 여자 혼자 뭘 할 수 있겠어요? 마침내 표트류찬이 나를 데려갔거든요!…

그녀는 가쁜 숨을 쉬며 끝내 말이 없었다.

-코가 없는 당신인데도요?

-그래요, 그 사람이요, … 못 생기고, 역겨웠지만요...

-그 사람이... 당신 사랑했나요?

여자는 조용히 울먹였다.

-내가 뭘 할 수 있었겠어요? 죽음이 나를 쫓아왔는데. 모든 게 역겹게 느껴졌어요... 그리움과 애끊는 슬픔이 내 그림자처럼 나를 따라 다녔구요. 하지만 난 당신을 잊을 수 없었어요. 우리가 어떻게 서로 알고 지냈으며, 당신이 나를 아내로 데려갔을 때는 얼마나 우리가 행복하게 살았는데. 내가 어찌 이를 잊을 수 있겠어요.... 내 속은 눈물로 가득 차 있었어요... 난 당신이

보고 싶었어요... 한번이라도, 그냥 먼 발치에서도요. 그러나 그 것은 다르게 벌어졌네요. 나는 여기 당신과 함께 있는데 또… 나는 이제 내 처지를 안타까이 여기지도 않겠어요! 어디에서나 사람은 죽어야 하니, 어디에서나 죽음은 같으니... 당신은 아직 더 오래 살 수 있구요, 우리는 여전히 사랑을 누릴 수 있어요! 우리는 함께 죽음을 맞을 거요! 난 잊을 수 없었어요... 내 가슴 이 이렇게 짓누르니, 이렇게라도 난 당신을 찾아 달려왔어요...

-그녀가 하는 말을 믿어 줘요! -갑자기 메르겐이 볼멘소리로 말했다. - 자발적으로 여기에 오는 사람이 어디 있겠어요 ... 산 채로 지옥에 들어오는 사람이!? 저 여인도 아프기에, 그들이 그 녀를 내쫓았어요. 오로지 건강하고 또 아무 죄 없는 나만 당신 들 사이에서 죽어갈 겁니다... 내가 여기 왔을 때, 내 몸은 흠도 하나 없었고, 여드름 하나 없었어요, 깨끗하고 건강한 내 모습을 기억하지요? 내가 왜 저주받은 당신들 곁에서 고통을 받아야 해 요? 당신들이 당신 숨결로, 당신들 피로 나를 더럽혔어요. 당신 들이 나를 세상의 문에서 닫아버렸네요. 그러니 저 이글거리는 불이 당신들을, 죽음 앞의 당신들을 삼키도록 하세요. 천둥 벼락 이 매일 당신들의 상처를 때리라고 할거구요...

-또 왜 화를 내요, 메르겐? - 살반이 한숨을 내쉬었다. -우리 가 당신을 여기까지 끌고 온 게 아니라, 당신 남편이 당신과 함 께 여기로 묶인 채 내던졌거든요. 그때 만일 우리가 당신을 풀 어 주지 아니하였더라면, 당신은 모기에, 또 굶주림에 이미 저세 상으로 갔을 거요.

-왜 당신은 그렇게 했나요? 내가 지금 영혼 없는 사람 같지 않나요?

-우리 모두는 사람의 그림자일 뿐입니다!

플루오가 한숨을 쉬었다.

-그리고 이 여자는 스스로 찾아 왔다구요! 우리에게 충분하지

않지만, 우리가 가진 가난한 음식을 그녀와 나누어야 하니... 그녀가 입은 옷을 찢고, 당신들 피를 그녀에게 발라, 그녀가 가능한 한 빨리 고통과 괴로움을 느끼게 해줘요!

그렇게 그 미친 여자가 화를 내며 외쳤다.

그러고는 그녀는 그 부부에게 자신의 몸을 던졌다.

모두 말이 없다. 떨면서 또 창백해진 안카는 자신의 두 손으로 자신이 입은 옷을 감쌌다. 메르겐은 그녀 앞에 멈춰 서고는 웃었다.

-당신은 떨고 있나요? 그럼 기억해요, 내가 어떤 모습인지를요... 당신은 나를 알지?... 아마 당신은 야쿠트족 사람들을 통해 나에 대해 들은 적이 한두 번은 아닐테니...

-들었어요 - 안카가 중얼거렸다. - 나는 그들이 당신을 매우 부당하게 대했다는 걸 잘 알고 있어요. 이제 당신은 그들을 복수심으로 대하고, 그들에게 전염병도 퍼뜨리려고 하고 있지요

-오호라, 아직은 아니오! 내 몸은 아직 건강하지만, 그때가 올 거요... 들어 봐요, 내가 부당한 대우를 받았다고 했잖아요, 그래, 부당한 대우를 받았지요. 아, 얼마나 부당한지! 나는 착하고 조용했고 모든 것을 다 갖고 있었는데...

-저게 벌써 다 끓었어요! 저길 보세요, 끓고 곧 넘치려고 해요 비테르카이가 외치며 손으로 가마솥을 가리켰다.

모두 거기로 향했다.

사람들이 그 가마솥의 "내용물" 을 아주 큰 나무 접시에 부었고, 병자들이 테이블 주위에 앉아서 차례차례 숟가락으로 퍼내기 시작했다.

살반과 쿠투야크시트 두 사람만 화병 모양의 작은 그릇에 따로 먹었다. 왜냐하면, 음식이 그들의 상처 입은 입술에는 너무 뜨거웠고, 다른 사람들이 너무 서둘러 먹었기 때문이다.

-하나님께서 표트루찬을 이곳으로 오게 해 주셨으니, 표트루

찬을 건강하게 해 주소서... 그렇지 않았다면, 다시 한번 우리는 배를 곯게 되었거든요. 어제 우린 마지막으로 남아 있던 물고기를 먹었거든요!

플루오가 자신의 숟가락을 핥으며 말했다.

-왜 당신은 그를 다른 사람들보다 낫다고 하나요?... 공동체가 그를 보냈고, 그가 온 것은, 공동체가 그에게 명령했기 때문인데요.

그레고리오가 화를 내며 덧붙였다.

-당신 아내가 명을 내렸으니, 여길 왔다고 말해요!

메르겐이 그 부부를 악의적으로 바라보며 말했다.

-안카, 세상 소식을 좀 알려줘요.

살반이 그 젊은 여성에게 몸을 돌려 말했다.

그녀는 가을철 물고기잡이, 건초의 부족, 공동체를 위협하는 봄날의 굶주림에 대해 이야기하기 시작했다. 그녀가 말하는 모든 소식이 그들에게도 중요했기에, 모두 주의 깊게 들었다. 그런 이야기를 들려준 다음, 안카는, 누가 죽었고, 누가 분란을 만들었고, 어느 집에서 사내아기가 태어나고, 어느 집에서 딸 아이가 태어났는지 자세히 말해 주었다.

-무칠라Mucîla가 장가들었어요. 그가 장가들었는데요. 삐삐하고, 검고, 키 작은 여자를 맞이하면서, 젖소 10마리를 내놨어요.

-그럼 그 사람이 준 그 젖소들은 누구 것이 되나요? 그 여성은 정말 고아였는데요...

-그는 그걸 왕자님께 내놨어요...그는 내놓지 않을 수가 없었어요... 모든 여자가 제 나름의 값이 있음을 당신들도 잘 알텐데요...

-당신은 그리 들었군요, 그레고리오... 남자들은 언제 어디서나 자기 것으로 챙기기만 하니 - 한센병 환자들 사이에서도 마찬가지라구요... 여기는 남자들이 여자들을 데려오면서, 돈을 내놓지

않지요...

메르겐이 웃었다.

안카는 의심스러운 표정으로 그녀를 바라보았지만, 메르겐은 이미 먹은 식기를 모아, 씻기 위해 일어났다. 그녀는 비테르카이의 혀가 닿은 곳이면 어디든 탐욕스럽게 핥아대는, 비테르카이가 가진 꽃병모양의 작은 식기를 투덜거리며 받았다.

-꽃병 식기에 구멍내겠네! 어서 줘!...

그 아이는 꽃병 무게에 짓눌린 채, 자신의 구부려진 가늘고 작은 두 손을 소심하게 내밀며, 자신의 보호자인 플루오에게 달려갔다.

가장 중요한 소식 중에 '저 멀리, 남부에서 백 마리 말이 끄는 썰매를 타고 온 여인' 이야기가 모두에게 가장 깊은 인상을 남겼다.

-그녀는 엄청 덩치가 큰 여성이었는데요. 그녀를 위해 사람들이 타이가에서 나무들을 베어 별도의 길을 만들었어요. 강에서도 별도의 다리를 만들어 길을 만들었어요. 왜냐하면, 그녀는 기존의 길에서는 자신의 썰매를 운전할 수 없었어요. 그녀는, 황후님 명을 직접 받아, 어디든지 가야 했으니까요. 우리에게만 그녀는 못 왔다고 했어요. 모기들이 엄청 쏘아대니까요. 그녀는 치료에 도움이 되는 약초라면 어디든지 묻고 다녔어요.

-정말 그런 약초라도 있었으면 얼마나 좋겠어요! 죽음이 우리에겐 치유의 약초이지요!

살반과 그의 아내가 동시에 한숨을 짓기 시작했다.

-이런 약초 때문에 그들은 철창이 달린 집을 지으려고 했어요...

-옥이라는 말이네요!

플루오가 고쳐 주었다.

-그리고 전국 각지의 환자들을 모두 거기로 데려다 놓을 의도

로요.

　-오! 오호라... 그런 집도 지을 수 있나요? 우리에겐 그런 환자들이 엄청 많은데. 여기, 보르스크Borsk 지역만 해도 일곱이나 있는데, 동부에도 북부에도 한센병 환자가 있구요... 물고기들을 식량으로 조달할 수 있는 곳이라면, 한센병 환자도 있지요... 야쿠트 나라의 거의 절반이 물고기를 식량으로 조달한다고 보면 되지요... 그럼, 그 사람들이 뭘 할까요? 모두를 배치하게 될까요? 야쿠트 사람이라면, 1년 후에, 그 사람에게 무슨 일이 일어날지, 누가 알겠어요?... 우리도 참으로 건강하고 행복했는데, 우리 몸속에 독을 품고 있다는 것을 아무도 몰랐으니!...

　-아마도 이 약초 때문에 황후님이 명을 내리신 것 같아요! 그런데 우리가 무슨 죄를 지었나요?

　-한꺼번에 우리를 죽이는 게 더 좋을 것 같아요. 우리가 울타리 뒤 상자 속에 갇힌 채 앉아있어야만 한다면, 이게 무슨 삶인가요? 이곳에서는 세상도... 태양도 볼 수도 없으니... 겨울이오나, 봄이 오나 마찬가지이니. 물고기나 새를 잡을 그물을 칠 수가 있나, 자라나는 풀을 뜯어 먹을 수가 있나... 이제 우리는 적어도 다른 사람들과 조금 비슷해지기는 했네요!... 그들이 우리에게 필요한 모든 것을 줄 거라고 당신은 말하니! 하지만 그들은 아무것도 주지 않을 거요!... 그들은 지금보다 더 많이 주지도 않을 거고요. 왜냐하면, 그들은 그리 할 수도 없고, 그들 자신도 그만큼 가지고 있지 않기 때문이지요... 이제 우리가 스스로 일하면서 도와야 합니다. 그런데 철창 뒤에서라니요?... 우리 모두가 일제히 불평하고 분개해 왔어요.

　-그건 의심할 바 없이 이 구역 읍장이, 저 악당 같은 이가, 생각해 낸 것이에요!

　플루오는 화를 내며 말했다.

　-그만해요! 너무 많이 말하지 마세요! -그레고리오가 그를 막

있다. - 그네들이 나에게 무슨 짓을 할 수 있나요? 뭘 할 수 있겠어요? 그네들이 여기로 와보라지, 군대 전체를 데려와 보라지...

-우리가 모두 그들의 큰 입에 피를 묻히면 되지요! - 메르겐이 웃었다. - 모두가 아프게 되면, 우리에게는 더 좋을 거요. 모두가 평등해질 거니까요!

플루오는 침묵하고, 분개한 표정으로 그녀를 바라보았다.

-모두가 우리처럼 되는 건, 난 전혀 원치 않네요. 그들이 건강하기를 원해요. 하나님 축복이 있기를 원해요. 다른 사람도 비슷한 상처를 갖고 있다 해서, 내가 가진 상처가 나를 덜 아프게 할까요?... 하지만 우리를 감옥에 가두는 건... 무엇 때문일까요? 우리가 무슨 죄를 지었나요?… 왜 사람을 산 채로 묻어야 하나요?

-당신 말이 맞네, 맞아요!... 모두 건강해지길 바랍니다. 하나님 축복을 그들 모두에게 빕니다. 하지만 우리도 자유롭게 죽고 싶어요...

모두가 동의하고 흩어졌다.

안카는 자신이 가져온 보따리를 풀고는, 남편을 위해 무언가를 자르고 바느질하기 시작했다.

메르겐도 뭔가를 꿰매었다.

살반 부부는 조용한 구석에서 앓는 소리를 내고 있다.

플루오는 난로 옆에서 그물을 기우면서, 쉰 목소리로 비테르카이에게 이야기를 해주었다:

-어느 날 아침, 젖소 다섯 마리 키우시던, 키가 작으시긴 해도, 살은 조금 찌신 할머니가 들판에 자신의 젖소들을 찾으러 나갔거든요. 그곳에서 그녀는 다섯 줄기가 달린 꽃 한 송이를 발견했고, 그 줄기들을 하나도 떼 내지 않은 채, 그 꽃가지를 집으로 가져와, 방석에 놓고 조심스럽게 덮어놓았지요. 그리고 그

할머니는 마구간에 앉아, 젖소 젖을 짜기 시작했는데, 갑자기·····
작은 종들이 소리를 내더니, 가위 하나가 탁자에서 땅에 떨어졌
거든요. 그 할머니는 무서움에 몸을 떨었고, 그 바람에 젖소에서
짠 젖도 땅에 쏟게 되었거든요. 그 할머니는 즉시 유르트 안으
로 달려가 그 꽃에 무슨 문제가 있나 살펴보러 갔더니, 그 꽃은
예전처럼 그대로 놓여 있었거든요. 할머니는 다시 마구간 젖소
들에게 돌아와. 다시 젖을 짰거든. 그런데 다시 그 작은 종들이
소리를 내더니, 가위가 또 탁자에서 떨어지는 것이 아닌가요! 그
바람에 그 할머니는 자신이 짠 젖소 젖도 다시 땅에 쏟게 되었
어요. 그런데도 그 꽃은… 예전처럼 놓여 있었어요. 이번이 세
번째로 그 할머니는 조용히 그 꽃이 놓인 곳 가까이로 다가가,
문틈으로 들여다보았어요. 여자들이 자는 왼쪽에, 아직 시집가지
않은 소녀들이 쉬는 벤치 쪽에 성녀 같은 처녀 한 사람이 앉아
있었거든요.

　그 처녀의 밝은 눈동자 저위로 눈썹이 있었는데, 그게, 마치
검정 담비 두 마리가 자신들의 발을 상대방에게 뻗은 듯한 모습
으로 하고 있었고, 그 처녀 입술은 - 마치 은(銀)을 녹여 만든
것 같고, 그 처녀 코는 -은을 벼려 만든 것 같았거든요… 그 처
녀가 말할 때는, 그 모습이 나비가 자기 뺨 위에서 펄럭이는 것
같았지요. 그 처녀가 뭔가를 삼키는 모습은, 제비가 그녀 목구멍
속에서 날아가는 듯했거든. 그 처녀의 하얀 옷을 통해 달 모양
의 신체가 빛나고, 투명한 옷을 통해서 보니 사랑받는 여인의
몸이 비치고 있었어요. 잠시 뒤, "영광의 피의 눈" 의 아들인
카지트-베르겐[Kagit-Bergenj이 그 할머니가 사는 크고 어두운
숲으로 들어섰거든요. 갑자기 그 아들이 보게 된 것은 - 젖소 5
마리를 키우는 그 뚱보 할머니 집 근처에 다람쥐 한 마리가 낙
엽송 나무에 앉은 모습이었거든. 그가 그 다람쥐를 잡으려고 자
신의 활을 겨누기 시작했지요. 그날은 새벽부터 늦은 저녁까지

뭔가를 한 마리도 잡지 못했고, 해가 이미 져버렸어요. 그런데 그 아들이 쏜 화살이 유르트 굴뚝으로 떨어졌거든요.

"저, 할머니 그 화살을 제게 좀 돌려 주십시오," 그 아들이 요청했거든. 아무도 대답이 들리지 않았거든요, 뜨거운 피가 그 아들 두 눈에서 흘러내렸어요. 붉은 피가 그 아들 이마를 붉게 물들였고, 옆에서부터 화가 난 생각으로 뛰어갔지만, 그러고는 그 아들이 거만한 생각이 뒤따랐거든요. 그래서 그 화난 몸으로 그 아들이 직접 유르트 안으로 들어갔어요. 그런데 그 유르트 안에서 그는 그 처녀를 보게 되었답니다. 그는 그 처녀를 보자 마자 기절해 버렸어요. 나중에 그가 다시 정신이 들게 되고, 그 처녀를 사랑하게 되고는, 그 유르트에서 뛰쳐나와, 자신의 말을 타고, 자신의 집으로 달려갔어요. 집에 돌아온 그 아들이 자신의 부모님께 말씀드리길, "어머니, 아버지, 제가 젖소 5마리를 가진 어느 할머니 댁에서 엄청 아름다운 딸을 보았습니다! 그 딸을 데려와, 제게 시집오게 해 주세요." ··· 그러자, 그 아버지는 전사 9명을 데리고서, 또 그 전사들은 각각 자신의 말에 타고, 그 아들이 말한 집을 찾아가 보게 했다고 해요. 그들은 숲속으로 질주하여, 재빨리 그 할머니 댁 유르트에 들어가, 그 처녀를 보고는, 그 소녀의 아름다움에 그만 놀라 그들도 그만 기절해 버렸어요... 나중에 그들이 정신을 차리고, 그 집에서 나왔거든요. 그런데 일행 중 가장 유능한 한 전사만 그 유르트에 남게 되었지요. "할머니, 당신의 저 따님을 데려가려면, 제가 얼마를 내면 되겠습니까?" ···

플루오는 갑자기 자신의 이야기를 중단하고 생각에 잠겼다. 여자들은 낮에 밖에 바람 쐬러 내놓았던, 널어 둔 침구를 유르트 안으로 가지고 들어왔다.

-이제 자러 가요, 비테르카이. 내 몸의 여기저기 상처가 나를 아프게 하니. 오늘은 더는 이야기 못 하겠네요. 내일 날씨가 바

뛸 거에요. 눈이 녹거나 바람이 불겠지요...

비테르카이는 복종하듯이 구석으로 갔는데, 그 구석에는 평소 그녀가 플루오와 같이 자던 벤치가 있었다.

불 앞에서 플루오는 한동안 뜨거운 물로 자신의 몸을 씻은 뒤, 불구가 된 자신의 발을 붕대로 감았다. 그는, 피곤하고 아파, 침대에 쓰러져 즉시 잠들었다.

-자고 있네요, 플루오! 아직 잠들지 마요, 귀한 사람... 당신은 내 말 듣지 않네요. -비테르카이가 잠시 뒤, 그를 깨웠다. - 플루오, 착한 플루오...아직 잠이 들면 안 돼요. 무서워요...

-무슨 일이 있어?

플루오가 잠에 어린 채 물었다.

-뭔가 큰 소리...큰 소리가 들렸어요!

-그게 포효하네! 호수 얼음이 깨지는 소리네요. 날씨가 바뀌려나 보네.

-플루오, 그 소리 말구요. 다른 큰 소리가 나요! 어쩌면 백 마리의 말이 모는 썰매를 탄 그 안주인이 와서, 우리를 저 쇠창살 뒤에 가두려나 봅니다…

-자, 자! 그만 걱정해!...우리가 내빼면 되지...

-당신은 나도 데려가겠지요, 플루오, 내 은쪽 같은 사랑...

-내가 데려갈게, 당연히 데려가지... 하지만 지금은 좀 자 둬. 그들이 나를 두고 뭘 어찌하겠어? 뭘 할까? 그들이 여기 와 보라고 해요, 그들이 군대 전체를 이끌고 오라고 해요...

III

Vintre la ekstera mondo preskaŭ ne ekzistis por la malsanuloj. Pro manko de vestoj kaj de fortoj ili ĉiam restis en la jurto. La ĉielon, neĝon, sunon ili vidis nur malofte, kiam ili estis devigataj eliri por alporti faskon da branĉaĵo, kiun ili kolektis somere, aŭ neĝon, kiun ili fluidigis kaj uzis kiel akvon, fine por aerumi la litaĵon, plenan de parazitoj. Tiujn ĉi laborojn plenumis ordinare la pli sanaj: Gregorio, Anka, Fluo, iafoje Mergenj.

En la malluma, haladza jurto la tempo pasis monotone kiel malgaja, griza, malbonodora rivero; iliaj solaj impresoj estis la malsato kaj doloro, kiu vagadis en iliaj korpoj, penetris iliajn muskolojn kiel vermo, kiu rampas ĉirkaŭ la ostoj. Iliaj ĝemoj malpli aŭ pli teruraj kaj laŭtaj pendis en la venenita, nigra aero de la jurto. Ili havis jam malmulte da ligno kaj la vintro povis daŭri ankoraŭ longe, ili do devis esti ŝparemaj, kaj nur malgranda fajro bruletis en la vasta fajrujo. Ĝi estis tiel malforta, ke la neĝvento ofte estingis ĝin, penetris tra la kamentubo kune kun la fumo internen kaj enpelis malsekan kaj malvarman aeron, kiu ekstreme turmentis la leprulojn. Tra la fendoj en la muroj la vento blovis pli kaj pli forte kaj enŝovis en la loĝejon siajn rabajn ungegojn.

—Malbone, Fluo, malbone vi zorgis aŭtune pri la jurto ···

Nun ni estas devigataj pli multe hejti kaj malgraŭ tio la malvarmo turmentas nin.

—Mi mem suferas. Vi forgesas, ke en la fino de la laboroj sur miaj manoj ulceroj aperis ···

—Tio estas vera! Ĉiu memoras nur pri si mem!··· La malsanulo similas la hundon ··· Kia frosto?!··· Kiel terure la artikoj kaj tendenoj doloras min ··· Kiam venos la morto? — ĝemis Kutujaĥsit ĉe la faĵrujo, etendante la vunditajn manojn al la apenaŭ bruletanta fajro ···

—Mi varmigos por vi akvon — diris delikate Anka.

—Ree vi volas bruligi lignon!··· Kaj kiu el vi alportos el la arbaro la rigidiĝintajn ŝtipojn ··· Ki u?··· Eble vi, Anka, kiu havas blankajn dentojn?··· Granda sinjorino, riĉulino ··· Ne kuraĝu bruligi lignon senbezone. Mi ne donos eĉ unu pecon! — kriis Mergenj.

Ŝia furioza vizaĝo, ĉirkaŭita de bukloj da haroj, nigraj kiel korvo, aperis el la malluma angulo. Ŝi tre malofte sidis nun kun la malsanuloj, preskaŭ neniam eliris eksteren, kaj kuŝis sur la litaĵo sur amaso da vestoj kaj ĉifonoj, da kiuj ŝi havis grandan provizon.

—Mia Dio! Kio fariĝas nun en la mondo ĉe la

homoj? — ĝemis Salban. — Hodiaŭ ja festo estas, karnavalo ⋯

—Jakutoj vizitas unu la alian ⋯ En la jurtoj rido, kantoj ⋯Ĉiuj estas sataj, gajaj ⋯ Ili divenas problemojn, kantas. Eble oni ie festas geedziĝon ⋯

—Vi memoras, Gregorio, ĝuste antaŭ unu jaro vi prenis min en vian domon, Vi konstruis novan jurton. Varme estis en ĝi, ni estis feliĉaj, ĝojaj. La najbaroj venis. Per la kudrilego ni antaŭdiris la sorton kaj subite ⋯ ĝi montris al vi nigran vojon ⋯ Sed neniu kredis tion, ĉiuj ridis ⋯ Vi estis tiel lerta, sana, laborema ⋯ Ni posedis ĉion, kion la homoj bezonas ⋯ Kaj nun ni estas ĉi tie! Malaperis niaj riĉaĵoj, nia juneco pasis kiel la fumo — murmuretis Anka.

—Kiam mi konstruis la domon, mi ne sciis, ke ĝi restos malplena, ke nia fajrujo estingiĝos ⋯ mi kredis, ke plenigos mian hejmon la babilado kaj la ridoj de niaj infanoj ⋯ Nun nigra nubo kovris al ni la mondon ⋯ Ofte mi pensas, ĉu pli bone estas vivi, aŭ ne vivi! — rediris Gregorio. Anka ektremis.

—Aŭskultu, tiam mi restus tute sola. Ni povas vivi. ankoraŭ longe ⋯ Por tio ĉi mi venis. La morto kaj la maljuneco ĉiam estas egalaj, ĉu por la lepruloj, ĉu por sanaj homoj. Ĉiujn minacas kvazaŭ lepro — murmuretis ŝi, rigardante lian vizaĝon ankoraŭ sanan, sed jam kovritan de bluaj makuletoj.

Li nenion respondis kaj revenis al la kutima

dormema indiferenteco.

La krakado de la fajro kaj la ĝemoj de Salban sonis monotone kiel tik! tak! de horloĝo kaj en kontraŭa angulo Biterĥaj murmuretis mallaŭte kiel grilo, en la orelon de Fluo.

—Fluo, kio estas festo?⋯ Kion tiam la homoj faras? Kial ili ridas?⋯ Rakontu, Fluo, mia arĝenta, mia bona ⋯ Hodiaŭ tiel silente estas ĉe ni, neniu parolas ⋯ La koro batas ⋯ Estas tiel malgaje, malĝoje ⋯

—Silentu, infano ⋯ Kial estas al vi malgaje kaj malĝoje? Ĉu vi vidis ion alian? Ni malĝojas, ĉar ni rememorigas la pasintan tempon ⋯ Ekzistas diversaj festoj! En iuj oni ne laboras, sed vestas sin kiel ordinare ⋯ En aliaj oni manĝas pli bone kaj vestas sin pli bele, sed ekzistas ankaŭ festoj tiel grandaj, ke oni vestas sin kiel por geedziĝo kaj manĝas tiom, kiom povas enpreni la stomako ⋯ Tiam ĉiuj estas gajaj!

—Fluo, eble mi devas hodiaŭ surmeti la tukon, kiun vi donacis al mi?

—Ne, hodiaŭ estas malgranda festo ⋯ La tukon lasu por granda festo kiel Pasko aŭ Sankta Nikolao, kaj hodiaŭ ⋯ — Li eksilentis kaj kovris la nudan dorson de la knabineto per la basko de sia ĉifona vesto.

—Tre maljuste agis Mergenj, ke ŝi proprigis al si vian ĉemizeton.

—Ho Fluo, ne parolu pri ĝi, la larmoj tuj fluas el
miaj okuloj. Mi neniam havis ĉemizon ⋯ Anka
promesis, ke ŝi kudros ĝin por mi ⋯ Anka estas
bona ⋯ Por kio ŝi venis?

—Kial? pro malsaĝeco, kaj nun ŝi ne povas reveni
⋯ Ĉar ni ĉiuj estas malbenitaj, Biterĥaj!

—Malbenitaj?⋯ De kiu?⋯

—Jes malbenitaj! Ekzistas infekto, kiu flugas en la
aero, kuŝas en la manĝaĵo kaj falas sur la homojn
kiel rusto ⋯ Ili scias nenion, gajaj ili amuziĝas ⋯
Ve, ili amuziĝas!⋯ La frosto krakas ekstere ⋯ La
knaboj, knabinoj vetkuras, kaj kiun oni estas
kaptinta, tiun oni povas kisi ⋯ Oni nomas ĝin: "kun
fermitaj okuloj", ĉar la kisanto fermas la okulojn ⋯
Aŭ oni alpelas la ĉevalojn el la aro ⋯ Aŭ oni
dancas ⋯ La viroj kaj virinoj tenas la manojn
reciproke unu de la alia kaj lerte turniĝas en la
rondo, kantas kaj ĉe la ŝanĝo ili ankaŭ povas kisi
unu la alian ⋯

—Por kio kisi?

—Vi estas malsaĝa, vi estas malgranda. Kiam vi
fariĝos grandaĝa ⋯

—Nur vin, Fluo, mi ĉiam kisos ⋯ Salban kaj
Kutujaĥsit abomene odoras kaj estas teruraj ⋯
Mergenjon mi timas ⋯ Gregorio kaj Anka tute ne
rigardas min ⋯ Nur vin, Fluo, nur vin mi amas ⋯

—Vi estas malsaĝa ⋯ Ĝis tiu tempo mi fariĝos kiel
Salban aŭ eble ankoraŭ pli abomena ⋯ Atendu, eble

ankaŭ al vi Dio sendos iun ···

—Kaj li pafos, kaj la sago falos en la kamentubon ··· Li eniros en la jurton por preni ĝin ··· kaj li ekvidos min, estos ravita, svenos; poste li reviviĝos, enamiĝos, elsaltos, sidiĝos sur la ĉevalon, rapidos al la gepatroj kaj diros: mi vidis knabinon, la brovoj kiel du zibeloj; la okuloj kiel du nigraj birdoj, kiuj fl irtas per siaj oraj flugiloj, la buŝo kiel du papilioj, kiuj flirtas per siaj ruĝaj flugiloj ··· Kiam ŝi parolas, super ŝia kolo kvazaŭ flugas blanka mevo, kiam ŝi iras, kvazaŭ flugas arĝenta mevo ··· Tra la blanka vesto brilas la lunsimila korpo, tra la travidebla vesto brilas la korpo amata ···

Fluo laŭdis.

—Vi bone ĉion memoras, knabino!

—Tiel bone mi memoras, tiel bone ··· Kiam mi fermas la okulojn, mi tuj ĉion vidas ···

—Vere, homoj, ankaŭ ni festu hodiaŭ! — subite Fluo laŭte diris kaj leviĝis de la benko.

—Ni festu, ni festu! — subtenis lin Anka, alirante al la fajrujo. — Malgaje, tre malgaje estas hodiaŭ ··· Ni faru pli grandan fajron. Ĉu vi konsentas?

—Ĵetu lignon! — ekkriis Fluo.

—Mi ĉiam diras, ke peko estas por ni lepruloj pensi pri la morgaŭa tago! — ekĝemis Salban. — Dio ne volis, ke ni pensu kaj reprenis nian sanon.

—Ĉu vi furioziĝis?··· Ĉu vi estas solaj?··· La vintro daŭros ankoraŭ longe, kaj ni havas nek lignon, nek manĝajon. Ĉu vi pensas, ke la komunumo sendos ion al vi? Vi tion atendu!··· — atakis Mergenj la projekton, sed ĉar ŝi ne povis nun leviĝi, neniu timis ŝin. La festeno sukcesis. Ĉe la brila fajro ili fi ne sufiĉe varmigis siajn malvarmajn vunditajn korpojn ··· Ili banis sin plezure en la varmego.

Larmoj de kontenteco plenigis iliajn fermetitajn okulojn. La rigidiĝintaj tendenoj fariĝis ree elastaj, la malsanaj artikoj ĉesis dolori. Ili kuiris tutan monton da fiŝoj.

—Dio sendas ĝojon ankaŭ en nian animon ··· — murmuretis Kutujaĥsit.

Ebriaj pro la sateco ili tuj profunde ekdormis. Por ne longe, por kelke da horoj eksilentis eĉ la ĝemoj. Matene akra krio rompis la silenton. Gregorio tuj vekiĝis kaj kaptis la manon de Anka.

—Ĉu vi krias, Anka? Kio okazis?

La aliaj ankaŭ levis la kapojn.

Ĝemoj, sed aliaj ··· ne iliaj ĝemoj, ĝemoj plenaj de forto kaj batalo, flugis el la malluma angulo de Mergenj.

—Anka, iru al ŝi — murmuretis Gregorio per tremanta voĉo. La Jakutino rapide vestis sin, ekbruligis la fajron kaj malaperis en la malluma angulo. La krioj ĉesis unu momenton, sed poste ili ree eksonis grincantaj, koleraj, petegantaj helpon. Biterĥaj timigita kaptis forte la manon de Fluo.

—Fluo, mi timas! Ŝi tiel krias!··· Kaj nun io alia

krias ⋯ Fluo, Fluo!⋯ Mia Dio ⋯ Infaneto krias ⋯ Anka alportis etulon al la fajrujo kaj ĝi krias, tiel krias ⋯ Ĉu ankaŭ ĝin oni elpelis el la mondo, ke ĝi tiel krias, Fluo?⋯

—Fluo, helpu min, helpu min! — diris rapide Anka. — Varmigu akvon.

—Ĉu knabo aŭ knabino? — demandis scivole la Jakuto.

—Knabo! Ĉu li estas via?

Fluo nee skuis la kapon.

—Grasa knabeto! — aldonis li. — Bone estas, ke naskiĝis knabo, ni havos poste laboranton.

Anka lavis la infanon per akvo, kiun ŝi prenis en la buŝon.

La akuŝintino mallaŭte ĝemis.

—Anka! — murmuretis ŝi fine — venu tien ĉi! Knabo, aŭ knabino? Knabo! Ĉu vi vidis, kiun li similas? Alportu la infanon al li, montru al li!⋯ Sed nun li ne estas scivola ⋯ Anka, malfeliĉaj estas ni virinoj ⋯ Ĉie ⋯ Ne ekzistas rifuĝejo, kie ni povus kaŝi nin kontraŭ nia sorto. Kial li silentas? Li eĉ ne rigardas! Li havas nun vin junan, freŝan, vi laboros por li kaj suferos ⋯ Ne kredu al li!⋯ Kredu al neniu en la mondo ⋯ Oni povas kredi nur al si mem, ĉar ĉiu estas nur sia propra amiko ⋯ Mi havis edzon, li prenis min de la gepatroj dorlotatan kaj viveman. Ni estis feliĉaj, mi laboris, amis lin, sed mi ne havis infanojn ⋯ Ĉu tio estis mia kulp o?⋯ Li ekmalamis min ⋯ "Mi restos sola — diris li — pro vi kiel karbigita arbo kiel trunko sen brancoj, mia fajrujo estingiĝos, mia domo restos sen heredontoj ⋯ Ĉu tio estis mia kulpo? Dio ne doni s!⋯

La edzo malamis min, li trovis al si alian virinon, kaj min li turmentis, batis; li intencis mortigi min per malsato, sed li ne sukcesis ⋯ Tiam li ĵetis min ĉi tien, vivan en ĉi tiun inferon, de kie neniu revenas! Li ja povis elpeli min, sed li timis, ke oni devigos lin redoni mian havon, ke oni ne permesos al li edziĝi duafoje. Li do diris, ke mi estas malsana, kaj li ĵetis min ĉi tien ⋯ Li ĵetis min ĉi tien ⋯ Li ĵetis min ĉi tien ⋯ Ŝi longe kaj maldolĉe ploregis.

—Donu la infanon! Ĉu vi vindis ĝin? — fine diris ŝi, kiam ŝi iom trankviliĝis.

—Mi tuj donos ĝin al vi, sed antaŭe mi ĵetos oferon en la fajron. Ni ne sciis, ke ĝi okazos hodiaŭ nokte ⋯ Iru, Fluo, alportu la plej grasan fiŝon, ni devas danki pro la nova spiro. Prenu ankaŭ mian korbon el betula ŝelo, mi lasis en ĝi iom da butero por vi, Mergenj!

Fluo gratis sin post la orelo, vestis la piedojn kaj iris en la provizejon.

—Kial mi? — li murmuris — Gregorio devus iri. — Li brue malfermis la pordon de la provizejo, prenis la fiŝon kaj buteron kaj revenis ĉirkaŭita de neĝa nebulo.

—Hu!··· kia frosto. La neĝventego furiozas, balaas ies pekojn ···

—Ho Dio de la fajro! Grizhara, flama Maljunulo! Sinjoro kaj Mastro de niaj hejmoj, Zorganto pri la brutaroj kaj pri niaj infanoj! Akceptu malgrandan oferon de nia sincera koro kaj daŭrigu favore donaci al ni multkoloran brutaron, haroriĉajn ĉevalidojn, knabojn kun fortaj fingroj, kapablaj streĉi la pafarkojn, kaj ruĝvangajn knabinojn kun laktoplenaj mamoj —preĝis Anka, ĵetante en la fl amojn pecojn da grasa fiŝo, kiun konsumis la siblanta fajro.

—La maljunulo amas ĝin, ho, amas! — diris kviete Fluo, montrante la fajrujon.

—Vi donis al li tutan fiŝon ··· tutan fiŝon! — murmuretis riproĉe Salban, sed lia edzino fermis al li la buŝon per sia mano, envolvita en ĉifono.

—Ne blasfemu!

—Por kio multkolora brutaro, haroriĉaj ĉevalidoj? Por kio ni bezonas ilin? Vi devis peti pri ĉerko, pri ĉerko. La fiŝon ni devus manĝi, — murmuris la maljunulo.

Dume Anka fandis la buteron en kaseroleto, verŝis ĝin sur subtason kaj tenis ĉe la buŝo de Mergenj, kiu kuŝis preskaŭ senkonscie sur la lito.

—Trinku, virino!

La malsanulino, ne malfermante la okulojn, glutis avide la bongustan kaj bonodoran trinkaĵon, Subite ŝi malfermis la okulojn, mire rigardis Ankan kaj maldelikate repuŝis ŝin:

—Iru for! Iru ⋯ de mi!

Anka prenis la infanon kaj lasis la malsanulinon, Ŝi ne revenis al la edzo, kiu senmove kuŝis sur la lito kaj turninte la vizaĝon al la muro dormis aŭ ŝajnigis dormon, sed ŝi sidiĝis flanke sur neokupitan benkon. La infano, vindita per ĉifonoj, maltrankvile moviĝis sur ŝiaj genuoj, kaj ŝi rigardis tra larmoj la malluman, haladzan, malpuran jurton, kie vivaj mortintoj mallaŭte ĝemis en duondormo.

—Ankaŭ mi fariĝos tia ⋯ Dio kompatu mian pekeman animon, donu morton rapidan kaj sendoloran.

Ŝi ne povis kompreni, kiamaniere fariĝis, ke la mondo estas fermita por ŝi, ke nenien, nenien ŝi povas forkuri de sia mizera sorto. Tiuj ĉi pensoj rompis ŝian kuraĝon kiel la blovo de la vento putrantan arbon. Ĉu ne pli bone estus tuj morti?

Neniu bezonas ŝin!⋯ La sennaza Pjotruĉan, kiu estis same sola, ne ŝajnis al ŝi tiel abomena kiel antaŭe ⋯ Ŝi ekkompatis sin mem, maldolĉaj larmoj fluis el ŝiaj okuloj.

—Dio, Dio!⋯ Pro kio vi punas min tiel severe?

La ploro ŝin konsolis; ŝi volis dormi, sed pro laciĝo ŝi ne povis reveni sur la liton al la edzo. Ŝi sidis la tutan nokton en profunda malĝojo, dormetante sur la benko.

La blanka tago rigardis tra la glaciaj fenestretoj de la jurto kaj lumigis per malviva brilo la teruran pentraĵon: kotan malbonodoran akvon, kiu brilis sur la planko kiel spegulo, la figurojn de la malsanuloj, kiuj kuŝis sur la benkoj kaj similis mortintojn, envolvitajn en ĉifonojn.

Anka nenion vidis; ŝi aŭdis nek la bruon de la vento, penetranta tra la kamentubo, nek la ĝemojn de la kunuloj, nek la vokadon de Gregorio, kiu fine decidis peti, ke ŝi revenu. Ŝi dolĉe dormis kun la etulo sur la genuoj, delikata rideto brilis sur ŝia bruna vizaĝo kaj la okulharoj ĵetis longajn ombrojn sur ŝiajn maldikiĝintajn vangojn.

3장. 다가온 축제와 회상

겨울에 그 환자들에게는 외부 세계가 거의 존재하지 않는다. 입을 옷도 부족하고 자신을 지탱할 힘이 부족하여 그들은 항상 유르트 안에 머물러야 했다. 그들은, 여름에 모으다 놓은 장작 묶음을 가지러 나가야 할 때나, 눈을 끌어모아 물로 만들어 그 물로 사용하려고 그 눈을 가지러 갈 때나, 마침내 이가 가득한 침구를 바람 쐬려 내놓는 때를 제외하고는, 하늘도 눈도 태양도 거의 보지 못했다. 그런 일련의 일은 일반적으로 그레고리오, 안카, 플루오, 때로는 메르겐과 같은 아직 건강한 사람들이 처리했다.

어둡고 우울한 유르트 속에서의 시간 또한 우울하고 회색이며 악취가 나는 강처럼 단조롭게 흘러갔다. 그들의 유일한 인상은 배고픔과 그들 몸 안에 돌아다니며 그들 뼈 주위를 기어다니는 벌레처럼, 그들 근육을 꿰뚫는 고통뿐이다. 그들 한숨은 다소 크거나 작게, 또 더욱 공포스럽게 큰 소리로 들려, 그 유르트 안의 검은 악취 나는 공기 속에 걸려 있었다.

이미 준비해둔 땔감도 거의 다 썼으나, 겨울은 더 오랫동안 계속될 수 있어, 그들은 절약하며 알뜰하게 지내야 했다. 넓은 벽난로에는 작은 불만 타고 있다. 그 불은 너무 약해 눈바람이라도 불면 자주 꺼져버렸다. 눈바람은 연기와 함께 굴뚝 내부로 뚫고 들어와, 습하고 차가운 공기를 몰아넣어, 한센병 병자들을 극심한 고통에 빠뜨렸다. 벽의 갈라진 틈으로 바람은 점점 더 거세게 불고, 그 바람은 자신의 약탈적 발톱을 그 주거지 안으로 들이밀었다.

-안타까워요, 플루오, 가을에 당신은 우리 유르트를 제대로 관리해 놓지 못 했네요... 이제 우리는 내부를 더 따뜻하게 해야 하는데 여전히 추위가 우리를 괴롭혀요.

-나 자신도 고통받습니다. 그 일 마치고 나니, 내 손에 물집 생겼다는 사실을 잊었나요?

-그 말 맞아요! 다들 자기 일만 기억하니!... 아픈 사람은 흡사 개와 다름없는 모습이네요... 얼마나 추운지?!... 관절과 힘줄이 얼마나 심하게 아파 오는지... 죽음은 언제 올 것인가?

쿠투야크시트가 벽난로 화구 가까이서 신음하며, 자신의 상처입은 손을 뻗어 보았다....

-물을 좀 데워 줄게요.

안카가 섬세하게 말했다.

-당신이 다시 불을 지피려고요!... 그럼, 당신네 중에 누군가 저 숲에서 마른 장작을 가져와야 하는데... 누가 갈 수 있어요?... 어쩌면 하얀 이를 가진 안카, 당신이 갈 수 있어요?... 부잣집 아낙네인 당신이 갈 수 있어요? ... 감히 불필요하게 나무를 태우지 마시오. 나는 한 조각도 더 못 가져다주겠어요!

메르겐이 외쳤다.

까마귀처럼 검은 머리카락으로 둘러싸인 그녀의 사나운 얼굴이 어두운 구석에서 모습을 드러냈다. 이제 그녀는 그 병자들과 함께 앉는 일도, 밖으로 나가는 일도 거의 없고, 그녀 자신이 평소 자주 입던 옷과 누더기 더미 위의 이부자리에 줄곧 누워 있었다.

　-맙소사! 지금 저 세상 사람들에게 무슨 일이 일어나고 있을
까요? 오늘은 정말 축제의 날이네요...

　신음하며 살반이 말했다.

　-야쿠트족이 서로를 방문하는 축제의 날이네요... 이날엔 유르
트마다 웃음소리가 또 노래소리가 들리고...모두 배불리 먹고 즐
겁게 지내는 날이지요... 사람들은 앞으로 일어날 일에 대해 점
을 치기도 하고, 노래하거든요. 어쩌면 어딘가에 결혼식도 있겠
네요...

　-그레고리오, 당신은 정확히 1년 전에, 나를 당신 집으로 데려
갔지요. 당신은 당시 새 유르트를 지었어요. 그 안은 정말 따뜻
했고, 우리는 행복하고 기뻤어요. 이웃 사람들이 찾아 왔구요.
엄청 큰 바늘을 놓고, 우리는 우리 운명을 예측해 보기도 했지
요. 그때... 그것이 당신에게 검은 길을 안내해 주었지요... 하지
만 아무도 그걸 믿지 않았지요. 우리 모두 한바탕 웃기만 했지
요... 당신은 정말 영리하고, 건강하고, 열심히 일했지요... 우리
는, 사람이라면 필요로 하는 모든 것은 모두 다 갖추고 있었지
요... 그런데 지금 우리는 여기 이 모습으로 있네요! 우리가 지닌
재산은 다 날아가고, 우리 청춘은 연기처럼 사라졌네요.

　안카가 중얼거렸다.

　-내가 우리 집을 새로 지었을 때는, 집이 텅 비게 될 줄은, 또
우리 집 벽난로가 꺼질 줄은 몰랐네요... 나는 우리 가정을 아이
들의 수다와 웃음소리로 가득 채울 줄 믿었는데... 지금 검은 구
름이 온 세상을 덮고 있네요... 내가 이렇게 사는 게 좋은지, 죽
는 게 좋은지 종종 생각하게 되니!

　그레고리오가 다시 말했다.

　안카는 몸을 떨기 시작했다.

　-내 말 좀 들어봐요, 그럼 나 혼자 남게 될 텐데. 우리는 아직

은 살아갈 힘이 남아 있어요... 바로 그 일 때문에 내가 여기로 왔다구요. 한센병 환자든, 건강한 사람이든 죽는 것도 늙는 것도 언제나 같다구요. 한센병은 모두를 위협하고 있다구요.

그녀는 아직은 건강해 보이지만 푸르고 작은 반점으로 뒤덮인 남편 모습을 바라보며 중얼거렸다.

그는 그 말에 아무 말도 하지 않고, 평소의 졸린 듯한 무관심으로 돌아갔다.

불에서 나는 소리와 살반의 앓는 소리가 벽시계처럼 단조롭게 뚝-! 딱-! 거리며 들리는 듯하고. 반대편 모퉁이에서는 비트레카이가 플루오 귓가에 귀뚜라미처럼 부드럽게 속삭이는 소리가 들려왔다.

-플루오, 축제라는 것은 뭐에요?... 축제 날에는 사람들이 뭘 해요? 왜 저 사람들은 웃어요?... 이야기 좀 해 줘요, 플루오, 나의 은쪽이자 내 사랑 플루오... 오늘은 우리에게 너무 조용하네요. 아무도 말하지 않네요... 심장이 뛰고 있는데... 이리도 슬프고 우울하네요...

-어이, 그만하지... 왜 너 자신을 슬프다고 해? 너는 뭔가 다른 것을 봤어? 우리가 지난 시간을 생각해 보니, 우리가 슬프다는 거야... 다양한 축제가 있지요! 어떤 축제 날에는 그날 일하지 않아도 되거든. 하지만 옷은 평소처럼 입지요... 다른 날에는 사람들이 더 잘 먹고, 더 잘 입거든, 하지만, 아주 큰 축제도 있거든요. 그때는 사람들이 결혼식에 참석할 옷을 차려입고, 배 터지도록 많이도 먹기도 하지... 그때는 모두가 유쾌하지!

-플루오, 오늘은, 그럼, 내게 선물로 준 그 수건이라도 좀 걸쳐볼까요?

-아니. 오늘은 작은 축제인 걸... 부활절이나 성 니콜라오스[8]

---

8) 역주: 성 니콜라오스(270년 3월 15일 ~ 343년 12월 6일)는 3세기~4세기 동로마 제국에서 활동하였던 기독교 성직자로, 산타클로스의 유

같은 더 큰 축제일에 그 수건을 쓰면 되어요. 오늘은 말고요...

그는 이제 침묵하고, 자신의 누더기 같은 옷자락으로 소녀의 헐벗은 맨살을 덮어 주었다.

-그 메르겐이라는 여자가 매우 부당하게 행동하여 네가 가질 작은 셔츠를 자기 것으로 차지해 버렸구나.

-오, 플루오, 그것에 대해 더는 말하지 마세요. 내 눈에 곧장 눈물이 쏟아질 것 같아요. 난 셔츠를 가져본 적이 없어요... 안카가 그런 셔츠를 나를 위해 만들어 주기로 약속했거든요... 안카는 착한 사람이에요... 그녀가 여기에 뭘 하러 왔나요?

-뭐 하러 왔냐고? 어리석은 사람이라 여기로 들어왔지. 이제 그녀는 돌아갈 수도 없게 되었구나... 비테르카이! 우리 모두 저주를 받았기 때문이지.

-저주를 받았다고요?... 누구에게서 저주를?...

-그래. 저주를 받았어! 전염병이지, 공기 속에 날아다니며, 음식 속에도 들어 있어, 녹처럼 사람에게 떨어지는 그런 전염병이 우리에게 저주를 보냈지... 사람들은 아무것도 모른 채 즐겁게 지내고 있거든... 안타깝구나!... 밖에는 추위로 탁-탁- 갈라지는 소리가 나는데... 소년 소녀는 서로 달리기 경주하고 있고, 누가 한 사람을 잡으면, 그 사람에게 키스할 수 있거든... 사람들은 그런 행사를 "눈 감은 채 달리기" 라고 부르거든요. 왜냐하면, 키스하는 사람이 자기 눈을 감기 때문이지... 아니면, 사람들이 말을 마구간에서 내쫓기도 하지... 아니면 사람들이 춤을 추기도 하지... 남녀가 서로 손 잡고, 능숙하게 원을 그리며 돌고, 노래 부르고, 또 사람이 바뀌면, 서로 키스할 수도 있거든...

-키스는 왜 해요?

-넌 어리석고 아직 어리니. 나중에 성인이 되면...

-플루오, 저는요, 오직 당신하고만 늘 키스할 거에요... 살반과

____

래가 된 인물이기도 하다. 성인으로 시성되었으며, 축일은 12월 6일.

쿠투야크시트에게는 역겨운 냄새가 나고, 끔찍해요... 메르겐은, 저는요, 무서워요... 그레고리오와 안카는 나에겐 전혀 관심이 없거든요... 오직 플루오, 당신만 사랑해요...

-넌 어리석네... 나중엔 내가 살반처럼 될 수도 있고, 어쩌면 더 역겨워질 수도 있거든... 기다려요, 어쩌면 하나님이 네게도 누군가를 보내주실지도 모르지...

-그리고 그이가 화살을 쏘고, 그 화살이 굴뚝에 떨어질거구요... 그이는 그 화살을 찾으러 유르트 안으로 들어갈 거요... 그리고 그때 그이가 나를 발견하고는, 정말 매력을 느끼고는, 기절할 거에요. 그 다음, 그이가 다시 깨어나, 사랑에 빠지고는, 그 자리에서 펄쩍 일어나, 자신의 말에 올라타서는 자기 부모님께 달려가 이렇게 말씀드릴 것입니다: "내가 어떤 소녀를 봤습니다. 담비 두 마리를 새겨 놓은 것 같은 눈썹을 가진 소녀를요. 황금빛 날개를 활짝 편 두 마리의 새와 같은 모습의 눈을 가졌구요. 붉은 날개를 활짝 편, 두 마리의 나비 모습의 입도 가졌어요... 그 소녀가 말을 할 때는 흰 갈매기가 그 소녀 목 위에서 날아가는 모습이구요. 그 소녀가 걸을 때는 은빛 갈매기가 날아가는 모습이었구요... 그 소녀 몸은 하얀 옷을 통해 달 모양의 신체가 반짝이고, 그 투명한 옷을 통해 사랑스런 몸매가 빛나고 있었구요..."

플루오가 자신이 말해 준 동화를 제대로 말한다고 칭찬했다.

-모든 걸 잘 기억하고 있구나, 아가씨는!

-정말 제가 기억 하나는 엄청 잘 하지요... 제가 두 눈을 감으면, 모든 걸 볼 수 있어요...

-정말이네, 여러분, 오늘 우리도 축제를 벌입시다!

갑자기 플루오가 큰 소리로 말하고, 벤치에서 일어났다.

-우리가 축제를 즐깁시다, 축제를요! -안카가 그이 말을 지원하여 벽난로로 다가갔다. - 슬퍼요, 오늘 너무 슬퍼요... 우리가

더 큰 불을 피워요. 동의하지요?

-장작을 더 넣어요!

플루오가 소리쳤다.

-우리 한센병 환자들에겐, 내일을 생각하는 것은 죄라고 내가 늘 말씀드렸죠!

살반은 한숨을 지었다.

-하나님께서는 우리가 생각하는 것을 원치 않으셨고 도리어 우리 건강을 뺏어 가셨어요

-당신은 미쳤어요?... 당신 혼자만 살아요?... 겨울은 오랫동안 계속될 것이고, 우리에게는 땔감도 음식도 모자라는 판에. 그 공동체에서 당신들에게 뭔가를 보낼 것이라고 생각해요? 당신들이나 그걸 기다리세요!...

메르겐은 그 불을 더 지피려는 아이디어를 비난했지만, 지금은 그녀가 일어날 수 없어, 아무도 그녀를 두려워하지 않았다.

그 축제는 성공적이었다.

타오르는 불가에서 그들은 마침내 자신들의 차갑고 병든 몸을 충분히 따뜻하게 했다... 그들은 그 열기 속에서 즐겁게 지낼 수 있었다.

그들이 감고 있던 눈에는 만족의 눈물이 가득했다. 뻣뻣해진 힘줄이 다시 탄력을 얻고, 병든 관절이 잠시라도 아픔을 느끼지 않았다. 그들은 가져다 놓은 생선을 엄청 많이 요리했다.

-하나님께서 우리 영혼에도 기쁨을 보내 주셨네요...

쿠투야크시트가 중얼거렸다.

포만감에 취한 그들은 즉시 깊은 잠에 빠졌다.

얼마 지나지 않아, 연이어 몇 시간 동안엔 앓는 소리조차 들리지 않았다.

다음 날 아침, 날카로운 울음소리가 침묵을 깨뜨렸다. 그레고리오는 즉시 일어나, 안카 손을 잡았다.

-안카, 당신이 소리 질렀어요? 무슨 일이에요?

다른 사람들도 자신의 잠자리에서 고개를 들었다.

앓는 소리가 연신 들렸다, 그러나 다른 사람들...그들의 앓는 소리가 아니었다. 힘세고 전투적인 앓는 소리가 메르겐이 자는 어두운 구석에서 들려왔다.

-안카, 저 여자에게 한 번 가봐요

그레고리오가 떨리는 목소리로 투덜거렸다.

그 야쿠트 여자인 안카가 재빨리 옷을 챙겨 입고는, 불을 피우고, 어두운 구석으로 사라졌다.

그러자 그 앓는 소리가 잠시 멈췄다.

그러나 그 앓는 소리들이, 마치 이를 갈 듯이, 화가 난 듯이, 하지만 간청하듯이 다시 들렸다. 겁에 질린 비테르카이가 플루오 손을 꽉 잡았다.

-플루오, 난 무서워요! 저 여자가 저리도 괴상한 소리를 지르니!... 이제 다른 소리도 들리네요

-...플루오, 플루오!... 맙소사... 갓난애 울음소리네요... 안카가 갓난아이를 벽난로로 데려왔고, 그사이에도 저 갓난아이는 고함을 지르고, 연신 우네요... 저 갓난아이도 이 세상에서 쫓겨난 걸까요? 저리도 고함을 지르니, 플루오?…

-플루오, 도와줘요, 도와줘요! -안카가 재빨리 말했다. - 물을 좀 데워 줘요

-남자아이야, 여자아이야? 그 야쿠트 사람이 궁금해 물었다.

-남자 아이에요! 이 아이가 당신 아이에요?

플루오는 아니라며 고개를 내저었다.

-튼실한 아이네요! -그가 덧붙였다. -남자아이가 태어나, 좋네요. 나중에 일꾼으로 자라겠네요

안카는, 자신의 입가에 한 번 갖다 댄 물로, 그 갓난아이를 씻겼다.

출산한 그 여인이 조용히 신음했다.

　-안카! - 그녀가 마침내 중얼거렸다 - 여기로 좀 와 봐요! 남자 아이에요, 여자 아이에요? 남자 아이라구요! 이 아이가 그이 얼굴을 닮았는지 보여요? 그 아이를 그이에게 안고 가, 보여 주세요!... 하지만 지금 그이는 그런 호기심이 없을 거요... 안카, 우리 여자들만 불행하답니다... 어디에나... 우리는 우리 운명을 피해 숨을 피난처는 없네요. 그이는 왜 침묵합니까? 그이는 심지어 쳐다보지도 않겠네요! 그이는 이제 당신을, 젊고 신선한 당신을 가졌는데. 당신은 그이를 위해 일하면서 고통받을 거요... 그이를 믿지 마요!... 세상 그 누구도 믿지 마요...모든 사람은 자기 자신만 믿을 수 있어요, 누구나 자신이 자기 친구이기에... 한때 나는 남편이 있었고 그 남편은 내 부모님에게서 사랑스런 나를, 활달했던 나를 데려갔거든요. 우리는 행복했고, 나는 일도 잘 했고, 난 남편을 사랑했지만, 우리 사이에는 아이가 없었어요. 그게 내 잘못인가요?... 남편이 나를 미워하기 시작한 게 그 때문이었어요. ... "나는 이제부터 혼자 남을 거요, 가지가 생기지 않는 줄기처럼, 시커멓게 탄 나무 같은 당신 때문에 우리 집 벽난로가 꺼지고, 우리 집은 상속받을 사람도 없이 남을 거요" 그렇게 남편은 말하더군요 ... 그게 내 잘못인가요? 하나님이 주시지 않은 것을요!… 남편은 나를 미워했고, 더구나 다른 여자를 찾았고, 나를 고통스럽게 하고, 심지어 때리기조차 했어요. 남편은 나를 굶어 죽게 하려고 했으나, 그건 성공하지 못했지요... 그때 남편이 나를 여기로 내던져 버리더군요. 산 채로 이 지옥으로, 아무도 되돌아가지 못하는 이 지옥으로 산 채로 내던져 버리더군요! 남편은 정말 나를 내쫓을 수도 있었지만, 그이는 사람들이 내 재산을 되돌려줘야 함에 두려웠고, 남편은 재혼하지 못하게 될까 봐 두려웠어요. 그래서 남편은 내가 병들었다며 나를 여기에 내던졌어요... 그이가 나를 여기로 던져 놓았어요... 그이

가 나를 여기로 내던져 놓았어요...

그녀는 길고 쓰라리게 통곡했다.

-아이를 이리 줘요! 그 아이, 뭘 입혔나요?

메르겐이 잠시 뒤, 조금 진정되자, 마침내 말했다.

-내가 그 아이를 당신에게 당연히 주어야지요. 하지만 그보다 먼저 제물을 불에 던져 넣구요. 이 일이 오늘 밤에 일어날 줄 몰랐네요... 플루오, 어서 가서, 가장 살진 물고기를 한 마리 가져다줘요. 새로운 숨결을 보내신 분께 감사해야 해요. 자작나무 껍질로 만든 내 바구니도 좀 갖다 줘요. 내가, 메르겐, 당신을 위해 버터를 조금 남겨두었거든요!

플루오는 자신의 귀 뒤를 한 번 긁고는, 자신의 발에 헝겊을 두르고, 식료품 저장실로 들어갔다.

-왜 내가 가야 해? - 그가 중얼거렸다 - 그레고리오가 가야지.

그가 시끄럽게 식료품 저장실 문을 열고, 생선과 버터를 들고, 눈 덮인 안개에 둘러싸여 돌아왔다.

-오호라!... 정말 춥네. 눈보라가 이렇게 휘몰아치니, 누군가의 죄도 휩쓸어 가네...

-오, 불의 신이시여! 이 화염의 회색 머리카락의 노인이여! 우리 집안의 주인이자, 우리 집안을 주재하는 분이시여, 우리 가축과 아이들을 돌보는 분이시여! 저희의 신실한 마음의 작은 제물을 받아 주시고, 여러 가지 색의 가축도 보내주시고, 털이 많은 망아지도 보내주십시오. 화살을 당길 수 있는 강한 손가락을 가진 남자 아이도 보내주시고, 젖가슴이 튼튼한 소녀도 보내주십시오.

안카는, 탁-탁- 타오르는 불에 탄, 살이 토실토실한 물고기 조각들을 불길에 던지면서, 기도를 올렸다.

-그 노인네는 이걸 좋아해요. 이 제물을 즐거이 드실 겁니다!

플루오가 벽난로를 가리키며 조용히 말했다.

-당신은 그분께 생선 한 마리를 통째로 줬어요... 그 생선 한 마리를요!

살반은 비난하듯 중얼거렸지만, 그의 아내는 누더기로 싸인 자신의 손으로 그렇게 말하는 그의 입을 막았다.

-욕하면 안 돼요!

-다양한 색의 가축이 필요해요? 털이 많은 망아지도 왜 필요한가요? 그것들이 왜 필요한가요? 대신, 그분께는 우리를 담을 관, 관을 요청해야지요. 그 구운 생선은 우리가 마땅히 먹어야 하는데요.

그 노인이 중얼거렸다.

한편 안카는 작은 냄비에 버터를 녹여, 접시에 붓고, 거의 의식을 잃은 채 침대에 누워 있는 메르겐 입에 대었다.

-이것 좀 마셔 봐요, 메르겐!

방금 해산한 여자는 눈을 뜨지도 않은 채, 맛있고 향기로운 음식을 탐욕스럽게 삼켰다. 갑자기 그녀는 눈을 뜨자, 깜짝 놀랍게도, 자신 앞에 안카가 있는 것을 보고는, 무례하게 그녀를 밀쳤다.

-저리 가요! 가요… 나한테서요!

안카는 갓난아이를 데리고 나왔고, 그 산부가 있는 곳을 떠났다.

안카는, 침대에 꼼짝 않고 벽에 얼굴을 대고 잠자거나, 잠든 척하는 남편에게 돌아가지 않고, 아무도 자리를 차지 않고 있는 벤치로 가서, 그곳의 한쪽에 앉았다.

강보에 싸인 아이는 불안하게 그녀 무릎에서 움직였고, 그녀는 눈물을 흘리면서, 어둡고, 초라하고, 더러운 유르트 집을 바라보았다.

그 속에 산 채로 죽어가는 사람들이 반쯤 잠든 채 조용히 앓는 소리를 내고 있었다.

-나도 저렇게 되겠지요... 하나님, 내, 이 죄 많은 영혼을 불쌍히 여겨 주십시오. 빠르고 고통 없는 죽음을 허락하소서.

그녀는 자신에게는 어떻게 세상이 닫혔는지, 자신의 비참한 운명에서 어느 곳으로도 도망칠 수 없게 되었는지 이해가 되지 않았다. 이 생각은, 바람이 나무를 썩게 하는 것처럼, 그녀 용기를 깨뜨렸다. 당장 죽는 게 더 낫지 않을까? 아무도 그녀를 필요로 하지 않는구나!.... 똑같이 혼자인, 코 없는 표트루찬이 이제는 그녀에게 예전만큼 역겨워 보이지도 않았다...

그녀는 자신에 대해 안타까움을 느끼기 시작했고 그녀 눈에서 쓰라린 눈물이 흘러내렸다.

-하나님, 하나님!... 왜 하나님은 이렇게 저에게 가혹한 벌을 주시나요?

그 울음이 그녀에게 위로가 되었다. 그녀는 자고 싶었지만 피곤해, 남편 침대로 돌아갈 수 없었다. 그녀는 깊은 슬픔에 잠겨 밤새 그 벤치에 앉은 채로 졸았다.

하얀 날은 유르트의 언 창문을 통해 끔찍한 그림을 -진흙투성이의, 냄새 나는 물이 바닥에서 거울처럼 빛나고, 각자의 벤치에 누운 채, 누더기에 싸인 채 죽은 사람처럼 보이는 병자들의 그림을 -보여 주었다.

안카는 아무것도 보지 못했다. 그녀는 굴뚝을 통해 스며드는 바람 소리도 듣지 못했고, 동료들의 앓는 소리도 듣지 못했고, 마침내 그녀에게 돌아오라는 요청할 결심을 한 그레고리오의 부름도 듣지 못했다.

그녀는 자신의 무릎에 갓난아이를 품고, 달콤한 잠을 잤고, 그녀의 갈색 얼굴에 섬세한 미소가 빛났고, 그녀 눈썹은 자신의 가늘어진 뺨에 긴 그림자를 드리웠다.

IV

Aŭskultu maljunulino: hodiaŭ nokte la lastaj fingroj defalis de miaj manoj. Nun vi nutros min kiel malgrandan infanon!⋯ ĝemis Salban.

—Kompreneble mi faros tion! Ĉu mi ne faras tion jam de longe? La fingroj taŭgis por nenio ⋯ Ne malĝoju, — konsolis lin Kutujaĥsit.

—Vi estas prava, tamen domaĝe estas. Mi ne povas rigardi ilin, kiam ili kuŝas sur la planko ⋯ Ĵetu ilin en la fajron.

—Por kio?⋯ Ili haladzos kaj malpurigos la fajron ⋯ La fajron oni ne devas malŝati — murmuris Gregorio

—Ho miaj manoj, miaj fortaj manoj ⋯ Nun mi estas kvazaŭ arbo, karbigita de la fulmo! Ĉu vi memoras, Kutujaĥsit, la tempon, kiam ni falĉis sur nia herbejo? Ĉu mi tiam pensis, ke mi mortos ĉi tie? Mi, la plej lerta falĉisto en la tuta ĉirkaŭajo!⋯ Ĉu vi memoras, maljunulino, kiel feliĉe ni vivis? La najbaroj vizitis nin, alportis novaĵojn ⋯ Nun nigra nokto kovris niajn pupilojn ⋯ Ni edukis du filojn, du filinojn, sed ni scias nenion pri ili. En la komenco ili venis por etendi la manojn al ni almenaŭ de malproksime, sed nun ni ne scias, ĉu ili havas idojn, aŭ mortis mem? La pesto ilin ⋯

—Ne malbenu, Salban! — detenis lin Kutujaĥsit.

—Manĝaĵo restis por du tagoj, se ni manĝos kiel homoj, sed se ni ne faros tion, mi ne scias, — komencis solene Fluo, enirante en la jurton kun vazo en la mano. Anka sekvis lin.

—Malmulte restis! — aldonis ŝi.

—Por du tagoj?⋯ ripetis la aliaj.

—Kaj la vintro daŭras kaj daŭras ⋯

—Ĝi estas pli bona por ni, eble la komunumo ion sendos, antaŭ ol la degelo malbonigos la vojojn ⋯

—Esperu tion! Anka diris, ke ili mem havas nenion.

—Se ili ne havas, kion helpos nia babilado?⋯

—Eble Anka iros?

—Ili mortigos min, mortigos ⋯ Mi timas, mi ne iros! — murmuretis la juna virino, skuante nee la kapon.

La malsanuloj meditis, sidante ĉirkaŭ la fajro. La flamo tremis kaj ĝia ruĝa brilo kisis iliajn vizaĝojn, kovritajn de sangaj kaj bluaj makuloj, de malmolaj cikatroj; tra truoj en la malpuraj ĉifonoj ĝi penetris ĝis iliaj maldikaj kaj malfortiĝintaj membroj. Ĝia dolĉa varmo karesis la dolorajn korpojn kaj konsolis la malesperajn animojn. Ili avide suĉis ĝin, ĉar ankaŭ ĝi estis baldaŭ estingiĝonta.

—Kion ni decidos? — demandis Fluo.

—Ni atendos. Kion alian ni povas fari? Ni prepariĝu, —rediris malgaje Gregorio kaj lia voĉo subite raŭkiĝis.

Ĉiuj rigardis lin.

—Ĝi jam eniras en vian gorĝon, Gregorio! Ĝi neniun kompatas, ne atendas! — ridis Mergenj. — Ĉu Anka havas sufiĉe da ĉifonoj por viaj vundoj? Ili tuj aperos, estu certa.

Gregorio silentis kaj ne turnis la okulojn, sangajn kaj malklarajn, de la fajro. Ŝajnis al li, ke ĝi estingiĝas, malaperas, ke profunda mallumo lin ĉirkaŭas kaj vundoj, kiujn li ne havis ĝis nun, aperas sur la tuta korpo. Li esperis, ke la malsano pli longe indulgos lin, ke li longe ankoraŭ vivos preskaŭ sana ⋯

Sed ĝi estis jam ĉe la sojlo. Li leviĝis kaj iris al sia lito.

—Vi foriras, Gregorio? Kiu do portos lignon? Ni ja decidis atendi ⋯ Se ni ne atendos, kion ni faros? Kaj se ni devas atendi, ni bezonas lignon — diris Fluo.

Gregorio ne respondis.

Post la terura eltrovo, ĉio fariĝis indiferenta por li.

—Faru, kion vi volas!

Fluo momenton meditis, poste li kolere metis sur la kapon la ĉifitan peltan ĉapon, ĉirkaŭ la manoj li volvis ĉifonojn, kiuj anstataŭis la gantojn kaj eklamis sur siaj malsanaj piedoj eksteren por ligno. Anka iris

post li. Ili duope portis hejtaĵon, por preparifi ⋯ al
la atendado ⋯ Mergenj observis ilin el sia angulo,
sed ŝi tute ne intencis ilin helpi.

—Vi ankaŭ povus labori, vi ja estas sana! — diris
Fluo, kiu perdis sian kutiman toleremon.

—Mi? Kial vi ne vokas vian Biterĥaj? Ŝi ankaŭ
estas sana!

—Malgranda infano, senforta ⋯

—Infano? Por laborado ŝi estas infano!? La diablo
scias, kion vi faras kun ŝi, vi abomena kadavro!⋯

—Hontu, malbona virino!

—Kion vi diris?⋯ Malbona virino, vi diris, kanajl
o!⋯ Vi estas bona ⋯ Rigardu lin! La bona estas
sana, la bona estas forta, — li neniun petas pri io
⋯ Kiam li bezonas, li mem trovos ĉion ⋯ Mi ankaŭ
trovos, kiam mi bezonos ⋯ Sed vi devas labori ⋯
Malbenitaj lepruloj ⋯ Mi estis kaj estas sana. Dio ne
punis, ne signis min kiel vin ⋯ Oni ne devus vin
helpi, sed mortigi. Se vi ne ekzistus, mi ne estus ĉi
tie ⋯ Kial oni indulgas vin kaj lasas al vi la vivon?
Tuta rivero da insultaj vortoj kaj malbenoj ekfluis
el la buŝo de la pasia virino; kiam neniu respondis
al ŝi, ŝi kaptis la plorantan etulon, premis ĝin al la
brusto kaj siblis kolere:

—Suĉu, monstro kaj kresku! Vi fariĝu timigilo kaj
venĝu miajn turmentojn ⋯

Fluo kaj Anka, senbrue malfermante kaj fermante
la pordon, portis senĉese lignon en la jurton kiel

formikoj. Biterĥaj time trapasis la ĉambron kaj iris post ili.

Miloj da sunaj radioj, rebrilantaj de la neĝaj kristaloj, ŝin blindigis; momenton ŝi staris senmove en ilia aŭreolo, nuda kiel bronza statueto, malgranda kiel bastoneto, maldika, sed aminda pro natura gracio, kiu penetris, Dio scias per kia vojo, ĝis ĉi tiu terura kavo. Anka rigardis ŝiajn brakojn, maldikajn kiel herbeto, ŝian timigitan vizaĝon kun kapreolinaj okuloj kaj ridetis kompate.

—Iru, iru en la jurton. Kion vi deziras? Vi malvarmiĝos!

—Mergenj diris ··· Mi volus helpi ··· Donu almenaŭ unu ŝtipon ···

—Iru, iru ··· jen via ŝtipo — ekridis Fluo kaj donis al ŝi malgrandan pecon.

—Bone estas, ke la knabino havas konsciencon! — aldonis li, kiam ŝi eniris en la jurton kaj fermis la pordon.

Anka ekĝemis.

—Kia estos nia sorto!···

—Ne malĝoju. Ĝi ja okazas ne unuafoje. Dio ĉiam helpis nin. Ankaŭ tie, en la mondo, la malsato turmentas la homojn kaj ili nenie povas trovi rifuĝejon ··· La malĝojo pli doloras la homon, ol la vundoj, sed ĉu ĝi helpas lin?··· Gregorio devus labori kun ni ··· Diru al li, ke li devas vivi kiel la aliaj, ke li devas kutimi, — aldonis li delikate.

La lipoj de Anka tremis.

—Kion mi diros al li?··· Li ja ne estas infano ···
Ho, mia Dio!

—Jen kion mi konsilos al vi: plendu al la princo,
ke via frato proprigis al si la bovinojn, postulu, ke
li redonu ilin ··· La brutaro utilus, gajigus nin ···
Nun ni estas solaj, ni havas nenion ··· Mi kun
Gregorio povus falĉi la herbejon ··· Kvankam miaj
piedoj ne multe taŭgas, sed mi povas ankoraŭ stari
···

—Kiamaniere mi plendos?

—Vi diros tion al iu, kiu alveturigos manĝaĵon ···
Ili ja venos iam ···

Anka enpensiĝis, en ŝiaj okuloj brilis espero. Tiel
ili babilis, laborante seninterrompe, ĝis la fortoj ilin
tute forlasis.

La lepruloj kuiris la lastan vespermanĝon kaj
kuŝiĝis, por "atendi". Ili kovris sin per la vestoj ĝis
la kapo kaj penis ekdormi. Anka komunikis sian
projekton al Gregorio, sed li respondis indiferente:

—Jes, jes, ni vidos ···

En la silentiĝinta jurto oni aŭdis nur la ĝemojn de
Salban.

Li ne povis eĉ kuŝi, ĉar grandega, ĵus aperinta
vundo, okupis lian tutan dorson kaj ekstreme doloris
lin, krom tio li havis putran manon. Li duone sidis
sur la benko, apogante la nukon al ĝia dorso, kaj
ĝemis pli kaj pli plende. Kutujaĥsit, kiu ne malpli

suferis, leviĝis de tempo al tempo por doni al li akvon aŭ lavi liajn vundojn, ŝtopitajn per la malfl uidiĝinta sango. Tiam la malsanulo silentis momenton aŭ murmuretis al la edzino vortojn de la amo kiel en iliaj junaj jaroj ⋯ Neniu alia kuraĝis aliri al li. Eĉ Fluo deturnis kun timego la okulojn de ĉi tiu pentraĵo de la propra estonteco. Neniu iris eksteren.

Ili forte fermis la pordon kaj rekonis la tagojn per sunaj radioj, kiuj penetris tra la glaciaj fenestroj kaj metis ĉielarkokolorajn makulojn sur la argilan plankon kaj sur la senmovajn figurojn, kuŝantaj en la anguloj.

La noktojn ili rekonis per la grandiĝinta frosto, per krakado de la krevanta tero kaj per la luna brilo, kiu same kiel la suno penetris tra la glaciaj fenestroj, arĝentkolora, kaduka kaj malvarma. Ĉiutage ili manĝis iom da restinta nutraĵo, al kiu ili almiksis felon, segaĵon, larikan ŝelon. Fine ankaŭ tio mankis. Ili vivis, kvankam ili jam ne povis pensi, kvankam ili apenaŭ spiris en letargio, simila al la morto. Nur en la angulo de Mergenj daŭris la movado kaj iafoje ploris la etulo.

Tamen kiam foje longa bleko eksonis nokte en la korto, ĉiuj levis la kapojn.

—Ĉu vi aŭdas? Ili venis!⋯ Ili vokas!⋯

Ĉiuj aŭskultis avide, Fluo alrampis al la pordo kaj larĝe malfermis ĝin. La luna lumo penetris en la jurton tra la frosta nebulo. La bleko eksonis tre proksime.

—Lupoj — murmuretis la Jakuto kaj rapide fermis la pordon.

Ree por longe ekregis silento, interrompata nur de la ĝemoj de Salban kaj de la ploro de l' etulo. Fine Salban eksilentis.

—He!··· Fluo, leviĝu! Salban mortis. Ĉu vi sentas la teruran malbonodoron en la jurto?··· Ĝi sufokos nin ··· oni devas forigi lin ··· — post momento kriis Mergenj.

Neniu respondis. La ĉiam servema Fluo ŝajnigis dormi aŭ eble efektive ne aŭdis: li ne moviĝis. Mergenj, kiu ĝis nun evitis ĉiun movon kaj eĉ ne leviĝis por ĵeti lignon en la fajron, ĉifoje elsatis el sia angulo. Ŝi ekbruligis la fajron, aliris al la

Jakuto kaj kaptis lian brakon.

—Leviĝu!

Fluo kuŝis senmova.

—Efektive, ili mortis. Mi devos mem labori anstataŭ ĉi tiuj sentaŭguloj! La maljunulo tute infektos la aeron!···

Ŝi deĵetis la vestojn kaj nuda, terura, kun maldikaj pendantaj mamoj kaj kun malligitaj haroj, ŝi aliris al la mortinto kiel malsata lupino. Ŝi rigardis lian vizaĝon kaj ektremis pro abomeno, sed en ŝiaj okuloj tuj ekbrilis kolero kaj malamo.

—Ankaŭ mi fariĝos tia!···

Ŝi depuŝis de la benko la korpon per la piedo kaj penis eltiri ĝin el la jurto, sed la putraj membroj deŝiriĝis. Tiam ŝi elektis el la amaso da ligno du dikajn branĉojn kaj puŝis per ili la korpon kiel balaaĵon. Ŝi aliris al la fajrujo, sidiĝis sur la cindro kaj varmigis la genuojn.

—Fluo!⋯ Gregorio!⋯ Malbenitaj putruloj, ĉu vi ne leviĝos por elĵeti vian patron?⋯ Helpu, mi ne povos fari tion ⋯ ĉu tio estas mia devo?⋯

Neniu respondis. La obstina virino kovris sian nazon kaj buŝon per tuko, kaptis la mortinton per ambaŭ manoj kaj komencis ruli ĝin trans la altan sojlon, Ĝi ne estis facila, la mola korpo glitis el ŝiaj manoj kaj alkroĉiĝis al la fosto.

—Nun mi certe infektiĝos — pensis ŝi, sentante sur sia brusto la malsekan tuŝeton de la mortinto. La malvarma aero, lumigita de la luno, ĉirkaŭis ŝin kiel glacia akvofalo. Ŝi pene finis la malfacilan taskon, rapide fermis la pordon kaj revenis al la fajrujo. Ŝi tremis de ekscito kaj malvarmo kiel tremolo skuata de ventego.

—Mi devas min lavi, alie mi mortos de la sola odoro ⋯ Ŝi fluidigis glacion en la kaldrono kaj lavis sin. Poste ŝi serĉis manĝaĵon en ĉiuj anguloj de la jurto. La infano plende ploris. Ŝi rigardis la vestojn de Anka, elektis pli bonajn kaj vestis sin. En la ĉifonoj de Fluo ŝi trovis tranĉilon kaj prenis ĝin.

Ĉe Gregorio ŝi staris momenton meditante, sed ne

tuŝis lin. Ŝi revenis al la fajro, kiu preskaŭ estingiĝis kaj malforte briletis. La etulo ploris. La spirado de la dormantoj sonis en la anguloj de la jurto; ŝajnis al Mergenj, ke ŝi mem aŭdas paŝadon.

Ŝi malfermis la pordon kaj aŭskultis, sed aŭdis nenion. La luno kaj neĝo brilis en silento. Post ŝi ploris la etulo, kaj ĉe ŝiaj piedoj kuŝis la abomena korpo de Salban. Ŝi revenis al la fajrujo kaj ekbruligis grandan fajron ⋯ Ŝajnis al ŝi, ke ŝi vidas la malproksimajn jurtojn, kie sataj homoj dormas en varmo, kie odoras vivo kaj sano.

—Mi iros! — murmuretis ŝi. — Mi iros!⋯ Ili mortigu min! ⋯

Ŝi deŝiris de la dormanta Gregorio la jakon de Anka kaj prenis ŝian ĉapon, kiu pendis ĉe la kapkuseno sur najlo. Gregorio vekiĝis kaj levis la kapon, iliaj rigardoj renkontis unu la alian.

—Kion vi volas? — demandis li per malsonora voĉo.

—Mi volas ⋯ vian vivon, amon vian, malsaĝa viro! — ekridis ŝi.

Ŝi pendigis la tranĉilon ĉe la zono, prenis vojaĝan bastonon kaj eliris. Brue fermiĝis post ŝi la pordo. La vento ekpelis en la jurton flamojn kaj fumon el la fajrujo.

—Ŝi foriris?! — murmuretis Anka. — Ankaŭ mi forirus! Mi ne havas fortojn ⋯

—Ŝi proprigis al si viajn vestojn, Anka, la infano

frostiĝas! Ĉu vi aŭdas, kiel ĝi ploras? — diris
Gregorio.

—Mi ne havas fortojn, mi ne leviĝos, mi ne povas
…

Gregorio ne insistis, sed ili ambaŭ ne povis dormi
kaj senĉese aŭskultis: la etulo ploris pli kaj pli
mallaŭte, pli kaj pli plende.

Mergenj iris en la arbaron sur la vojon, sur kiu
Anka iam veturis kun Pjotruĉan, ĉar tie staris la plej
proksima loĝejo de la Jakutoj. La mallumo kaj
malbona vojo ne malhelpis ŝin. Tie ĉi ŝi naskiĝis kaj
konis tre bone la ĉirkaŭaĵojn. La noktaj frostoj
glaciigis la suprajon. de la degelantaj neĝoj kaj
formis sur ili glatan ŝelon, kiu faciligis la iradon.
Jam antaŭe Mergenj vizitis la najbarajn vilaĝojn,
puŝata de nevenkebla sopiro al la mondo, kiu tiel
maljuste ŝin forpelis. Iafoje ŝi sukcesis ŝteli ion,
preni forgesitan veston, somere eltiri retojn el la
akvo aŭ proprigi al si boaton, lasitan ĉe la bordo.
Ŝi estis kuraĝa kaj forta.

Ŝi iris rapide, frapante la vojon per la bastono por
eviti molajn, ne sufiĉe glaciiĝintajn neĝajn amasojn.
Ŝi rapidis por atingi la celon, antaŭ ol la malsato
kaj malvarmo ŝin senfortigos.

—Ve, mi ne povas plu iri! — pensis ŝi, kiam post
unu horo ŝi komencis faleti kaj ŝiaj pensoj fariĝis
malklaraj.

Sed baldaŭ ŝi kuraĝiĝis, malsekigis la lipojn per

neĝo kaj iris antaŭen ⋯ Ŝi aŭdis de malproksime bojadon de hundoj.

—Ankoraŭ iom ⋯ Mi ankoraŭ havas fortojn⋯ Interese estas: ĉu ili leviĝis, aŭ ne?⋯ Se ili leviĝis, mi malkaŝe eniros en la jurton ⋯ Ili faru, kion ili volas ⋯

Malvarma ŝvito kovris ŝin, kiam ŝi pensis, kio okazos, kiam ŝi aperos subite, malbenita inter vivaj.

En la mallumo ŝi vidis malklare la jurtojn, kovritajn de la neĝo. Ĉiuj dormis tie: oni vidis nek lumon en la fenestroj, nek fumon super la kamentuboj. Ĉe la jurto staris pli malgrandaj konstruaĵoj: la staloj por la bovinoj kaj la provizejoj, Mergenj ŝanceliĝis. La hundoj ĵetis sin al ŝi bojante, sed ŝi jakute ilin vokis, ili trankviliĝis kaj komencis svingi la vostojn, atendante de ŝi donacon.

La Jakutino kiel ombro, pasis preter la domo kun la hundoj kaj malfermis mallaŭte la pordon de la stalo.

La varma aero kaj la akra odoro de la brutaro, tiel agrabla por ĉiu Jakuto, ĉirkaŭis ŝin. Senbrue ŝi enrampis kaj fermis post si la pordon. Momenton ŝi staris senmova aŭskultante. Iu dormis en la stalo. Kune kun la ronkado kaj remaĉado de la bovinoj ŝi aŭdis regulan homan spiradon. Ebria pro dezirego, ŝi etendis la manojn kaj iris antaŭen. Ŝi tuj trovis la varman kaj moviĝeman dorson de bovino. Ŝi genufl eksis kaj per tremantaj manoj komencis serĉi la mamojn. Ili estis plenaj de lakto. Ŝi kliniĝis al la ventro de la besto, ĉirkaŭis ĝin per la brakoj kaj komencis avide suĉi ⋯ Ŝia korpo ektremis pro dolĉa ĝuo ⋯ Ŝi sentis, ke ŝia propra brusto, tiel longe malplena, varmiĝas kaj pleniĝas. ⋯

—Kiu estas tie?⋯ Kiu estas tie ĉi? — kriis post ŝi timigita virina voĉo, kiam ŝi mallaŭte kaj singarde rampis reen al la pordo.

Ŝi foriris ĝustatempe, ĉar fumo kaj fajreroj jam supreniris el la kamentubo kaj voĉoj jam murmuretis en la jurto. Ŝi kuris feliĉa kaj gaja, aŭskultante, ĉu la hundoj bojas post ŝi aŭ ne?

Kiam frue matene ŝi revenis hejmen, la lepruloj kuniĝintaj ĉe la fajro renkontis ŝin per ĝoja eksplodo.

—Vi revenis, Mergenj, kaj kion vi alportis?

Ŝi levis la ŝultrojn, deĵetis la vestojn, kovritajn de neĝo, kaj prenis la plorantan infanon el la manoj de Anka. — Mi nenion trovis. ⋯ Morgaŭ ⋯

Sed ankaŭ en la sekvinta tago ŝi trovis nenion: ŝi revenis malfrue kun pafvundo en la piedo ⋯ Ili demandis ŝin pri nenio; malgaja kaj silenta ŝi bandaĝis la vundon, petante nenies helpon.

Nokte ŝi deliris. Ŝiaj ĝemoj fariĝis nun sovaĝa kanto, kun kiu subite kuniĝis la blekoj de la lupoj, disŝirantaj ekstere la korpon de Salban. La terura ĥoro jam ne silentiĝis, ĝi fariĝis nur pli aŭ malpli laŭta ⋯ Malbenoj, senhontaj vortoj sonis en la angulo de Mergenj, miksitaj kun hundaj, brutaj kaj ĉevalaj blekoj ⋯ La malsanuloj ne kredis plu, ke tio estas virinaj ĝemoj. En la mallumo aperis antaŭ ili teruraj fantomoj: la dioj de la pesto kaj malfeliĉo ⋯

—Ili venis, ili venis ⋯ moki nian mizeron!⋯

Kutujaĥsit ankaŭ ne povis deteni sin kaj komencis kriegi ⋯Gregorio kaj Anka sentis, ke spasmo premas ilian gorĝon ⋯ Fluo sidiĝis sur la lito kaj ekbojis ⋯ Subite li larĝe malfermis la okulojn kaj tute konscia ekkriis ĝoje:

—Viando! ? Kie vi prenis ĝin, Mergenj?

Lia voĉo vekis la aliajn, forpelis la fantomojn; kiel aro da rabistoj la malfeliĉuloj elsaltis el la litoj kaj rampis al Mergenj, sidanta ĉe la fajrujo. Ŝi turnis al ili la makulitan vizaĝon de sango kaj minace montris la dentojn ⋯ Ŝi tenis en la mano infanan brakon. Teruritaj ĉiuj reiris kaj falis sur la litojn.

La ekskursoj de Mergenj ne restis sen sekvoj. Post kelke da tagoj ili ekaŭdis vokon post la pordo kaj rampis al la sojlo. —Ne aliru, ne aliru!⋯ — kriis al ili Jakuto, kiam ili malfermis la pordon por iri eksteren. Li baris al ili la vojon per ponardego.

—Mi alveturigis por vi manĝaĵon. Ĝi devas sufiĉi ĝis la printempo. La komunumo mem malsatas. Jen estas retoj por Fluo. Vi mem devas labori somere kaj kolekti provizojn ⋯

—Vi ĉiam donas malnovajn retojn ⋯ — ĝemis Fluo.

—Ni donas pro kompato, senpage! Vi prenu ilin tiajn, kiaj ili estas! Kanajlo Mergenj ne kuraĝu vagi en niaj vilaĝoj ⋯ ni ŝin mortigos. La leĝo ne permesas disporti la infekton en la lando ⋯

—Ni ne ellasos ŝin ⋯ Ŝi estas malsana, vundita ⋯ kriis la aro da ĝojiĝintaj mizeruloj.

—Aŭskultu. ⋯ Ne foriru ankoraŭ ⋯ — komencis Anka per malforta voĉo. — Diru, ke mi plendas, ke Pjotruĉan trompis min ⋯ Ne, li ne ⋯ trompis, li pro eraro prenis miajn bovinojn ⋯ Li redonu ⋯

—Parolu pli laŭte! — de malproksime kriis la veninto.

—Mi ne povas!⋯ Venu pli proksime, mi estas sana!⋯

—Tio estas vi, Anka! Malfeliĉa, kion vi faris?⋯

—Tio jam ne estas ŝanĝebla ⋯ Diru al la princo, ke li ordonu redoni miajn bovinojn kaj mian havon ⋯

—Li ordonu ⋯ alie ni mem venos ⋯

—Vi ne kuraĝu ⋯ Ni rostos vin vivajn. Ni ŝlosos vin en jurto kaj bruligos ⋯ Malnobluloj!⋯ — kriis la Jakuto.

—Ni ĉiujn vin venenos ⋯ — furioze respondis Mergenj el la domo; ŝi ne kuraĝis iri eksteren.

—Ĉu ŝi freneziĝis? — demandis la veninto per jam pli trankvila voĉo ⋯ — Vi pensas, ke ni ne kompatas vin, sed kion ni povas fari, ni mem suferas malsaton kaj mizeron ⋯ La suno paliĝas antaŭ miaj okuloj, kiam mi vin rigardas ⋯ Mi diros al la princo, ke vi petas pri la bovino, kredeble li konsentos, sed, pro Dio, vi restu ĉi tie ⋯

—Iru, Dio vin benu! Vi estu feliĉaj, vi vivu, sed ne forgesu pri ni, la plej mizeraj el la mizeruloj! — kriis post li la lepruloj.

4장. 환자 두 사람의 죽음

-노마님, 제 말을 들어보세요: 오늘 밤에 내 손에 남은 손가락들마저 떨어져 나갔네요. 이제 당신이 나를 어린아이처럼 떠 먹여 주어야 해요!…

살반은 한숨 쉬며 말했다.

-당연히 그리 해야지요! 내가 이 일 오래 해오지 않았어요? 손가락이야 쓸모가 그리 없지요... 너무 슬퍼하지는 마요.

쿠투야크시트가 그를 위로했다.

-노마님, 말씀이야 맞지만, 그래도 아쉽거든요. 바닥에 저 손가락들이 저리 놓인 것을 내가 차마 볼 수 없네요... 저걸 저 불 속에 집어 넣어주세요.

-뭐 하려고요?... 저게 악취만 나고, 저 불도 오염시킬 거요... 저 불을 사람들이 싫어할 수는 없거든요.

그레고리오가 작은 소리로 말했다...

-오호라, 내 손, 튼실했던 내 손... 이제 나는, 번개에 검게 타버린 나무 신세가 되었네요! 기억하나요, 쿠투야크시트, 우리가 풀을 베던 때를요? 그때는 내가 여기서 죽을 거라고 생각이나 했겠어요? 들에서 풀을 가장 베는 사람인 내가요!... 노마님, 우

리가 얼마나 행복하게 살았는지 기억하고 있어요? 이웃이 우리를 찾아왔던 때를요. 그네들이 전해주는 소식들을 들었던 때를요. 이제 까만 밤이 우리 두 눈을 덮고 있네요... 우리는 아들 둘, 딸 둘을 키웠지만, 이제 그 자식들 소식은 전혀 모르니. 처음에는 그 아이들이 우리를 찾아와, 저 멀리서 우리에게 손을 내밀고 안부라도 물으러 왔거든요. 지금은 그 아이들이 시집 장가는 갔는지, 자식이 있는지, 죽었는지 우리가 알 수 없으니. 이 빌어먹을 전염병이 자식들과의 관계도 끊어놓았으니...

-그런 저주의 말씀은 말아요, 살반!

쿠투야크시트가 그런 말을 하는 살반의 말을 막았다.

-우리가 평상시 먹듯이 그렇게 먹는다면, 우리에겐 이틀 정도 먹을 양식만 남아 있어요. 하지만 그렇게 하지 않아도, 우린 어찌 될지 난 모르겠네요.

플루오가 한 손에 꽃병을 들고, 유르트 안으로 들어서면서 엄숙하게 말했다.

안카가 그 뒤를 따라 들어섰다.

-얼마 남지 않았어요!

그녀가 덧붙였다.

-이틀 정도 먹을 수 있다고요?...

다른 사람들이 그 말에 되물었다.

-겨울은 아직 계속, 계속되니...

-우리에게는 이 상황이 더 나을 수 있겠네요. 얼음이 녹으면 길이 나빠지니, 그 전에 그 공동체가 우리에게 뭐든 보내주면 좋겠는데요...

-그리 기대해 봅시다! 그런데 안카 말로는, 그들도 먹을 게 많지 않다고 하던데요.

-그들에게도 아무것도 없는데, 우리 대화가 무슨 소용이 있겠어요?...

-안카가 한 번 나가 보는 것이 어떤가요?

-그네들이 나를 죽일지도 몰라요,... 죽일지도요... 두려워요. 난 못 가겠어요!

젊은 안카가 중얼거리며 고개를 내저었다.

병자들은 불 주위에 앉아, 생각에 잠겼다. 불꽃은 떨리고 있고, 붉은 불빛이 피와 푸른 반점, 딱딱한 흉터로 뒤덮인 병자들 얼굴을 환하게 비쳤다. 불빛은 더러운 누더기 같은 옷에 난 구멍을 통해 그들의 얇고 약한 몸의 각 기관으로 침투했다. 불은, 달콤한 따뜻함으로, 그들의 아픈 몸을 어루만지고, 절망에 빠져 있는 영혼들을 위로했다. 병자들은, 곧 그 불이 꺼질 것도 잘 알기에, 그것을 열심히 흡입했다.

-우리가 무엇을 결정할 수 있을까요?

플루오가 물었다.

-우리는 기다리는 수밖에요. 달리 우리가 또 무엇을 할 수 있겠어요? 우리가 준비해야지요.

그레고리오가 다시 슬프게 말하자, 그의 목소리에는 갑자기 쉰 소리가 났다.

모두가 그를 쳐다보았다.

-그게 벌써 목구멍에도 이제 들어갔네요, 그레고리오! 그게 누구도 불쌍히 여기지 않고 기다리지도 않으니! -메르겐이 웃어버렸다. -안카, 당신은 그레고리오의 몸에 난 상처에 쓸 헝겊을 충분히 가지고 있나요? 그 증세가 곧 나타날 거요. 분명히 그럴 거요.

그레고리오는 그 말에 아무 대꾸도 없이, 그 불에서 피어린 흐릿한 두 눈을 다른 곳으로 돌리지도 않았다. 그 불이 곧 꺼지고 없어질 것이라고, 또 깊은 어둠이 그를 에워싸고, 그에게 지금까지 없던 상처들이 그의 온몸에 나타나고 있음을 보는 것만 같다. 그는 그 병이 더 오래 그에게 닥치지 않기를, 그래서 그가 거의 건강한 채로 더 살아갈 수 있기를 희망했다... 그러나 병마는 이미 저 문턱에 와 있었다. 그는 자리에서 일어나서 자신의 침대로 갔다.

-그레고리오, 당신은 그 자리를 떠나가나요? 그럼 누가 땔감을 가져다줄 건가요? 우리는 정말 기다릴 결정을 했어요... 기다리지 않으면, 뭘 할 수 있을까요? 그리고 우리가 여기서 기다려야 한다면, 땔감이 더 필요해요.

플루오가 말했다.

그레고리오는 그래도 아무 말이 없었다.

그 끔찍한 발견 이후에는, 모든 것이 그에게 무관심해졌다.

-당신들 하고 싶은 대로 해요!

플루오는 잠시 생각에 잠겼다가, 나중에 화를 내고는, 구겨진 모피 모자를 자신의 머리에 쓰고는, 손 주위에는 장갑을 대신해 헝겊을 두르고, 아픈 발임에도 불구하고 장작을 구하러 밖으로 나갔다.

안카도 그를 따라갔다.

그 두 사람이 앞으로 쓸 장작을 가지고 들어왔다... 기다림에 필요한 장작을 ...

메르겐은 자신이 자리한 구석에서 그들을 지켜봤지만, 그녀는 그 두 사람을 전혀 도울 생각이 없다.

-당신은 일도 할 수 있고, 건강한 데도, 가만히 있을 거요!

평소의 인내심을 잃은 플루오가 말했다.

-나? 당신은 왜 당신 사람인 비테르카이는 부르지 않나요? 비테르카이도 건강하다구요!

-그 조그만 아이가 무슨 힘이 있다고...

-아이라고요? 일도 잘 하던데, 웬 아이!? 악마는 당신이 그 아이와 무슨 짓을 하는지 잘 알아요, 당신, 이 역겨운 시체 같으니라고!…

-부끄러운 줄 알아, 나쁜 여자야!

-뭐라고요?... 나쁜 여자라고. 당신이 그리 말하다니, 악당 같으니!... 그럼, 당신은 착한 사람이라고... 저이를 좀 봐! 착한 사람이란 건강한 사람을 말하는 거고, 착한 사람이란 힘센 사람을 말하는 거요... 저이는 아무에게도 아무 요구를 하지 않아... 저이는 뭔가 필요하면, 그때는, 저이 스스로 모든 것을 찾아내거든요... 나도 내가 필요할 때 뭐든 찾아 낼거요... 하지만 당신네, 저주받은 병자들인 당신들이 일해야지요... 나는 예전에도 지금도 건강하거든요. 하나님은 내게 벌을 내리지도 않았고, 당신들처럼 내게 표식도 주지 않았거든... 당신네들을 꼭 도와야 하는 일은 아니요. 죽는 일에는 도움을 줄 수 있지요. 당신네들이 없었다면, 나도 여기 없었을거요... 왜 사람들이 당신들을 용서하고, 당신들에게 살아가도록 놔두었을까요?

끊임없는 모욕의 말과 저주의 말이 그 열정적 여자의 입에서 흘러나오기 시작했다. 아무도 그녀 말에 대꾸하지 않자, 그녀는 울고 있는 갓난아이를 붙잡고, 그 아이를 가슴에 안고, 화를 내며, 또 그 화를 삭이지 못하고서 계속 소리질렀다.

-빨아, 괴물아, 어서 크거라! 네가 나중에 도깨비가 되어 이 에미 고통에 복수해다오...

플루오와 안카는, 소리 없이, 그 출입문을 여닫으며, 개미처럼 쉬지 않고 뗄감을 유르트 안으로 옮겼다.

비테르카이는 소심하게 그 방을 가로질러, 그 두 사람을 뒤따랐다. 수천 개의 햇빛이 눈으로 뒤덮인 결정체에 반사되어, 그녀 눈을 한순간 멀게 했다. 잠시 그 소녀는, 그 두 사람의 후광 속에 움직임 없이, 마치 벌거벗은 작은 청동 조각상처럼, 마치 가늘고 작은 막대기처럼, 서 있었다, 하지만 그 모습은, 하나님이 무슨 연유로 그 소녀를 이 공포의 구덩이까지 오게 했는지 모르지만, 그렇게 스며든 자연의 은총에 사랑스러웠다.

안카는 풀처럼 가느다란 그녀 두 팔을, 또, 여린 사슴 같은 눈의, 겁 많은 얼굴을 바라보았다. 그러고는 안카가 연민의 표정으로 웃었다.

-들어가, 유르트 안으로 들어가. 뭐 하러 나왔어? 네 몸이 곧 차가워질 거야!

-메르겐이 말하더라고요... 제가 돕고 싶어서요... 장작 중 하나는 제게 주세요...

-들어 가, 들어 가... 그럼, 이것만 받아요.

플루오가 웃으며, 그 소녀에게 작은 장작 하나를 주었다.

-저 소녀에게 양심이 있다는 게 좋게 보이네요.

그 소녀가 유르트 안으로 들어가 출입문을 닫자, 플루오는 그렇게 말했다.

안카는 한숨을 쉬기 시작했다.

-우리 운명이란 정말 힘드네요!...

-슬퍼하지 마요. 이게 어디 한 번만 있었나요?. 하나님은 항상 우리를 도우셨어요. 그들이 있는 세상 그곳에도 배고픔은 고통스럽게 만들지만, 그 사람들은 어디서도 피난처를 찾을 수 없어요... 그 상처 자체보다 슬픔이 사람을 더 아프게 하지만, 그 슬픔이 그에게 도움이 될까요?... 그레고리오는 우리와 함께 일해야만 해요.... 그러려면 그이에게 말해요, 그이는 다른 사람과 마찬가지로 그렇게 살아야 하고, 이제 그가 익숙해져야만 한다고요. 그가 진지하게 덧붙였다.

안카의 입술이 떨렸다.

-그이에게 내가 뭐라 말해야 할까요?... 그이는 정말 어린애가 아니닌데요... 오, 맙소사!

-당신에게 조언하자면, 이렇습니다. 당신 오라버니가 당신 젖소들을 자기 걸로 만들었다고 왕자님께 불평을 해보세요. 그래서 그 젖소들을 그 왕자님이 돌려주게 해 달라고 요구도 좀 하

구요... 가축은 우리에게 유용할 것이고, 우리를 유쾌하게 해 주니까요... 이제 여기는 우리만 남아 있어요. 아무것도 가진 것이 없으니... 그레고리오와 나는 초원의 풀을 벨 수 있어요... 내 발이 별로 좋지는 않지만, 그래도 서서 일할 수는 있으니까요...

-어떤 식으로 내가 불평을 전해요?

-식량을 가져다주는 그 사람한테 말하면요... 그들은 정말 언젠가 올 겁니다...

그녀 역시 생각에 잠겼고, 그녀 두 눈에 희망이 빛나고 있다. 그리하여 그 두 사람은, 힘이 완전히 사라질 때까지, 쉼 없이 이야기를 나누었다.

한센병 환자들은 마지막 남은 먹거리로 저녁 식사 준비를 해 놓고는, 자리에 누워 "기다린다".

그들은 자신의 머리까지 옷으로 덮고서 잠을 청하려고 했다.

안카는 자신의 계획을 그레고리오에게 전했지만. 그는 무관심하게 답했다.

-그래요, 그래요, 우리가 두고 봅시다...

조용한 유르트 안에는 살반의 앓는 소리만 들렸다.

살반은 방금 생긴 엄청 큰 상처가 자신의 등 전부를 덮자, 이로 인한 아픔이 너무 심해, 제대로 눕지도 못하고, 게다가 손도 하나가 썩어 있다. 그는 벤치에 반쯤 앉아 목을 등받이에 대고, 점점 더 애처롭게 앓는 소리만 냈다. 그에 못지않게 고통을 겪고 있는 이가 쿠투야크시트지만, 수시로 자리에서 일어나, 그이에게 물을 주거나, 피딱지 상처를 씻겨주었다. 그러자 그 병자는 잠시 고통을 참더니, 젊은 시절처럼, 자기 아내에게 사랑의 말을 중얼거렸다... 아무도 감히 그에게 다가가는 다른 사람이 없었다. 플루오 조차도 자신의 미래를 그린 이 장면을 통해 예상하며, 두려워서 눈을 돌렸다.

그러고 아무도 유르트 밖으로 나가지도 않았다.

그들은 유르트 출입문을 굳게 닫았다.

그러고는 그들은 나날의 낮의 변화를 얼어붙은 창문을 통해 들어와, 그 유르트 안의 흙으로 된 바닥에 또, 구석마다 놓여 있는 움직임 없는 인물들에 무지개빛 흔적을 남기는 햇빛으로 인식하게 되었다.

그러고 밤의 변화는 매서워지는 추위로, 땅이 갈라지며 내는 소리로, 또, 마치 얼어있는 창문을 통해 스며드는 태양처럼, 은은하며 쓸쓸하고 차가워지는 달빛으로 가늠할 수 있었다.

매일 그들은 남아 있는 식량 약간에 가축의 말린 껍데기나 톱밥 또는 낙엽송 껍질을 섞어 먹었다. 마침내 이마저도 부족하게 되었다. 그들은, 더는 아무 생각을 할 수 없었지만, 또 그들이 죽음과 비슷한 혼수상태에서 간신히 숨만 쉬고 있지만, 삶은 이어져 갔다. 메르겐이 있는 모퉁이에서만 움직임이 계속되었다. 때로, 그 갓난아이가 울기도 했다.

그러나 가끔, 밤에는 마당에서 길게 울부짖는 소리가 들리면, 모두 각자 고개를 들었다.

-들리나요? 그들이 왔네요!... 그들이 부르고 있어!...

모두가 귀를 쫑긋하여 열심히 듣고 있었다.

플루오가 출입문 쪽으로 기어가, 그 출입문을 활짝 열었다.

추위의 안개 사이로 달빛이 유르트 내부로 들어왔다.

그 울음소리는 아주 가깝게 들렸다.

-늑대 울음소리네요.

그 야쿠트족 사람은 그렇게 중얼거리고는, 재빨리 그 출입문을 닫았다.

다시 오랫동안 침묵이 흘렀다. 그 침묵은, 살반의 앓는 소리와 그 갓난아이 울음소리가 날 때만 중단되었다. 마침내 살반도 말이 없다.

-어이!... 플루오, 일어나 봐요! 살반이 죽었어요. 유르트 안에

서 이 지독한 악취를 못 느껴요?... 악취에 우리가 질식할 정도라구요... 우리가 저이를 다른 곳으로 옮겨야 해요...

잠시 후 메르겐이 소리쳤다.

아무도 대답하지 않았다.

항상 먼저 도우려던 플루오는 잠든 척했거나 어쩌면 실제로 그 말을 듣지 못했나보다: 그는 움직이지 않았다.

지금까지 모든 움직임을 회피한 채, 벽난로로 장작을 밀어 넣는 일에도 꼼짝 않던 메르겐이 이번에는 자신이 자리한 구석에서 벌떡 일어났다. 그녀는 불을 켜고, 그 야쿠트 사람에게 다가가, 그의 팔을 잡고 말했다.

-일어나 봐요!

플루오는 그래도 움직이지 않고 누워 있었다.

-정말, 이럴 수가, 이 두 사람이 같은 시점에 죽었네. 이 쓸모없는 작자들 대신 내가 직접 일을 해야 하니! 저 노인이 집안 공기를 완전히 감염시키겠네!…

그녀는 자신이 입고 있던 옷들을 내던지고는, 알몸으로, 끔찍하게도, 가녀린 늘어진 젖가슴과 헝클어진 머리카락으로, 배고픈 암늑대처럼 그 시신에게 다가갔다.

그녀는 그 시신 얼굴을 보고, 혐오스런 모습에 자신의 몸을 떨었지만, 즉시 그녀 눈에는 분노와 증오가 번쩍였다.

-나도 언젠가 저렇게 되겠네!

그녀는 자신의 발로 그 시신을 벤치에서 밀어, 유르트 밖으로 끌어내려 했지만, 이미 썩은 팔다리가 찢겨 나갔다. 그때 그녀는 장작더미에서 2개의 두툼한 장작을 골라, 그것들로 마치 쓰레기 뭉치인양 그 시신을 밀어냈다.

그녀는 벽난로 가까이 다가가, 잿더미 위에 앉아, 자신의 두 무릎을 조금 뎁혔다.

-플루오!... 그레고리오!... 빌어먹고 문드러질 작자들 같으니,

당신들이 일어나서 당신 애비를 밖으로 밀쳐내는 일을 도와야지
요?... 나를 좀 도와 줘. 내가 이 일을 할 수 없을 것 같아... 이
게 내가 해야 할 일인가요?...

아무도 대답하지 않았다.

그 완고한 여자는 자신의 코와 입을 천으로 가리고, 그 시신
을 자신의 양손으로 붙잡아, 높은 문지방 위로 굴리기 시작했다.

그 일은 쉽지 않았다.

그 물렁한 시신이 그녀 두 손에서 미끄러져, 기둥에 가서 붙
어버렸다.

－이번엔 내가 분명 감염되겠네.

그녀는 자신의 가슴에 시신이 닿자, 시신의 축축함을 느끼면
서 생각했다. 달빛을 받은 차가운 공기가, 마치 언 폭포처럼, 그
녀를 감쌌다. 그녀는 그 힘든 일을 끝내고, 재빨리 출입문을 닫
고 벽난로로 돌아왔다. 그녀는, 마치 강풍에 흔들리는 사시나무
처럼, 흥분과 추위로 몸을 떨었다.

－내 몸을 씻어야 해. 그렇지 않으면 이 냄새만으로도 내가 죽
게 되겠네...

그녀는 가마솥에 얼음을 넣고, 몸을 씻었다. 그런 다음 그녀는
유르트 내부의 구석구석에서 먹거리가 될 만한 음식을 찾았다.
갓난아이가 애처롭게 울었다. 그녀는 안카 옷들이 있음을 보고
는, 그중에 더 좋은 옷을 하나 골라, 그 옷을 챙겨 입었다. 또
그녀는 플루오의 누더기 같은 옷에서 칼 하나를 발견하고, 그
칼을 집어 들었다.

그녀는 잠시 그레고리오 옆에 서서 생각에 잠겼지만, 그를 건
드리지는 않았다. 그녀는 거의 꺼진 듯한 희미한 불가로 돌아왔
다. 갓난아이가 또 울었다. 유르트 구석마다 잠자는 사람들 숨소
리가 들려왔다. 메르겐는 자신도 무슨 발소리를 들은 것 같았다.

그녀는 출입문을 열고 귀를 기울였으나 아무 소리도 들리지

않았다. 달과 눈이 침묵 속에서 빛났다.

그녀 뒤에서 갓난아이가 다시 울었다. 그녀 발 옆에, 흉측한 살반 시신이 놓여 있었다.

그녀는 벽난로로 돌아와, 불을 크게 피웠다… 그녀는 배불리 먹은 사람들이 따뜻함과 포만감 속에서 잠자고, 생명력 있게 또 건강하게 지내는, 저 먼 곳의 유르트 집들을 본 것 같았다.

-나는 갈 거야. - 그녀는 중얼거렸다. - 나는 갈 거야… 저들이 나를 죽여보라지! …

그녀는 잠자는 그레고리오에게서 안카 재킷을 찢어놓고는, 베개 옆의 못에 걸어둔 안카 모자를 가져가버렸다.

그레고리오가 잠에서 깨어, 자신의 고개를 들었는데, 그때, 그 두 사람의 시선이 서로 마주쳤다.

-원하는 게 뭐요?

그는 조용하게 물었다.

-난 … 당신의 삶, 당신의 사랑을 원한다고, 이 어리석은 사람아!

그녀가 살짝 웃으며 말했다.

그녀는 자신의 허리띠에 칼을 매달고는, 여행용 지팡이를 들고 밖으로 나갔다.

그녀 뒤에서 출입문이 쾅-하고 닫혔다.

그 때, 바람이 벽난로 불길과 연기를 유르트 내부로 불어넣기 시작했다.

-그녀가 떠나다니요?! -안카가 중얼거렸다. -나도 같이 떠나고 싶어! 그런데 난 힘이 없어…

-그녀가 안카, 당신 옷을 자기 것처럼 챙겨갔어, 안카, 저 갓난아이가 추위에 얼겠어! 저 갓난아이 울음이 들리지요?

그레고리오가 말했다.

-나는 힘이 없어요. 일어나지도 못하겠고, 아무것도 할 수 없

어요...

그레고리오는 거듭 말하지 않았지만, 그들 둘 다 다시 잠들 수 없었고, 갓난아이는 점점 더 낮은 소리로 울었다. 하지만 점점 더 애처롭게 울었다.

메르겐은, 안카가 처음 이곳으로 올 때 표트루찬과 같이 온 그 길을 따라 숲으로 들어갔다. 왜냐하면, 그쪽에 야쿠트족의 가장 가까운 거주지가 있었다. 어둠과 험난한 길도 그녀를 막지 못했다. 그녀가 이곳에서 태어났기에, 주변 환경에 대해서는 아주 잘 알고 있었다.

밤의 추위로 녹았던 눈 표면이 다시 얼어, 그 위가 미끄러운 껍질처럼 만들어져, 걷기엔 더 쉬웠다.

이전에도 메르겐은, 자신을 부당하게 대우하고, 자신을 추방해 버린 세상에 대한 꺾을 수 없는 그리움에 밀려, 이 이웃 마을들을 찾아간 적도 있었다.

그때는 때로 그녀가 도둑질도 하고, 사람들이 내버린 헌 옷가지를 챙겨 오기도 했다.

여름에는 그 이웃 사람들이 호수에 놓아둔 어망들을 꺼내기도 하고, 그네들이 호숫가에 매어둔 보트를 자기 것으로 이용하기도 했다. 그 정도로 그녀는 거칠고 센 여자였다.

그녀는 이제 길을 밟아 보니, 푹신해, 완전히 얼지 않은 눈 무더기를 피하려고 자신의 여행용 지팡이로 두드려가며 재빠르게 걸었다.

그녀는 배고픔과 추위에 자신이 무너지기 전에 목표를 달성하려고 서둘렀다.

–아아, 이제는 더 갈 수가 없네!

그녀는 한 시간이 지나 비틀거리기 시작했고 생각도 흐릿해졌다. 그러나 이내 그녀는 용기를 내어, 마른 입술을 눈으로 한번 적시고 앞으로 나아갔다. 멀리서 개 짖는 소리가 들렸다.

-조금만 더... 내겐 아직 힘이 있어... 내 관심이란 이뿐이야. 그들이 일어났을까, 아니면 일어나지 않았을까?... 만일 그들이 일어났다면, 나는 공개적으로 유르트로 찾아 들어갈 거야... 그들이 원하는 대로 해보라지...

그녀가 사람들이 사는 곳에 갑자기 저주받은 존재인 자신이 들어선다면, 어떤 일이 벌어질지를 생각하자, 식은땀이 흘렀다.

어둠 속에서 그녀는 눈으로 덮인 유르트 집들을 희미하게 보았다.

그곳 사람들은 아직 자고 있었다. 그들 창문에는 빛이 보이지 않고 굴뚝 위로는 연기도 보이지 않았다. 유르트 옆에 더 작은 건물들이 몇 채 더 있었다. 소 마구간과 식량 창고.

메르겐은 순간 비틀거렸다. 개들이 그녀를 향해 짖으면서 달려들었지만, 그녀는 야쿠트 말로 그 개들을 토닥였다.

그러자 그 개들은 그녀에게서 뭔가 선물을 기대하며, 꼬리를 흔들기 시작했다.

그 야쿠트족 여인이, 마치 그림자처럼, 그 개들과 함께 그 야쿠트족 집 주위를 배회하더니, 살며시 어느 젖소 마구간 출입문을 열었다. 모든 야쿠트족이라면 너무나 기분 좋은 따뜻한 공기와 가축이 풍기는, 코를 찌르는 냄새가 그녀를 둘러쌌다. 그녀는 소리도 내지 않은 채 살금살금 들어가, 그 출입문을 닫았다.

잠시 그녀는 가만히 서서, 귀를 기울였다. 마구간에 누군가 자고 있었다. 젖소들이 코를 골고, 되새김질하는 소리와 함께 사람의 규칙적인 호흡 소리도 들렸다. 곯아떨어진 소리.

그녀는 자신의 두 손을 앞으로 뻗고는 걸어갔다. 그녀는 즉시 젖소의 따뜻하고 꿈틀거리는 등을 발견했다. 그녀는 자신의 무릎을 꿇고, 떨리는 손으로 젖소 젖가슴을 찾기 시작했다.

그 젖소 가슴에는 젖이 가득했다.

그녀는 그 가축 배에 자신의 몸을 숙여, 두 팔로 그 젖소 배를 감싸고는, 그 젖을 탐욕스럽게 빨아댔다... 그녀 몸은 나중에 달콤한 쾌감으로 떨렸다... 그녀는 오랫동안 자신의 비어있던 가슴이 따뜻해지고 채워짐을 느꼈다. …

-거기 누구요?... 누가 있어요?

그녀가 조용히 또 조심해서 출입문으로 다시 기어가고 있을 때, 그녀 뒤에서 겁에 질린 어떤 여인 목소리가 들려왔다.

그녀는 바로 그 시각에 그 자리를 떠났다. 왜냐하면, 이미 굴뚝에서는 연기와 불꽃이 피어오르고, 유르트 안에서는 사람들 목소리가, 웅성거리는 목소리가 들렸기 때문이다.

그녀는, 그 순간에, 개들이 그녀 뒤에서 짖든 아니 짖든 상관 않고, 행복하고 쾌활하게 달렸다.

그녀가 아침 일찍 자신의 거주지에 돌아오자, 벽난로 옆에 모인 한센병 환자들이 환호하며 반가이 그녀를 맞이했다.

-메르겐 당신은 돌아왔네요. 그래, 뭘 좀 가져 왔어요?

그녀는 어깨를 으쓱하고는, 눈으로 뒤덮인 옷을 벗어 던지고는, 안카 손에서 울고 있는 아이를 빼내 갔다.

-아무것도 못 찾았어요. … 내일 …

그러나 그녀는 다음날에도 아무것도 발견하지 못했다: 그녀는 발에 총상을 입은 채 늦게 돌아왔다…

그들은 그녀에게 아무것도 묻지 않았다. 그녀는 슬픔에 잠긴 채, 말없이 자신의 상처에 붕대를 감았지만, 누구에게도 도움을 청하지 않았다.

밤에 그녀는 이상한 잠꼬대를 했다. 그녀 신음은 이제 거친 노래가 되고, 그 노랫소리에 더해 바깥에서 살반 시신을 찢어대는 늑대들의 울부짖음이 합쳐졌다. 그 끔찍한 합창은 더 이상 조용하지 않고, 다소 커져만 갔다...

메르겐이 머무는 구석에서 저주를 퍼붓는 소리, 즉, 전혀 부끄러움 없는 소리가 들렸다...

병자들은 더 이상 그게 여자 신음이라고는 믿기지 않았다. 어둠 속 그들 앞에 끔찍한 유령들이- 역병과 불행의 신이- 나타난 걸로 믿었다...

-저들이 왔구나, 저들이 왔어...우리 비참함을 비웃으러 왔구나!...

쿠투야크시트 자신도 멈출 수 없어, 함께 비명을 지르기 시작했다...

그레고리오와 안카는 경련으로, 자신들 목이 죄는 것 같이 느꼈다... 플루오는 침대에 앉아 울부짖기 시작했다...

갑자기 그는 자신의 눈을 크게 뜨고, 완전히 의식을 유지한 채, 기쁘게도 소리쳤다:

-육고기이지요!? 메르겐, 당신은 어디서 구했어요?

그 목소리에 다른 사람들이 잠에서 깨었고, 자신들의 유령을 몰아냈다: 그 불행한 사람들은 마치 강도 떼처럼 침대에서 뛰쳐나와, 벽난로 옆에 앉아 있는 메르겐 쪽으로 기어갔다. 그녀는 피 묻은 얼굴을 그들에게 돌리고, 자신의 이빨을 위협적으로 보여 주었다...

그녀 손에 아기 팔이 안겨 있었다. 그들은 모두 겁에 질려, 각자 자기 침대로 가서 쓰러졌다.

메르겐이 나갔다 돌아온 여행이 소득이 없었던 것은 아니었다.

며칠 후, 그들은 출입문 뒤에서 누군가를 부르는 소리를 듣고, 출입문 쪽으로 기어가 보았다.

-가까이 오지 마시요, 가까이 오지 마세요!...

유르트 안에 있던 사람들이 밖으로 향하는 출입문을 열자, 어떤 야쿠트족 사람이 그렇게 소리쳤다. 그 사람이 큰 단검으로 그들 길을 막았다.

－내가 당신들을 위해 먹거리를 가져왔어요. 이 먹거리로 당신들은 봄까지 이겨내야 합니다. 공동체 자체도 굶주린 채 지내고 있습니다. 이것은 플루오에게 주는 그물이요. 당신들은 여름에는 일을 해, 양식을 모아야 합니다...

－당신은 항상 오래된 그물을 우리에게 주네요...

플루오가 한숨을 내쉬었다.

－우리는 동정심으로 내놓으니, 값을 치르지 않아도 됩니다! 당신들은 그것도 그대로 받아들여야 합니다! 악한 같은 메르겐은 이제 우리 마을을 배회할 생각일랑 말라고 하시오. 우리는 그녀를 죽일 것입니다. 법에 따르면, 이 땅에 감염을 퍼트리는 것은 금지하고 있으니까요.

－우리는 그녀를 그쪽에 보내지 않겠소... 그녀는 아프고 상처도 입었어요...

기쁜 마음으로 그 비참한 무리의 사람들이 소리쳤다.

－내 말 좀 들어 봐요. ... 거기 좀 남아 내 이야기를 좀 듣고 가요... - 약한 목소리로 안카가 말을 꺼냈다. - 표트루찬이 나를 속였다고 내가 불평하더라고 전해 줘요... 아니오, 그 사람은... 속이지 않았어요. 그 사람은 실수로 내 젖소들을 가져갔어요... 그이가 그 젖소들을 돌려보내 주도록 해 줘요...

－더 크게 말해보세요!

저 멀리서 그렇게 찾아온 사람이 말했다.

－내가 더 크게는 못 합니다!... 그쪽이 더 가까이 와요, 나는 건강한 사람이라구요!...

－바로 당신이 안카네요! 불행한 사람, 무슨 일로 당신이 여기에?···

－이런 상황이 더는 변할 수 없어요... 왕자님께 내 젖소들과 내 소유물을 돌려보내 주시라고 명을 내려 해주세요...

-그분이 그렇게 명령하게 하세요... 그렇지 않으면 우리가 직접 찾아갈 겁니다...

-절대 그러지는 마요... 우리가 당신들을 산 채로 불태울 겁니다. 우리는 당신네들을 유르트 안에 가두고 불 지를거요... 빌어먹을....

그 야쿠트족 사람이 소리쳤다.

-우리는 당신들 모두에게 독을 퍼뜨릴 거요...

유르트 안에서 메르겐이 격하게 답했다. 그녀는 감히 밖으로 나올 생각도 하지 못했다.

-저 여자 미쳤어요? - 그 방문객이 좀 차분한 목소리로 물었다... - 우리가 당신을 불쌍히 여기지 않아도, 우리가 뭘 할 수 있겠어요? 우리도 정말 굶주림과 비참함에 시달리고 있으니... 내가 당신들 볼 때면, 내 눈앞의 저 태양마저도 창백집니다... 내가 왕자님께 안카, 당신이 그 젖소를 돌려달라고 한다고 말하겠소. 필시 그분은 동의하겠지만, 제발, 당신들은 여기서 좀 나오지는 말아 줬으면 하오...

-이젠 돌아가시오, 신의 축복이 있기를! 당신들은 행복하고 잘 살기를 바랍니다. 그래도 우리가 비참한 사람 중에서도 가장 비참한 처지에 있는 사람임을 잊지 마십시오!

그 방문객 뒤에서 한센병 환자들이 소리쳤다.

V

Ne longe daŭras ĉi tie la printempo, somero kaj aŭtuno, ili do rapide forkuras. La printempo precipe estas laŭtega, plena de bruo de la riveroj, de pepado de la transflugantaj birdoj, de sonĝigaj blovoj de la suda vento. La kvazaŭ ebria tero, senĉese ĝoje krianta kaj tremanta de volupto, rapidas deĵeti de si la neĝan kovrilon: tuj aperas la ŝvelaj brustoj de la montetoj, la krutaj bordoj de la lagoj, la insuloj kaj promontoroj, la arbaroj ankoraŭ nigraj, sed jam plenaj de rezina odoro kaj de varma malsekeco. Tie ĉi kaj tie brilas la bluaj pupiloj de la liberiĝinta akvo. Aroj da flugilaj gastoj, jen la grandaj cignoj, blankaj kiel la neĝo, jen la skolopoj, etaj kiel muŝoj, falas sur la marĉojn, banas sin en la akvoj, bruas en la maljunaj kanejoj. La ridado, fajfado kaj pepado ne silentiĝas. Kaj ĉi tiu rivero da vivo ne ripozas, ne dormas, sed frenezas, amas, festenas en la varmegaj radioj de la suno, kiu tute ne subiras. Oni povus pensi, ke ĉiujn timigas la glaciaj lagoj, kiuj dormas ankoraŭ malvivaj, kvankam la tero ĉirkaŭprenanta ilin jam vekiĝis. Ĉiuj rapidas vivi, ĉar ili timas, ke eble revenos la severa vintro, kiu ĵus foriris. Fine vekiĝas ankaŭ la lagoj. En ili kolektiĝis jam sufiĉe da akvo, ilia glacia ŝildo ekŝanceliĝis kaj leviĝis, kaj la ondoj senĉese batas kaj rompas ĝin. La fiŝoj gaje saltas inter la glacioj. Ofte, kiam post varmega tago la ĉielruĝo brilas sur la nigraj akvoj, oni vidas en la vespera lumo vicojn da grandegaj ezokoj, kiuj, malferminte la buŝegojn, restas senmovaj por spiri la bonodoran vivigan aeron per la brankoj, lacaj de la vintra ŝlima malbonodoro de la profundegaĵoj!

Tage la ludado de la fiŝoj senĉese aperigas rondojn sur la akvo.

Sur la bordo de la lago Fluo gudris boaton. Li ŝutis sur la fendojn pistitan larikan rezinon kaj enpremis ĝin per varmegigita fero. Facila venteto disportis malproksimen la dolĉan odoron. Ĉe la fajro Biterĥaj sidis kun krono da flavaj nordaj anemonoj sur la kapo. Tio estis ŝia sola vesto. Ŝi apogis la kubutojn sur la genuoj, tenis la kapon sur la manplatoj kaj aŭskultis atente la malgajan, mallaŭtan kanteton de la fiŝkaptisto, kiu kuniĝis kun la potenca printempa ĥoro de la lagoj kaj arbaroj:

Pale brilas nova luno.
Ĉe palaco belulino
Staras en orita vesto.
Sen la amato la amatino!

Ho, vi ploras! Malaperis

La amato, via koro.

En la tombon vi vin kaŝu.

Aŭ tuj vendu por la oro ···9)

—En kiu lingvo vi kantas, Fluo?

—Ĝi plaĉas al vi? Ĝi estas alilanda kanteto, el la gubernia urbo. Ho, ho!··· Kiom da mirindaĵoj oni vidas tie. Preĝejojn, domojn, homojn ··· Mi ofte estis tie!··· Vi ne pensu, ke mi ĉiam estis tia, kian vi vidas min nun ··· Tute ne! Ankaŭ min la virinoj amis!···

—Bela estas la voĉo de la kanteto ··· Traduku ĝin, Fluo.

La fiŝkaptisto pacience tradukis la enhavon de la kanteto.

—Kion ŝi vendos, Fluo?

—Sin mem ··· Kion ŝi povus vendi!

—Kaj ili manĝos ŝin kiel Mergenj sian etulon?

---

9) 역주: 원문(https://pl.wikisource.org/wiki/Dno_n%C4%99dzy/V) 에는

Księżyc blado lśni na nowiu,
Przed pałacem piękność młoda
Stoi w szatach z złotogłowiu,
A łzy płyną niby woda.

············

Hej, dziewczyno, zniknł twój miły,
Kupcy wciąż ślą drużby, swaty,
Albo schroń się do mogiły,
Albo sprzedaj za dukaty...
Hej!...

Fluo ekridis.

—Vi estas malsaĝa. Kiam vi fariĝos plenaĝa, vi sciiĝos.

—Kiamaniere mi sciiĝos, se mi ne eliros el ĉi tie?

—Vi estas prava. Vi ne eliros. Neniu eliros!

La fiŝkaptisto kaj la infano nevole ekrigardis la malproksiman bordon de la lago, kie apenaŭ videbla fumo pendis super la arbaro.

—Vi havas ankoraŭ tempon, Biterĥaj ⋯ Eble Dio sendos al vi iun ne tute malsanan kiel Gregorio ⋯ Nun helpu al mi treni la boaton en la akvon, ni veturos meti retojn.

Pale brilas nova luno ⋯ li ekkantis, sed tuj eksilentis.

—Psst!⋯ Ni ne bruu ⋯ Sidiĝu ĉi tie malantaŭe kaj ne moviĝu, ne moviĝu ⋯ Vi min dronigos.

La akrepinta boato rapidis facile kiel hirundo, sur la nigra akvo al la mezo de la lago, al la glacioj. Tie Fluo turnis la boaton kaj komencis elĵeti la retojn, kiuj kuŝis volvitaj sur ĝia fundo. Biterĥaj klinis la kapon al la rando kaj observis scivole, kiel ŝanceliĝas ŝia figuro en la akva spegulo de la lago, kiel tremas sur ŝia kapo la flavaj anemonoj. Fluo havis tre ruzan planon; ĉar la fiŝoj varmiĝis ĉe la bordo, li intencis bari al ili la vojon al la profundaĵo kaj poste subite ektimigi ilin. Li estis certa, ke ili forkuros blinde kaj ne evitos la embuskon. Li plene sukcesis. Kiam ili bruis, kantis kaj plaŭdis en la barita loko, ili vidis de malproksime, kiel la betulaj naĝiloj de la reto subakviĝas kaj dronas, kiel malklariĝas la akvo. La akiro estis ekstreme riĉa.

Baldaŭ la boato ektremis pro la batoj de la vostoj de la grandegaj ezokoj, eltiritaj el la akvo. La monstroj large malfermis la buŝegojn, penante ion ekmordi antaŭ la morto. Sed Biterĥaj tute ne intencis meti tien la fingron. La plataj, arĝentoskvamaj fiŝoj kun la bierkoloraj okuloj saltis furioze en la boato kiel arĝentaj moneroj, skuataj en kribrilo. Unu ezokon Fluo pli longe tenis en la mano.

—Rigardu, Biterĥaj ⋯ Ĝi estas kiel ni ⋯ De tiu ĉi fiŝo devenas nia malsano ⋯ — diris li kaj donis al la knabineton fiŝon kovritan de cikatroj, vunditan, kun ŝvelinta kapo kiel ĉe la lepruloj. La fiŝo malforte baraktis en la mano de la infano kaj minace rigardis ŝin per siaj koleraj, malklaraj okuloj ⋯

—Mi ellasos ĝin, Fluo ⋯ Mi ĝin kompatas ⋯

—Ne ellasu, ne ellasu!⋯ Ni devas porti ĝin sur la bordon kaj enterigi ⋯

—Domaĝe estas ⋯ — murmuretis Biterĥaj.

—Jes, jes ⋯ ĝi pereigis nin. Kiam iu manĝas tian fiŝon, li malsaniĝas. Li ne scias, kion li manĝis, ĉar ankaŭ ili havas en la komenco nur malgrandajn makulojn. Oni devas enterigi ĝin, enterigi vivan, por ke eĉ unu guto da sango ne falu teren.

—Ne venenu floron aŭ beron. Eĉ el la tombo la veneno povas elrampi, la musoj elfosos ĝin, la birdoj disportos ⋯ Plej bone estus ĝin bruligi, sed la fajro ne amas la malpuraĵojn, venĝos sin ⋯

Babilante tiamaniere ili veturis al la bordo. La luno miksis sian arĝenton kun la purpuro de la ĉielruĝo kaj lumigis al ili la vojon. Dekstre kaj maldekstre la lago kuŝis malluma, senmova. La randoj de la ruĝaj glacioj brilis sur ĝi kaj malproksime la blua tajgo aperis kvazaŭ tra nebulo. Kiam ili supreniris la monteton, kie la jurto staris, tra la arbetaĵoj kaj arbaroj ilin rigardis miloj da similaj brilaj lagoj, sangkoloraj pro la ĉielruĝo, arĝentaj pro la luno kaj glacioj.

La fiŝkaptintoj aliris al la pordo de la jurto, kie granda fajro brulis. Iliaj manoj estis plenaj de akiro, iliaj vizaĝoj estis gajaj kaj ĝojaj. Ĉe la sojlo renkontis ilin Mergenj, kiu eliris voki ilin por la vespermanĝo.

—Jen la akiro!

Ĉiuj ĉirkaŭis ilin kaj rigardis la fiŝojn.

—Ŝajnas, ke la jaro estos bona — diris Fluo.

—Kion vi pensas pri tio, Gregorio: se ni barus la rivereton? Ni povus kapti kaj fumaĵi fiŝojn por la tuta vintro ⋯

—La ostoj doloras min ⋯ La akvo estas malvarma ⋯ — rediris la Jakuto post longa pripensado.

—Oni ja ne bezonas eniri profunde en la akvon ···
Baro jam estis tie, eĉ restis unu stango ···

—Mi falos ··· Miaj manoj malfortiĝis kiel ĉe infano
··· Profunde estas tie, kaj mi ne scias naĝi ···

—Li estas prava ··· — diris Anka.

—Kaj mi? Miaj piedoj estas ankoraŭ pli malbonaj,
tamen vi postulas, ke mi iru. Se oni agus ĉiam
tiamaniere, oni putriĝus viva ··· Oni putriĝus, antaŭ
ol la karno defalos ···

—Kial tiom diskutadi! Li iros, li devas iri ··· Ĝi
estas laboro por la viroj, kaj se vi iras, li ankaŭ
devas iri — kriis kolere Mergenj.

—Alie ni ne donos al Anka eĉ unu peceton da
mangaĵo. Ŝi estas sana, ŝi venis ĉi tien memvole. La
nutraĵon la komunumo sendas por la malsanuloj, ni
ne donos nian propraĵon.

Gregorio sidis konsternita.

—Mi mem iros! — diris nekuraĝe Anka.

—Iru, iru, ĉirkaŭe tie estas densa arbetaro ··· —
ridis Mergenj.

—Eble ankaŭ vi iros, Mergenj? — demandis naive
Fluo. —Laboro sufiĉos por ĉiuj ··· tranĉi vergaĵon,
porti stangojn kaj bastonojn, dispecigi branĉetojn.
Ankaŭ Biterĥajon ni prenos kun ni, por ke ŝi bruligu
fajron. Sed vi devas prepari por ŝi ĉemizeton, por
ke la kuloj ne piku ŝin tro dolore ···

—Bela plano! — murmuris Mergenj. — Sed kiu
restos hejme por flegi Kutujaĥsiton!?

—Mi bezonas neniun ⋯ — ekĝemis la maljunulino.

—Pli bone estos, se vi kolektos nutraĵon ⋯ Vi preparu matene iom da manĝaĵo kaj lasu al mi ⋯ Starigu proksime de mi akvon ⋯ Kaj iru!⋯

—Vi do iros? Vi estas forta! — diris flate Fluo al Mergenj.

—Mi pripensos! — respondis la virino enpensiĝinta kaj malgaja. En la sekvinta tago ĉe la matenmanĝo ŝi diris kun delikata rideto:

—Jen kion ni faros: vi Fluo kun Anka kaj Biterĥaj iros bari la rivereton, mi kun Gregorio detranĉos vergaĵon, alportos en la jurton kaj komencos plekti korbojn fiŝkaptilajn, Ni ja ne posedas ilin; kiamaniere ni kaptos fiŝojn?⋯

—Vi estas prava. Sed ni povas plekti vespere. Por du viroj bagatelo estas fari du korbojn. Gregorio ankaŭ insistis, ke Li iros al la rivereto.

—Mi preparos lignajn najlojn, se mi ne povos stari sur la ponteto.

Mergenj nenion diris; ŝi ĵetis la kuleron kaj iris en la angulon. Ŝi ne iris kun ili kaj neniu kuraĝis plu ŝin inviti.

—Ĉu vi vidis? Li timis! — murmuretis Fluo kun rideto, palpebrumis kaj montris Gregorion, kiu iris antaŭe kun hakilo sur la ŝultro.

—Li timis!⋯ Mi vin certigas!⋯ Ho, li scias, ke por la virinoj mi estas vera Tataro ⋯

—Sensencaĵo! — ridis Anka, ruĝiĝinta kaj feliĉa.

Ili iris tra marĉoj, tra vergaĵoj ankoraŭ senfoliaj, sed jam kovritaj de arĝentaj floroj. Biterĥaj iris malantaŭe kaj kantis kiel birdeto; ĉe ĉiu marĉaĵo ŝi rigardis sin en la akvo por revidi la malpuran ĉifonon, kiun Anka donis al ŝi anstataŭ ĉemizo. La anasoj, kiuj jam kuniĝis pare, flugis de iliaj piedoj; la blankaj, jam griziĝantaj perdrikoj leviĝis kun krio de la arbetoj, kie ili manĝis la junajn burĝonojn, kaj sidiĝis sur la suproj de la altaj larikoj. La varma vento blovis iliajn vizaĝojn, pelis sur la ĉielo blankajn nubojn, skuis la arbojn kaj forpelis la kulojn. La flaviĝintaj, maljunaj kanejoj murmuretis sub ĝia blovo, kvazaŭ plendante, ke ili ne povas fariĝi ree verdaj, ke baldaŭ ilin sufokos la junaj, de malsupre kreskantaj generacioj. Pala kaj travidebla verdaĵo, kiel nebulo, ora de la suno, ĉirkaŭis la arbetojn kaj arbojn, pendis super la tero, rebrilis kun la ĉiela bluaĵo en la pura rivero, kiu rapidis en sia kurba kuŝujo el lago en lagon.

La lepruloj haltis ĉe la bordo, kie dika, nigra stango elstaris el la akvo, tremis pro la fluo kaj strange rebrilis en la travidebla profundeĝajo. La amase naĝantaj fiŝoj zorge evitis ĝin kaj tuj forkuris, kiam ĝia ombro falis sur iliajn dorsojn.

—Tie ĉi ni baros, tie ĉi estas malplej larĝe kaj malplej profunde.

Biterĥaj ekbruligis la fajron, la viroj dehakis arbojn kaj trenis ilin al la bordo, Ili konstruis malgrandan fl oseton kaj enbatis la unuan stangon.

Poste ili metis sur la stangon ponteton kaj enbatis la duan; tiamaniere paŝo post paŝo ili celis al la mezo de la rivero. Anka rigardis kun timo, kiel la malfortaj pontetoj balanciĝas sub ili, kiel la fluo elŝiras el iliaj manoj la trabojn kaj turnas ilin, kiel ĝi minacas ĉiumomente deĵeti en la akvon la homojn kaj ilian konstruaĵon. La malfortaj nigraj trabaĵoj rebrilis en la travidebla akvo kiel aranea reto, sur kiu rampis mallertaj, duone nudaj homaj figuroj.

—Pro Dio!··· vi ne falu en akvon! — murmuretis Anka.

—Ne babilu! Ne timigu nin!··· Ni pene staras! — ŝercis Fluo, batante fortege novan stangon per la hakilo. Gregorio tenis ĝin per ambaŭ manoj. La rivero siblis pro doloro kaj pasis preter la baro.

Ĝis la vespero ili atingis apenaŭ la mezon de la rivero, Ili revenis lacaj hejmen. Sed jam de malproksime ili rimarkis, ke fumo ne leviĝas el la kamentubo, ke ne estas lumo en la fenestroj.

—Eĉ vespermanĝon ŝi ne kuiris por ni, la malbenita hommanĝantino! — koleris Fluo.

En la malluma jurto estis tute silente. Kutujaĥsit vekiĝis, kiam ili jam estis ekbruligintaj la fajron.

—Mi ekdormis de malsato ··· — senkulpigis sin la maljunulino. — Mergenj prenis la manĝaĵon. Ŝi prenis ankaŭ nian plej bonan kaldronon, hakilon, trančilon, ŝi ligis ĉion kune kaj foriris. Mi demandis ŝin, kien ŝi iras kaj kiam ŝi revenos, Ŝi respondis nenion ··· nenion, kvazaŭ mi estus hundo, ne homo ··· Mi parolas al ŝi ··· kaj ŝi prenis nian plej bonan kaldronon, trančilon, hakilon ··· — ripetis la malĝojiĝinta Kutujaĥsit.

—Ŝi prenis la trančilon, hakilon, kaldronon- balbutis Fluo, serĉante en la anguloj de la jurto. — Ŝi prenis ankaŭ mian reton, la plej bonan reton ··· Oni devas gardi la boaton, por ke ŝi ne ŝtelu ĝin ···

Li elsaltis el la jurto, kaj post li la aliaj.

—La pesto ŝin!··· Ŝi ŝtelis! Ŝi lasis nin kvazaŭ sen manoj. Kion ni faros sen boato ··· — kriis Fluo. — Morgaŭ ni ne havos plu manĝaĵon.

Li volis tuj konstrui floson kaj veturi por repreni la retojn, metitajn en la lago, sed Gregorio detenis lin.

—Sendube ŝi jam ŝtelis ilin! Vane estos! Vi ja vidas, ke ŝi estas diablino ··· La pesto ŝin!···

—Eble pli bone estas por ni, ke ŝi foriris ··· Pli trankvile estos ··· Eble oni sendos al ni la bovinojn ··· La kompatema Dio ne forlasos nin! — konsolis ilin Anka.

—Nenion oni sendos al ni ··· Sen retoj ··· sen boato, kion ni faros, malfeliĉuloj? — plendis Fluo.

—Pli bone estos, pli trankvile ol antaŭe ··· Dio helpos nin, morgaŭ ni trabaros la rivereton ··· — ripetis Anka.

—Baldaŭ la kuloj aperos, kaj ni ne havas provizojn!

—Ŝi prenis la plej bonan kaldronon, hakilon, tranĉilon, ŝi ligis ĉion kune ⋯ Mi diras al ŝi: restu — rakontis dekafoje Kutujaĥsit.

Biterĥaj serĉis en ĉiuj anguloj kiel muso. Eble Mergenj, pensis la knabino, lasis la ŝtelitan ĉemizon.

5장. 쯜루오와 비테르카이

이 땅에는 봄과 여름, 가을은 길지 않고, 그 계절들도 빨리 지나간다. 하지만 봄은 특히 요란하다. 들려오는 것은 샛강의 시끄러운 소리와 저 멀리 날아가는 새들이 내지르는 소리, 꿈꾸게 하는 듯한 요란한 남풍이 내는 소리다. 대지가, 마치 술 취한 듯이, 욕정에 취해 끊임없이 즐거이 고함지르고, 자신의 몸을 떨면서, 서둘러 자신을 덮고 있는 눈 껍질을 내던져 버리느라 바쁘다. 그러면 곧장 사람 가슴처럼 봉긋 솟은 언덕들이, 호숫가, 섬들, 또 높다란 곶(岬)들의 가파른 언덕들이 자신의 모습을 보이고, 또 숲들이 여전히 검긴 해도 이미 소나무 송진 향기와 따뜻한 습기를 날려 보낸다. 여기저기서 자유를 찾은 물의 푸른 눈동자들이 반짝인다. 날개 달린, 수많은 새가 손님처럼 떼 지어 자리한 모습도 눈에 띈다. 한곳에는 눈처럼 하얀 거대한 백조 무리가, 또 다른 곳에는 노란 도요새 무리가, 마치 파리 떼처럼, 호수로 내려앉고, 호수에서 목욕하고는, 원시의 갈대밭에서 요란하게 울어댄다. 웃음소리, 휘파람 소리, 지저귀는 소리가 잠잠한 법이 없다. 이 삶은, 강물 같은 이 삶은 쉼도 없고, 잠도 없다. 대신, 이 삶은 전혀 지지 않으려는 뜨거운 태양의 열기 속에서 미치고, 사랑하고, 축제를 벌인다. 여전히 죽은 듯 잠든 채 얼어붙은 호수들이, 자신들을 껴안은 대지가 벌써 깨어났음에도, 모두를 겁에 질리게 한다고 생각할 수도 있겠다. 온 생물이 생명을 이어가기 위해 바쁘다. 왜냐하면, 온 생물이 방금 떠나버린 혹독한 겨울이 다시 찾아올 거라는 두려움에 사로잡혀 있기 때문이다.

끝내 호수들도 깨어난다. 호수마다 이미 충분한 물이 모여 있고, 그 호수들의 얼음 방패는 흔들리더니, 솟구치기도 하고, 호수의 파도는 끊임없이 그 얼음층을 때리고 부순다. 물고기들이 즐거이 얼음 사이를 솟구쳐 뛰어오른다. 종종 따뜻한 한낮이 지나, 붉은 하늘이 검은 물 위에 비치는 저녁노을에는 저 심연에서 올라오는, 오염된 진흙 냄새에 지친 거대한 민물꼬치 고기 떼가 자신의 그 큰 입을 벌린 채, 꼼짝 않고, 아가미로, 향기로운 생명을 주는 공기를 받아들이면서 숨을 내뿜으며, 호흡하는 모습도 볼 수 있다. 낮에는 민물고기들이 자유로이 뛰놀면서, 호숫물에 끊임없이 원을 만들어낸다.

플루오가 호수 기슭에서 자신의 보트에 콜타르 칠을 했다.

그는 갈라진 틈에 낙엽송 수지를 뿌리고는, 달군 쇠로 그 수지를 밀어 넣는다. 가벼운 바람에 달콤한 향기가 저 멀리 날아간다. 불가에서 비테르카이가 자신의 머리에 북부 지방의 노란 아네모네꽃 화관을 꽂은 채 앉아 있다. 그것이 헐벗은 그녀 몸의 유일한 옷이다. 그녀는 자신의 무릎에 팔꿈치를 괴고는, 머리를 손바닥으로 받치고는 호수들과 숲들이 만드는 강력한 봄날의 합창과 함께, 더해지는 어부 플루오의 슬프고 낮은 노래를 주의 깊게 듣고 있다:

초승달은 창백하게 빛나네.
궁전 앞에 미인이

황금빛 옷을 입고 서 있네.
그 미인의 연인은 지금 보이지 않구나!

아, 너는 울고 있네!
사랑하는 네 연인은 떠나갔네.
무덤에 몸을 숨겨라.
아니면 황금에 곧 팔려 갈테니...

-플루오, 당신이 부르는 노래, 어느 나라 노래에요?
-이 노래 마음에 들어? 이 노래는 외국 노래인데, 도시 사람들이 자주 부르는 노래라고 해. 오, 오!⋯ 그 도시엔 엄청 경이로운 게 많거든. 교회에, 집에, 사람들에 ... 나는 자주 그 도시를 가봤거든... 지금 네가 보고 있는 내 모습이 나의 이전 모습이라고는 생각하지 마... 전혀 아니거든! 나도 한때는 여자들이 사랑했거든!⋯
-노래 부를 때, 목소리가 엄청 멋져요... 그 노래, 우리 말로 옮겨 봐요, 플루오
그 어부는 그 짧은 노래 가사를 차근차근 번역해 주었다.
-그래 그 미인이 판다는데, 뭘 파는 거에요, 플루오?
-자기 자신을... 그것 말고 뭘 팔 수 있겠어!
-그럼, 그걸 사 간 사람이, 메르겐이 자기 자식을 그리했듯이, 그 미인을 먹어요?
플루오가 웃음을 터뜨렸다.
-바보. 나중에 어른이 되면, 알게 될 거야.
-여기서 나가지 못하는데, 내가 어찌 알 수 있어요?
-그 말도 맞네. 넌 나가지 않을 거고. 아무도 여기서 나가지 못하니!
그 어부와 어린 아가씨가 의도치 않게 그 호수의 저 먼 호안

을 바라보았다, 그쪽의 숲 위로 거의 눈에 띄지 않을 정도의 희미한 연기가 피어오르고 있었다.

-비테르카이, 네겐 아직 시간이 있어요... 아마도 하나님께서 네게 그레고리오만큼 그렇게 아프지 않은 사람을 보내주실 거야... 이제 저 보트를 물로 끄는 걸 도와줘. 우리가 그물을 놓아야 하니.

초승달은 창백하게 빛나네...

그 어부가 노래를 부르기 시작하더니, 곧 조용해졌다.

-이런, 잠깐만... 우린 아무 소리도 내지 않도록 주의 하자... 여기, 뒤쪽에 앉아 움직이지 마, 움직이지 마... 네가 날 물에 빠뜨리게 될지도 모르니.

뾰족한 보트가 제비처럼 가볍게, 검은 물에서 호수 가운데로, 아직 얼어있는 쪽으로 나아갔다. 그곳에서 플루오는 보트의 방향을 돌려, 보트 바닥에 감긴 채 놓인 그물을 던지기 시작했다. 비테르카이는 보트 가장자리에서 고개를 숙인 채, 호기심 어린 눈으로, 호수 물거울에 그녀 머리 위의 노란 아네모네 화관이 어떻게 흔들리는지를 유심히 내려다 보고 있었다. 플루오에게는 아주 치밀한 계획이 있었다. 즉, 물고기들이 호수 가장자리에서 몸을 덥히고 있다고 보았기에, 그는 그 물고기들이 저 깊은 곳으로 내려가는 길을 막고서 갑자기 그 물고기들을 놀라게 할 계획이다. 그는 물고기들이 맹목적으로 달아나는 편이니, 자신이 쳐 놓은 그물의 매복 공격을 피하지 못할 거로 봤다.

그는 완전히 성공했다.

그 두 사람이 그렇게 그물을 쳐 놓은 곳에서 소리 지르고 노래하고 물을 첨벙거리면서 저 멀리 그물에 달린 자작나무로 만든 낚시 추들이 어떻게 물에 잠기고 가라앉는지, 또 물이 어떻게 흐려지는지를 보고 있었다.

　그 투망으로 인한 소득은 엄청 컸다.

　곧 물에서 걷어 올린 대형 민물꼬치 고기들이 보트 바닥에서 자신들 꼬리로 보트를 때리자, 그 보트가 흔들리기 시작했다. 그 대형 민물꼬치 고기들이, 귀신처럼, 입을 크게 벌려, 죽음 앞에서 닥치는 대로 뭔가를 물어뜯으려 했다. 그래도, 비테르카이는 그 고기 입에 자신의 손가락을 넣고 싶은 생각이 전혀 없다. 맥주와 비슷한 색의 눈을 가지고서, 납작하고, 은빛 비늘을 가진 그 물고기들은 보트 안의 그물망 안에서 은빛 동전들처럼 난폭하게 날뛰었다. 플루오가 자신의 손으로 대형 민물꼬치고기 한 마리를 쑥- 들어 올려 보았다.

　-비테르카이, 이걸 봐... 이 물고기가 우리 키만큼 커지... 이 물고기가 우리가 앓고 있는 병을 만든다고... - 그는 소녀에게, 한센병 환자처럼 곪힌 상처들로 뒤덮인, 머리 부위가 부은 그 물고기를 건네주었다. 그 물고기는 소녀 손에서 힘없이 몸부림 치면서, 자신의 분노하고 흐릿한 눈으로 그 소녀를 위협하듯이 보고 있다...

　-이 보트에서 저 물 속으로 이 고기를 놔 주고 싶어요, 플루오... 이 물고기 너무 불쌍해요...

　-그리 하지 마. 그리하면 안 돼!... 호숫가로 가져가서 묻어 줘야지...

　-정말 불쌍해요...

비테르카이가 중얼거렸다.

　-그렇긴 하지, 그렇긴 하지... 저게 우리를 망쳐 놓았지. 누군가 이런 생선을 먹으면, 그 사람이 병이 나게 돼. 그 사람도 처음에는 뭘 먹었는지 모르거든. 왜냐하면, 저 녀석들도 처음에는 몸에 작은 반점만 있거든. 사람들이 이 물고기를 잡으면 산 채로 묻어야 해. 그렇게 해서 저 녀석 피 한 방울도 땅으로는 떨

어지지 않게 해야 해요.

-식물의 꽃이나 열매에 그 독이 닿으면 안 돼. 저 녀석들을 묻은 곳에서 독이 흘러나오기도 하거든. 쥐가 그걸 파내거든. 새들이 저 죽은 물고기 시체를 물어 가거든… 불로 태워버리는 것이 가장 좋아. 불은 지저분한 것을 좋아하지 않거든. 또 복수도 하거든…

그런 식으로 이야기해 가면서, 그들은 호수의 가장자리로 자신의 보트를 몰고 갔다.

달빛은 자신의 은빛을, 저녁노을의 보랏빛과 섞이어 그들에게 길을 비췄다.

보트의 오른편과 왼편 호수는 어둡고, 고요하다.

호수 위로 붉게 물든, 얼음의 가장자리들이 빛나고, 저 멀리, 안개 사이로 푸른 타이가 숲이 보였다.

그 두 사람이 자신들의 유르트 가옥이 있는 언덕에 올랐을 때, 키 작은 나무들과 숲들 사이로, 붉은 노을이 져 핏빛으로 물들기도 하고 또 달빛을 받고, 얼음에 반사된 빛으로 생긴 은빛으로 물든 채, 비슷한 빛의 수천 개의 호수가 그들을 올려다보고 있었다.

투망을 통해 물고기를 잡은 그 두 어부가 큰불이 이글거리는 유르트 출입문에 다가갔다. 그들 손에는 수확해 온 물고기로 가득했고, 그들 얼굴은 명랑하고 즐거운 표정이다. 문턱에서 그들을 만난 이는 저녁 식사하라고, 그들을 부르러 나가려던 메르겐이다.

-이렇게 많아요, 수확이!

모두가 두 사람을 에워싼 채, 그 많은 물고기를 살펴보았다.

-올해는 풍년이 들겠네요.

플루오가 말했다.

-그레고리오, 당신은 그것 어떻게 생각하세요? 우리가 저 샛

강을 막는다면? 그렇게 하면, 우린 겨우내 물고기를 잡을 수 있고 훈제도 해 먹을 수 있거든요...

-뼈골이 쑤셔 아파 죽겠는데... 물도 정말 차가운데...

그러자 그 야쿠트족은 고민 끝에 이 말도 덧붙여 말했다.

-물속 깊은 곳까지는 들어가지 않아도 되고요... 막아 놓은 곳이 이미 있고요, 말뚝 하나가 아직도 남아 있던데요...

-내가 넘어지면 어쩌려고요... 내 손이 어린아이 때처럼 유약해졌고... 거기는 깊어요. 난 수영도 못하거든요...

-그 말은 맞아요...

안카가 말했다.

-그럼 나는요? 내 발은 여전히 점점 안 좋아지는데, 당신들은 나더러 가라고만 하니. 늘 이런 식으로 행동하면, 산 채로 썩어 문들어질 겁니다... 살점이 떨어져 나기도 전에, 이 사람이 썩게 될겁니다...

-왜 그런 논쟁은 해요? 그이는 갈 거요, 그이가 꼭 가야지요... 그게 남자가 할 일이지요, 만일 당신이 가면, 그이도 당연히 가야 합니다.

메르겐이 화가 나서 소리쳤다.

-그렇지 않으면, 우리는 안카에게는 음식 한 조각도 주지 않을 거요. 그녀는 건강하고, 자발적으로 여기에 왔으니까요. 공동체가 우리 아픈 사람들만 먹으라고 식량을 보냈거든요, 우리는 우리 식량을 내놓지 않을 거라니까요.

그레고리오는 그 말에 깜짝 놀라, 풀썩 주저앉았다.

-내가 직접 가지요!

안카가 낙담한 채로 말했다.

-가요, 가요. 거기 주변에 우거진 숲이 있거든요...

메르겐이 웃었다.

-메르겐, 당신도 아마 갈 거지요? -플루오가 순진하게 물었다.

- 모두가 힘을 합쳐야 해요... 나무를 도끼로 자르고, 자른 가지들과 장작을 나르고 우리는 또 비테르카이도 데리고 가요, 그녀더러 불을 피우는 일을 맡길 겁니다. 하지만 당신은 그녀가 입을 셔츠 하나 만들어줘요, 모기에 그녀가 물려, 너무 고통스럽지 않게 하려면요...

-좋은 계획이네요! - 메르겐이 중얼거렸다. - 그런데 집에 남아, 쿠투야크시트를 돌볼 이는 누가 좋을까요!?

-내겐 아무도 필요 없어요... - 노파는 한숨을 쉬었다. - 당신들이 먹거리를 구해오는 일이 더 필요하지요... 아침에 나가기 전, 약간의 음식을 준비해 남겨 두면 되지요... 물도 조금 내 근처에 두고 가면 돼... 그렇게만 해 두면 되지요!...

-그럼, 메르겐, 당신은 갈 건가요? 당신은 강하니!

플루오가 메르겐에게 아양을 하듯 말했다.

-생각해 보지요!

메르겐은 그 말을 생각에 잠긴 채 우울하게 답했다.

다음 날, 아침 식사 때, 그녀는 섬세한 미소를 지으며 이렇게 말했다.

-우리가 할 일이 이것입니다. 안카와 비테르카이, 플루오, 셋은 저 샛강을 막으러 가요, 그레고리오와 나는 숲에서 나무를 잘라, 유르트로 가져와, 고기를 잡을 어구 광주리를 짜 보겠어요. 결국, 우리는 그것들이 아직 없으니. 어찌하면 그런 물고기를 잡을 수 있을까?…

-당신 말이 맞아요. 하지만 저녁에 우리가 함께 그 광주리를 짤 수 있겠어요. 남정네 두 사람이 바구니 2개 짜는 거야 쉬운 일이지요.

그레고리오는, 또한, 자신도 샛강으로 가겠다는 주장을 굽히지 않았다.

-내가 다리 위에 서 있지는 못해도, 나무못 준비는 내가 해보

겠습니다.

메르겐은 더는 말이 없었다. 그녀는 숟가락을 내던지고는 구석으로 가버렸다.

그녀는 그들과 함께 가지도 않았고, 아무도 그녀를 감히 함께 가자고 초대하지도 않았다.

-봤어요? 저 사람이 두려워하는 모습을요!

플루오는 미소를 지으며 중얼거리더니, 눈을 깜빡이며, 어깨에 도끼를 메고 앞장서서 걷고 있는 그레고리오를 가리켰다.

-저 사람은 두려워하고 있어요!... 내가 당신에게 장담해!... 아, 저 사람은, 내가, 여자들에게는, 진짜 타타르인[10]이라는 것을 알고 있거든요...

-말도 안 돼요!

안카가 얼굴을 붉히며, 행복하게 웃었다.

그들은 늪지를 지나고, 아직 잎은 나지 않아도 이미 은은한 꽃으로 뒤덮인 나뭇가지들 사이를 지나갔다. 비테르카이는 뒤따라가면서 작은 새처럼 노래를 불렀다. 웅덩이들을 지날 때마다 그녀는 안카가 셔츠 대신 입으라고 준, 더러운 누더기 같은 옷을 입은 자신의 모습을 물에 비춰 보았다.

이미 쌍으로 합류한 오리들이 그들 발 가까이서 날아갔다. 하얀 자고새들이, 이제 회색빛이 된 자고새들이 어린 새싹을 방금 먹고 있던 키 작은 나무들에서 비명을 지르며 솟아올라, 키가 큰 낙엽송 꼭대기로 가서 앉았다.

따뜻한 바람이 그들 얼굴에 닿았고, 하늘의 흰 구름을 내몰았고, 나무들을 흔들고, 모기들을 저 멀리 내쫓았다. 누렇게 변한 늙은 갈대들이 저 바람으로 내는 웅-웅-거리는 소리가, 마치 자신들은 다시는 푸르러질 수 없음에, 또 저 아래서 크는 새로운

---

10) 역주: 타타르인은 유라시아에 걸쳐 거주하는 여러 튀르크계 민족을 가리키는 포괄적 명칭. 이슬람교를 믿음.

세대들에 의해 곧 질식당할 것을 걱정하는 듯한 울음처럼 들려왔다. 안개처럼 창백하고 투명한 녹색식물이, 태양에 비쳐 금빛으로 빛나면서, 어린나무들과 키 큰 나무들을 에워싼 채 땅 저 위서 매달린 채 달려 있다. 이 호수에서 저 호수로, 구불구불한 수로를 급하게 흐르는 맑은 강물에는 푸른 하늘을 담고 있었다.

한센병 환자 일행은 물가에 멈춰 섰다.

그곳에는 두툼한, 검은 말뚝 하나가 물 위로 튀어나와, 물살에 흔들리며, 투명한 저 심연에 이상하게 반사되었다.

떼 지어 헤엄치는 물고기들은 조심스럽게 그 말뚝을 피해 다녔고, 그 말뚝 그림자가 그들 등에 드리우자, 곧장 그 자리서 내뺐다.

-여기서 우리가 물길을 막읍시다, 이곳이 너비로 보아도 좁고, 깊이로 보아도 얕은 곳입니다.

비테르카이가 불을 피웠고, 남자들은 나무를 베어, 호수 안으로 밀어 넣었다.

그들은 그곳에 작은 뗏목을 만들어, 첫 번째 말뚝을 박기 시작했다.

그다음 그들은 그 말뚝 위로 작은 다리를 놓고, 두 번째 말뚝을 박았다. 이런 식으로 그들은 한 걸음 한 걸음씩 그 샛강 가운데를 목표로 나아갔다. 안카는 걱정스런 표정으로, 저 연약한 다리가 저 사람들 아래서 견디어낼 수 있을지, 또 물살에 그들 손에서 그 들보가 찢겨 나가, 뒤집힐까, 또 저것이 그들이 만들어 놓은 건축물이나, 그 사람들을 물속으로 순간순간 내동댕이칠까 봐, 닥칠지도 모르는 위험을 생각하며 두려움으로 지켜보았다.

희미한 검은 말뚝들이 거미줄처럼 투명한 물에 반사되고, 그 위로 행동이 서툴고, 헐벗은 옷을 입은 사람들이 기어서 일하고 있다.

-제발!... 여러분은 물에 빠지지는 마세요!

안카가 중얼거렸다.

-그런 말 마세요! 겁주면 안 돼요!... 우리는 이제 겨우 서 있거든요!

플루오는 농담하며, 도끼로 새 말뚝을 매우 세게 내리쳤다. 그레고리오는 양손으로 그것을 꼭 붙잡아 주었다. 강물은 그 도끼질 소리에, 그 소리의 고통에 쉭-쉭- 소리를 내며, 그 말뚝 장벽 옆으로 흐르고 있다.

저녁이 되어서야 그들은 간신히 그 샛강 한가운데에 다다를 수 있었다.

그들은 지친 몸을 이끌고 집으로 돌아왔다.

그러나 이미 멀리서도 그들은 자신의 유르트 굴뚝에 연기가 피어오르지 않고, 창문에도 빛이 없음을 알아차렸다.

-빌어먹을, 우리를 위한 저녁 준비도 하지 않는구나, 사람 먹은 그 여자가!

플루오가 화를 냈다.

어두운 유르트 안은 완전히 조용했다.

쿠투야크시트는, 사람들이 들어서서 불을 켰을 때야, 겨우 잠자리에서 깼다.

-내가 배고파, 잠시 잠들었네요... -그 노파가 변명했다. - 메르겐이 식량을 챙겨 가버렸어요. 그녀가 또한 우리에게 남아있던 가장 좋은 주전자, 도끼, 칼도 가지고 가버렸어요. 그녀가 이 모든 것을 한데 묶고는 그만 떠나버렸어요. 나는 그녀에게 어디로 가는지, 언제 돌아올 것인지 물었지만, 그녀는 아무 대답도 하지 않더군요 ... 아무 말도 없구요. 마치 나를, 사람도 아닌, 개로 보듯이 하더군요 ... 내가 그녀에게 이야기했지요 ... 그리고 그녀는 우리의 가장 좋은 가마솥, 칼과 도끼도 ...가져가버렸어요

낙담한 쿠투야크시트가 그 말을 반복했다.

-그녀가 칼도, 도끼도, 솥도 가져가 버렸네요. -플루오가 유르트 안의 구석구석을 살피며 말을 더듬거렸다. - 그녀가 내 그물도 가져가버렸네, 제일 좋은 그물이었는데...그 여자가 그 보트는 훔쳐 가지 않도록 잘 지켜야 하겠네요...

그는 유르트를 뛰쳐나왔고, 다른 사람들도 그를 뒤따랐다.

-전염병이나 그녀에게 덮쳐라지!... 그녀가 훔쳐 가버렸어요! 그녀는 마치 우리가 아무것도 할 수 없게 내버려 두고는 가버렸네요. 우리가 그 보트 없이 뭘 할 수 있겠어요... - 플루오가 외쳤다. - 내일부터 당장 먹거리가 없겠네요.

그는 즉시 뗏목을 만들어, 호수에 놓아둔 그물을 회수하기 위해 그 뗏목을 움직이려는데, 그레고리오가 그를 막아섰다.

-의심할 바 없이 그녀가 이미 그것들을 훔쳐 가버렸네요! 헛된 일이 될 거요! 보시다시피, 그녀가 악마입니다... 전염병이나 그녀를 옭으라고 둡시다...

-아마, 그녀가 우리를 떠난 것이 우리에게 더 좋을 거요... 이젠 분란은 없어질 거고요, 더 조용해질거요... 아마 사람들이 우리에게 젖소들을 보내줄지도 모릅니다... 자비로운 하나님, 저희를 거두어 주십시오!

안카는 그들을 위로했다.

- 무엇도 사람들이 우리에게 보내지 않을 거요... 그물도 없는데... 보트도 없는데, 우리 같은 불행한 사람들이 뭘 할까요?

플루오는 불평을 늘어놓았다.

-이전보다 더 차분해질 것이니, 그게 좋은 겁니다... 하나님이 저희를 도우신 것이고, 내일이면 우리가 저 샛강을 제대로 막을 수 있으니...

안카가 반복해 말했다.

-곧 모기들이 우글거리며 나타날 터인데, 우리에겐 먹거리도 없다구요!

-그 여자가 가장 좋은 가마솥도 가져갔고, 도끼며 칼이며 가
져다가, 그 모든 것을 하나로 묶어 가져갔어요.... 나는 그녀에게
말하고 싶어요: 그것들은 좀 놔두고 가라고요
쿠투야크시트는 10번이나 그 말을 반복했다.

비테르카이는 생쥐처럼 구석구석을 찾아보았다.
그 소녀는 아마도 메르겐이 뺏어간 그 셔츠는 두고 갔을지도
모른다고 생각했나 보다.

VI

Nokte, kiam la suno ne varmigas, kaj la nuboj sur la ĉielo ne malhelpas la vaporiĝon, la elspiraĵo de la lagoj, tuŝinte la lastajn glaciojn, falas sur la landon, densiĝas kaj kovras la ĉirkaŭaĵon per neĝa nebulo. Ĝia bukloriĉa supraĵo similas vilan ŝafidfelon. Tra la blanka kovrilo briletas la mallumaj makuloj de la montetoj, promontoroj, kaj terkoloj. La nigraj pintoj de la arboj elstaras super la nebulo kiel strangaj aeraj insuloj. Ĉio estas blanka kaj silenta kiel vintre, sed samtempe varma kaj moviĝema. Jen duone degelinta glacio perdas la ekvilibron kaj falas en la akvon; ĝia rando disŝiras la nebulon, kaj la arĝente nigraj ondoj de la lago ekbrilas tra la fendo. Jen vico da anasoj brue kaj gaje naĝas, serĉante nutraĵon; neniu danĝero minacas ilin sub la nebula kovrilo.

Silente estas en la aero. La agloj, vulturoj kaj mevoj dormetas en siaj kaŝejoj, kovritaj de la perla roso. Sur la pala ĉielo la steloj pale briletas. La ĉielruĝo aperas kaj komencas kolorigi la nebulojn; ĝi grandiĝas, fariĝas pli potenca, disvastiĝas pli kaj pli malproksime, la fajra brilo kovras la tutan horizonton.

Fine de tie, kie la leviĝanta suno sin kaŝas, elsaltas grandega ora radio. La steloj estingiĝas. Facila venteto pelas la nebulon. Al la unua radio aliĝas dua, tria ⋯ tutaj garboj da rapidaj, oraj, blindigantaj radioj. La nebuloj maldensiĝas, brilas la lagoj, iliaj verdaj bordoj gaje ridetas. La birdaj ĥoroj komencas laŭte kanti. La vento dispelas la glaciojn sur la lago; ili puŝas unu la alian, brilante en la suno. Kaj tiamaniere ĉiutage ĝis la glacio degelos.

Ordinare la loĝantoj de la jurto ne eliradis eksteren dum nebula vetero, ĉar la malseka aero duobligis iliajn dolorojn.

Sed ĉifoje la scivolo venkis kaj Fluo iris antaŭ la leviĝo de la suno por rigardi la fiŝkaptilan korbon, kiun li metis hieraŭ. Biterĥaj, kiel ordinare, sekvis lin. Ankoraŭ ne tute vekiĝinte kaj parolante malmulte ili rampis en la nebuloj laŭ la malnovaj postesignoj. Malfortaj voĉoj de la vekiĝanta tago fl ugis al ili de la lagoj kaj de la tajgo.

—Mia Fluo, se ni kaptos tiom da fiŝoj, ke ni ne povos porti ilin? Kion ni faros? — murmuretis mallaŭte Biterĥaj, tremante pro malvarmo.

—Ne diru tion! Neniu fiŝkaptisto tion dirus!⋯ Ne timu; nenion ni restigos, se Dio donos al ni riĉan akiron.

—Terura estas la nebulo ⋯ Ŝajnas ĉiam, ke iu tie staras ⋯Fluo, efektive iu staras ⋯ Mia arĝenta, mia

bona, donu la manon, donu almenaŭ unu fingron ⋯
Mi timas ⋯

Fluo bonkore etendis malantaŭe la manon kaj donis al ŝi unu fingron; ili povis paŝi nur unu post la alia, ĉar la vojeto estis mallarĝa.

—Fluo, ĉu neniu tie staras?

—Neniu.

—Sed iu iras ⋯ Ĉu vi aŭdas la krakadon? Ho Dio, kiel li ridas ⋯ Certe li estas la diablo mem!

—Silentu, tio estas kolimbo, kiu ridegas!

Ili estis jam proksime de la rivereto. La monotona bruo de la akvo scigis ilin pri ĝi. Subite Fluo haltis kaj atente aŭskultis, Biterĥaj kvazaŭ algluiĝis al lia piedo.

—Nun, ĉu vi aŭdas?

—Efektive iu iras sur nia baro ⋯ La stangoj krakas en la pontetoj ⋯ — murmuretis li.

La knabino genufleksis pro teruro. La Jakuto atente rigardis la blankajn vaporaĵojn. Post momento li komencis rekoni la mallumajn konturojn de la arboj, kliniĝintaj super la blanka profundegaĵo.

—La rivereto! — diris li.

La nebulo tie ĉi senĉese tremis, iris antaŭen kaj malantaŭen, leviĝis aŭ falis ĉifita. en la rivereton. Nun Fluo jam povis vidi la stangojn de la baro, la ponteton, kaj sur ĝi malluman, grandan, malklaran figuron, kliniĝantan al la akvo ⋯ Samtempe li aŭdis plaŭdon, krakon kaj laŭtan ĝemon.

—Urso! — murmuretis la terurita Jakuto, Biterĥaj
ekstremis.

—Silentu! Ne kriu!⋯ Ĝi manĝos nin ambaŭ.

En la komenco ili rampis malrapide kaj singarde,
poste ili kuris kiel sago.

—Ni rapidu, ĝis la nebulo malaperos ⋯ Kuru
Biterĥaj!⋯ —kriis li al la knabino.

—Urso — balbutis li, ĵetante sin en la jurton. —
Lerte ni forkuris!⋯ Mi ne sciis, ke mi havas ankoraŭ
tiel bonajn piedojn!⋯

—Kie estas la urso?

—Ĝi ŝtelas fiŝojn el nia korbo. Ĝi staras granda
kiel nubo, kaj mastrumas sur la ponteto ⋯ Se ĝi
renversos la stangojn, kion ni faros?

—Tio estas indiferenta! Nun, kiam ĝi trovis la
baron ⋯ Vana estis nia laboro! — plendis Fluo.

—Vana estis nia laboro!⋯ — ripetis malgaje Anka
kaj Kutujaĥsit.

—Nun ĝi staros garde sur la baro ⋯ Eble ĝi venos
eĉ en la provizejon! Nun ili estas malsataj, ne estas
beroj kaj radikoj ⋯ la junaj anasidoj, perdrikidoj kaj
leporidoj estas ankoraŭ malgrandaj ⋯ Kiam ĝi trovis
niajn fiŝojn, ĝi ilin ne lasos plu⋯⋯

Timigitaj ili sidis en la jurto, bruligante fajron.
Biterĥaj ofte iris antaŭ la sojlon kaj revenis, ĝoje
murmuretante:

—Ĝi ne iras, mi aŭdas nenion ⋯

—Eble ĝi manĝis Mergenjon ⋯ — ĝemis Kutujaĥsit.

—Facile estas por urso manĝi izolan virinon ···

—Kial ŝi forkuris? — indignis Fluo. — Tamen estas domaĝe, ĉar ŝi estis bona laborantino.

—Kion ĝi faros al ŝi? Nokte ŝi bruligas fajron, tage ĝi ne venos. Mergenj havas la boaton, retojn ··· tio estas tute alia afero ···

—Se ni havus boaton, ni ankaŭ povus veturi tien rigardi de malproksime. Kvankam ĝi naĝas, tamen oni povas forkuri, Gregorio, ni faru tunguzan boaton el betula ŝelo!

—Kie vi trovos tiom da ŝelo?··· Pli bone estus, se Anka irus al la princo por ĉion rakonti ··· Ŝi povus sciiĝi ankaŭ pri la bovinoj, oni ja ne mortigos ŝin ··· kaj tie ĉi ni ĉiuj pereos ···

Anka silentis timigita kaj malgaja.

En la sekvinta tago la malsato komencis forte turmenti ilin; malgraŭ la timo Fluo kaj Gregorio iris serĉi nutraĵon.

—Jen kie lokis sin la hommanĝantino ··· sur la insulo — diris Fluo, montrante la Grandan lagon.

Gregorio ne tuj respondis; li rigardis longe kaj atente la verdan arbaran kronon, kiu kuŝis izola sur la bluaj akvaj vastaĵoj, oritaj de la suno. Granda fumo pendis super la arbaj pintoj. Fluo bone divenis, ke tie estas la kaŝejo de Mergenj.

—Ŝi vidas de tie ĉion, kiel sur la manplato. Kvankam ŝi estas proksime de ni, ni ne povas ŝin atingi. Sed ne ĝoju!···Baldaŭ mi faros boaton kaj reprenos miajn retojn ⋯ Mi trovos ilin kaj reprenos ⋯ — minacis Fluo.

—Jes, tio estas ŝia kaŝejo! — konsentis Gregorio. —Ŝi bone ĝin elektis, la kuloj ne turmentos ŝin. Ŝi restu tie! Ni ricevos la bovinojn ⋯ Anka iros. Ŝi nepre devas iri. Ni falĉos la herbejon ⋯ Ĉu ne pli bone ni vivas nun, pace kaj trankvile? Antaŭe ni ĉiam devis timi ⋯ Mi ne amas la malpacon de la virinoj ⋯Ŝi restu sur la insulo!

Ili revenis kun bona akiro; ili trovis kelke da anasaj nestoj: la ovoj enhavis jam embriojn, sed ĉu tio ĉi ne estas manĝaĵo? Kuraĝiĝintaj ili iris en la sekvinta tago al la baro. Fluo senĉese kriis kaj tamburis sur malnova pato; Gregorio ankaŭ kriis kaj svingis brulantan torĉon. Fluo antaŭiris; ĉiufoje, kiam li rerigardis la kunulon, Gregorio turnis flanken la okulojn kaj kaŝis la paliĝintan vizaĝon.

—Konfesu, vi forlasos min, kiam ĝi elsaltos? — demandis fine Fluo.

—Tio estas ebla, — konfesis Gregorio. — Mia koro batas pro timo.

—La urso manĝos min, ĉar mi ne povas rapide kuri, miaj piedoj ne taŭgas plu por tio ĉi. Ni ne iru tien, ni ekbruligu la arbaron ⋯

Ili provis fari tion, sed la malsekaj herboj ne bruliĝis.

—Estu la volo de Dio; — kuraĝe decidis Fluo, svingis la manon kaj bruante iris antaŭen.

Ĉe la rivereto estis tute trankvile. La suno oris la
verdetan, rapide fluantan akvon; la salikoj kaj la
malgrandegulaj alnoj rebrilis en ĝi, kliniĝante de la
bordoj; la nigra reto de la pontetoj ĵetis de supre
moviĝemajn ombrojn, kaj la ŝaŭmo de la fluo
ĉirkaŭis la stangojn.

La Jakutoj atente aŭskultis, ĉu ie bruas, poste ili
ekbruligis fajron. Ili tuj rimarkis, ke la baro estas
detruita, ke la korbo malaperis.

—La malbenita hommanĝantino! Rigardu, ŝi ĉion
tratranĉis!··· Kion ŝi volas? — kriis Fluo, kiu aliris la
unua al la pontetoj.

—Kial vi diris, ke tio estas urso? Kion vi babilis?···
Pro vi ni ĉiuj malsatis! — koleris Gregorio.

Fluo gratis sin post la orelo.

—Ĝi estis nigra ··· Mi neniam plu iros en la
nebulo! — murmuretis li. — Jen estas la korbo! Ĝi
kroĉiĝis al la kanoj ··· La hominanĝantino ĵetis ĝin
trans la baron. Ŝi eĉ ne prenis la fiŝojn. Ili putriĝas
en la korbo. La inferanino! Kion ŝi volas? Sed ŝi ne
povis rompi la baron. Ŝi eltiris nur unu stangon ···
Mi timigis ŝin!···

—Sendube! — mokis lin Gregorio. — Vi ĵetus ŝin
en la akvon, kiel ŝi nian korbon, vi ne kompatus ŝin
···

—Kiu povas scii! Eble mi pripensus ··· Ĉevalo
virino! En ĉiu okazo mi starus sur la bordo kaj
krius!··· — konfesis Fluo, kiu ree fariĝis gaja.

Ili eltiris la korbon el la akvo kaj rebonigis la baron. Poste ili kuŝiĝis ĉe la fajro, atendante akiron.

—La virinoj similas la vortojn de enigmo! — ĝemis Fluo. —Neniu scias, kion ili volas, Sed ne pro mi ŝi venĝas sin kaj malbonigas la baron; pri tio mi estas certa!

Gregorio malgajiĝis.

Kiam ili kaptis kelke da fiŝoj, ili decidis, ke Fluo portos ilin hejmen kaj sendos Ankan kun la litaĵo, ĉar Gregorio intencis stari garde ĉe la baro la tutan nokton.

6장. 물가에 나타난 곰

　　태양이 덥히지도 못하고, 하늘 구름이 증발을 방해하지 않은 밤에는 호수들의 날숨이 마지막 남은 얼음들에 닿고 땅에 떨어지면, 호수 주변은 눈 같은 안개로 두껍게 덮인다. 그 곱슬머리 같은 상부 덮개는 새끼 양의 솜털과 비슷하다. 하얀 덮개를 통해 언덕이나 높은 갑(岬), 좁고 잘록한 땅의 어두운 자국들이 여기저기서 반짝인다. 나무들의 저 검은 꼭대기들이 안개 저위로 마치 이상한 공중 섬처럼 돌출해 보인다. 전부가 겨울처럼 하얗고 조용하지만, 동시에 따뜻하고 움직임이 많다. 한쪽에서는 반쯤 녹은 얼음이 균형을 잃고, 물속으로 떨어진다. 그 얼음 가장자리는 안개가 찢는다. 또 호수의 거무스레한 은빛 파도가 그 갈라진 틈새로 반짝인다. 또 다른 쪽에서는 먹이를 찾아 시끄럽게 또 즐겁게 헤엄치는 오리 떼가 보이기도 한다. 안개 속에서 아무런 위험도 오리들을 위협하지 않는다. 대기 속에는 침묵이 흐르고 있다. 독수리와 콘도르, 갈매기들은 진줏빛 이슬로 덮인 은신처에서 졸고 있다. 창백한 하늘에는 별들이 약하게 반짝인다. 하늘에 보이는 노을은 안개를 물들이기 시작한다. 노을은 점점 더 커지고, 더 강력해지고, 더 멀리 퍼져나가고, 불꽃 같은

빛이 온 지평선을 뒤덮는다.

마침내 동트려는 태양이, 자신을 숨긴 곳에서 거대한 황금빛 하나로 튀어나온다. 별들은 이제 지고 있다. 순풍에 안개가 밀려난다. 그 빛 하나는 이어 두 번째, 세 번째 빛과 합쳐진다... 나중에는 빠르고, 황금색의, 눈 부신 빛들이 모여 한 개의 빛다발로 만들어진다.

옅어지는 것은 안개들이요, 빛나는 것은 호수들이다.

푸른 호숫가는 유쾌한 웃음이 들려온다.

새들의 합창이 큰소리로 들려오기 시작한다. 바람이 호수 표면의 얼음들을 밀어낸다. 그 얼음들은 햇볕에 반짝이며, 서로를 밀친다.

그런 식으로 얼음도 매일 조금씩 녹는다.

유르트에 사는 그 사람들은 안개 낀 날에는 대체로 밖으로 나오지 않는다. 왜냐하면, 그 축축한 공기가 그들 아픔을 두 배로 만들어 버리기 때문이다.

그러나 이번에는 호기심이 아픔을 이겼다. 플루오는 어제 설치해 놓았던 어구 바구니를 살피러, 해 뜨기 전에 나가 보았다. 평소와 마찬가지로 비테르카이가 그를 따라나섰다. 아직 완전히 잠에서 깨지도 않아서인지, 말도 거의 하지 않은 채, 그들은 옛 표지를 따라 안개 속을 기듯이 갔다. 날이 새는 희미한 소리들이 호수와 타이가 숲에서 그들 쪽으로 들려왔다.

-나의 플루오, 우리가 옮길 수 없을 만큼 그 물고기가, 많이 잡혀 있으면 어쩔래요? 우리가 뭘 할 수 있을까요?

비테르카이는 새벽 추위에 떨며 부드럽게 중얼거렸다.

-그런 말 마! 어떤 어부도 그런 말 하지 않거든... 걱정을 하지도 마. 하나님께서 우리에게 풍성한 수확을 주시면, 우리야 아무것도 남기지 않을 거니까요.

-안개가 엄청 심하네요 ... 늘 저기에 누군가 서 있는 것 같아

요 ... 플루오, 실제로 누군가가 서 있네요 ... 나의 은방울 같은, 나의 착한 사람, 손 하나를 좀 내게 줘요. 손가락 하나라도 줘요 ... 나는 두려워요 ...

플루오는 친절하게 자신의 뒤로, 자신의 손을 뻗어 그녀에게 손가락 하나를 내어 주었다. 길이 너무 좁아, 그 둘이 한 명씩 차례로 걸어갈 수밖에 없다.

-플루오, 저기 사람이 서 있지 않나요?

-아무도

-그런데 누군가 가고 있네요... 탁-탁- 하는 소리를 들었나요? 맙소사, 저 사람이 얼마나 웃는지... 확실히 악마 그 자체처럼 보여요!

-저건 사람의 큰 울음과 비슷한 소리 내는 아비(阿比)[11]라는 새야!"

그들은 이미 샛강에 다가가 있었다. 강물의 단조로운 물소리가 그들에게 그 샛강에 다다랐음을 알려주었다.

갑자기 플루오가 멈춰 서서 주의 깊게 듣고 있었는데, 비테르카이가 그의 발 쪽으로 바짝 붙었다.

-지금은 들리나요?

---

11) 역주: 아비과의 바닷새. 여름에 북극 부근에서 번식, 겨울에는 해양에 무리 지어 서식함. 부리가 날카롭고 발에는 물갈퀴가 있음. 고기 떼를 보고 모여드는 습성이 있음. 학명은 Gavia stellata stellata (PONTOPPIDAN)이다. 아비과 조류 5종 가운데 가장 작은 종으로 부리는 위로 휘어져 있다. 여름깃은 등이 회흑갈색이고, 머리에서 앞목은 회색인데 앞목에는 적갈색 무늬가 있다. 사람의 울음(웃음)소리와 유사한 소리를 낸다고 함. 겨울깃 상면은 회갈색 바탕에 작은 흰점무늬가 있다. 배는 희다. 우리나라에는 회색머리아비와 큰회색머리아비가 함께 겨울새로 도래한다. 북반구의 북부에서 번식하다 11월 하순경에 우리나라에 도착한다. 경상남도 거제도 연안 특히 해금강에서 구조라까지의 해안 해상에서 많이 월동하고 있다. 따라서 거제 연안 아비 도래지를 1970년 천연기념물로 지정하여 보호하고 있다. 주식물은 물고기와 게 등의 수서동물이다.

-실제로 누군가가 우리가 만들어 놓은 작은 다리 위를 걷고 있네... 다리를 받치는 말뚝이 삐거덕거리는 소리가 들리네...

플루오가 작은 소리로 말했다. 소녀는 겁에 질려 그만 주저앉았다.

그 야쿠트족은 하얀 수증기를 뚫어지게 보았다. 잠시 뒤, 그는 저 하얀 심연 저위로 구부러진 나무들의 어두운 윤곽을 인식하기 시작했다.

-샛강 쪽이네!

그가 말했다.

이곳 안개는 끊임없이 떨면서 앞으로 움직이고, 뒤로도 움직이고, 그 샛강에서 올라가기도 하고, 그 샛강으로 구겨진 채 떨어지기도 했다.

이제 플루오도 이미 그 말뚝들을 볼 수 있고, 그 작은 다리도 볼 수 있고, 또 그 다리 위의 어둡고, 크고도 불명확한 물체가 물에 자신의 몸을 숙이고 있는 것을 볼 수 있다.... 동시에 그는 물에 첨-벙-하는 소리, 또 물이 갈라지는 소리, 큰 신음도 들을 수 있었다.

-곰이구나!

겁에 질린 그 야쿠트족이 중얼거리자, 비테르카이는 몸을 떨기 시작했다.

-조용! 비명마저도 지르지 마!… 우리 둘을 잡아먹는 수가 있어.

처음에는 그들이 천천히 또 조심해 기어가다가, 나중에는 화살처럼 내뺐다.

-서둘러, 안개가 사라질 때까지... 달려, 비테르카이!...

그는 같이 온 소녀에게 소리쳤다.

-곰이라구요. -플루오가 말을 더듬으며, 유르트 안으로 몸을

던졌다. - 우리가 용케도 도망쳤어요!... 아직도 내 발이 이렇게 건강하게 내달릴 줄 몰랐어요!...

-곰이 어디에 있던가요?

-곰이 우리가 만든 어구용 바구니에서 물고기를 훔쳐 갔어요. 곰이 이렇게 구름 만한 덩치로 크게 서서, 그 작은 다리 위에 버티고 있는데... 만일 곰이 그 말뚝을 뿌리째 뽑기라도 하면, 우리는 어떻게 될까요?

-그건 무시해요! 이제, 곰이 그 다리를 찾아냈으니 ... 헛되겠어요, 우리 노력은!

플루오가 불평했다.

-헛일이 되었네요, 우리 노력이!...

안카와 쿠투야크시트가 슬프게 반복해 말했다.

-이제 곰이 다리에서 보초처럼 지키고 있겠네요... 아마 우리 먹거리 저장실 쪽으로도 올지도 몰라요! 이제 그들도 배가 고프니. 먹을 열매도 없고, 먹을 뿌리가 이제 없으니... 오리 새끼, 자고새 새끼, 토끼 새끼는 아직 어리니... 그 녀석이 우리 물고기를 발견했으니, 이제 그 자리서 떠나지 않을 거요...

겁에 질린 채, 그들은 유르트에 앉아 불을 피웠다. 비테르카이는 종종 그 유르트 출입문 문지방 앞으로 왔다가, 돌아왔다. 그리고는 그 소녀는 행복하게 중얼거렸다.

-그 녀석이 안 와요. 내가 아무 소리도 듣지 못했어요...

-어쩌면 그 녀석이 메르겐을 잡아먹었을 수도 있겠네요...

쿠투야크시트이 한숨을 쉬었다.

-곰이 고립된 여자를 잡아먹기란 쉽거든요...

-그녀는 왜 도망을 갔지요? -플루오는 분개했다. - 하지만 그녀는 좋은 일꾼이었는데, 안타까워요

-곰이 그녀에게 해코지할까요? 그녀가 밤에 불 피우면, 낮에는 곰이 오지 않을 겁니다. 메르겐은 보트에, 또 그물도 가지고

있으니... 그건 완전히 다른 문제이지만...

　-우리에게 보트가 있으면, 우리가 그 보트로 멀리 가 볼 수도 있어요. 곰이 헤엄쳐 다가와도, 우리는 도망칠 수 있어요, 그레고리오, 우리가 자작나무 껍질로 퉁구스 사람들[12] 방식으로 보트를 만들어 봐요!

　-그렇게 많은 나무껍질은 어디서 찾아낼 수 있나요?... 안카가 그 왕자님께 가서 모든 것을 이야기하는 편이 더 낫겠어요... 안카가 젖소에 대해서도 물어볼 수 있고, 그들은 안카를 죽이기야 하겠습니까... 그리고 여기는 우리 모두 죽게 된 처지이니...

　안카는 두렵고 슬퍼, 아무 말이 없었다.

　다음날부터 배고픔에 그들은 심히 괴로웠다. 두려움에도 불구하고, 플루오와 그레고리오는 먹거리를 찾으러 갔다.

　-저기가... 저 섬에... 사람 먹은 그 여자가 자리하던 곳이에요.

　플루오가 큰 호수를 가리키며 말했다.

　그레고리오는 즉시 답하지 않았다. 그는 오랫동안 푸른 숲의 장식을 길게, 또 유심히 살펴보았다, 그 숲은 태양 빛을 받아 금빛으로 빛나는 푸른 물의 평원 위에 고립되어 있었다. 나무 꼭대기 저 위로 커다란 연기가 피어올랐다. 플루오는 저곳이 메르겐 은신처일 거라고 이내 추측했다.

　-그녀는 저기서 손바닥 안처럼 모든 것을 보고 있겠네요. 그녀가 우리 가까이 있지만, 우리는 그녀에게 닿을 수 없네요. 그렇다고 기뻐하지도 마세요!… 곧 내가 배를 만들어, 또 그물도 되찾을 거니까요... 나는 그 그물 다시 찾아올 겁니다...

　플루오가 위협적으로 말했다.

　-그래요, 저곳이 그녀 은신처이겠네요! -그레고리오는 동의했다. -그녀는 저 장소를 잘 선택했네요. 모기가 그녀를 괴롭히지 않을 거니. 그녀는 거기 있으라고 해요! 우리는 젖소들을 받으면

---

12) 역주: 동시베리아에 거주하는 알타이 민족 중 하나.

되거든요... 안카가 갈 거니까요. 안카가 당연히 가야만 해요. 우리는 초원의 풀을 깎기만 하면 되니 ... 우리가 지금처럼 평화롭고 조용하게 사는 것이 더 낫지 않아요? 이전에는 우리는 항상 두려움에 떨어야 했어요... 나는 여자들의 다툼이 싫거든요... 저 여자는 저 섬에 머물게 해요!

그들은 좋은 수확을 안고 돌아왔다. 그들은 이날 오리 둥지를 발견했다: 알이 이미 부화 중이었지만, 이것도 먹거리가 아닌가? 용기를 얻은 그들은, 다음날, 다시 그 다리로 가 보았다. 플루오는 낡은 냄비를 손으로 끊임없이 때리며 소리쳤다. 그레고리오도 고함을 지르고, 불타고 있는 횃불을 흔들었다. 플로오가 앞으로 나아갔다. 그가 그 동행인을 자주 되돌아볼 때마다, 그 동행하는 그레고리오는 자신의 두 눈을 옆으로 돌리고는 그 창백한 얼굴을 숨겼다.

-본심을 말해 봐요, 곰이 튀어나오면, 당신은 나를 두고 달아나겠지요?

플루오가 마침내 물었다.

-그건 그럴 수도 있지요. -그레고리오가 말했다. - 두려움으로 내 가슴이 두근거리니.

-곰이 나를 먹을 것입니다. 나는 빨리 달릴 수 없기에. 또 내 발은 더는 달리기엔 적합하지 않거든요. 이제, 우리는 그쪽으로 가지 말고, 여기 이 숲에 불을 피웁시다...

그들은 불 피우는 것을 시도했지만, 젖은 풀이라 잘 불붙지 않았다.

-하나님 뜻대로 둡시다.

플루오는 용기 있게 결심하고, 손을 흔들며 고함을 지르면서 앞으로 나아갔다.

샛강에서는 모든 것이 조용했다.

태양은 빠르게 흐르는 연녹색 물을 금빛으로 칠했다. 수양버들과 아주 작은 오리나무들이 호안에 몸을 숙인 채, 물에서 빛나고 있었다. 작은 다리의 검정 그물이 저위서 흔들거리며 그림자를 드리우고, 흐르는 강물이 만들어 놓은 거품이 그 말뚝 주위를 에워싸고 있었다.

그 야쿠트족 일행은 무슨 소리가 나는지 주의 깊게 살피고는, 그곳에 불을 피웠다. 그들은 그 다리가 이미 파손된 채로 있고, 어구용 바구니도 없어진 것을 즉시 알아차렸다.

-저주받을, 사람 먹은 그 여인 짓이네요! 보세요, 그녀가 모든 것을 잘라 놨네요!... 그녀가 원하는 게 뭘까요?

먼저 그 다리에 접근한 플루오가 소리쳤다.

-왜 그게 곰이 한 짓이라고 했어요? 무슨 그런 소리를 플루오, 당신이 했어요?... 당신 때문에 우리 모두 배를 곯았다구요!

그레고리오는 화를 벌컥 냈다.

플루오는 자신의 귀 뒤를 긁었다.

-곰은 까만 색이었어요... 나는 다시는 안개 속으로 가지 않겠어요! - 그는 중얼거렸다. - 여기 어구용 바구니가 있네요! 저게 갈대밭 쪽으로 밀려가, 붙어 있네요... 사람 먹은 그 여자가 그것을 저 다리 너머로 던졌네요. 그 여자가 저 어구용 바구니 안 물고기도 챙겨가지도 않았네요. 저 바구니 속에 물고기들이 썩어 가네요... 지옥에서 온 여자 같으니! 그 여자가 원하는 게 뭘까요?… 그러나 그 여자는 이 다리를 부술 수는 없어요, 그 여자가 말뚝 중 하나만 뽑아버렸네요... 내가 나타나자, 그 여자가 겁먹었네요!...

-의심 없이! -그레고리오는 그를 조롱했다. - 당신이 그녀를 물속에 던져 버려요, 그녀가 우리 어망 바구니를 던진 것처럼. 당신은 그녀에게 자비를 베풀면 안 됩니다...

-누가 알겠어요! 어쩌면 내 생각엔... 말 같은 여자 같으니! 모

든 경우에 나는 호숫가에 서서, 소리 지를 겁니다!...

다시 쾌활해진 플루오가 본심을 말했다.

그들은 물에서 어구용 바구니를 꺼내고 다리도 수리했다.

그다음 그들은 자신들이 피워놓은 불가에 누워 쉬면서, 어구용 바구니에 물고기들이 다시 잡히기를 기다리고 있었다.

-여자들이란 수수께끼 속의 말과 같네요! -플루오는 신음했다. - 여자들 자신이 무엇을 원하는지 아무도 몰라요. 하지만 그녀가 자신의 복수심을 드러내고, 이 다리를 망가뜨린 것은 나 때문이 아닙니다. 그 점은 확실해요!

그레고리오는 슬픔에 잠겼다.

물고기 몇 마리가 잡히자, 그들은 의논하기를, 플루오가 그 물고기들을 들고 귀가하기로, 그레고리오는 여기 남아 밤새 이 다리를 지켜 보고, 나중에 안카가 침구를 가지고 여기로 오기를 결정했다.

VII

La ĉielo estis malluma, kvankam la nuboj ne kovris ĝin. La paliĝinta, flavruĝa suno staris malalte super la akvoj. En ĝia malklara lumo la grizaj ondoj, mallaŭte plaŭdantaj ĉe la bordoj, brilis kiel rustiĝinta kupro. La diverstona bruo de la lagoj, kuniĝinta kun la delikata murmureto de la herboj kaj arboj, flugis super la dormiganta tero. La vento pelis la pezan kaj varman aeron. La fajro apenaŭ bruletis kaj blua fumo supreniris de ĝi. La kuloj fl ugis preter la fumo kaj flamo super la kapoj de Gregorio kaj Anka, kiuj sidis ĉe la fajrujo proksime unu de la alia.

—Mi nepre devos iri al la princo, al la Jakutoj; mi tion scias, sed mi timas ⋯ mi timas. Mi memoras ⋯ mi estis knabineto, kiam foje leprulo venis al ni kaj volis perforte eniri en la jurton, kaj la patro elpuŝis lin per forkego ⋯

—Ne eniru en la jurton, kriu de malproksime ⋯ Eble oni donos ion al vi ⋯ Oni devas doni. Restis ja nia havo!

—Jes, ĝi restis ⋯ — ekĝemis la virino. — Nia bovino havas sendube belan idon. ⋯ Senkonscienca estas Pjotruĉan ⋯

—Por kio paroli pri la konscienco? Kiam la homoj ne vidas ĝin, ili ĉiam pensas, ke vi vivas pli feliĉe, ol ili ⋯

—Gregorio, ankaŭ mi ne sciis, ke tiel malĝoje estas ĉi tie ⋯

—Vi do bedaŭras?

Anka silentis.

—Ne ⋯ Por kio bedaŭri, se oni ne povas tion ŝanĝi? Se la inferanino nur lasus nin trankvilaj ⋯ Eble Dio sendos al ni infanon ⋯ Ni edukos ĝin, ĝi nin zorgos, kiam ni maljuniĝos ⋯Eble mi restos sana, eble niaj idoj ankaŭ kreskos sanaj ⋯ La "terura Sinjorino" estas kaprica, ŝi ofte lasas la proksimajn, kaj prenas la malprolksimajn. Tiam eble ĝojaj ridoj eksonos ĉi tie, kie nun oni aŭdas nur ĝemojn ⋯ La jurtoj pleniĝos, oni konstruos novajn domojn kaj nova gento aperos ⋯ Eĉ se ili mortus kiel ni, ili vivus iom ⋯ La maljuneco ne estas dolĉa eĉ tie, en la mondo. La maljunuloj ĉie malsanas, la junuloj ĉie ĝuas la vivon ⋯ Mi tre dezirus havi infanojn, Gregorio.

—Por kio infanoj? Brutaron ni bezonas, sen ĝi ni ne povas vivi. La fiŝoj ne sufiĉas; por la laborado kaj ĉasado ni bezonas sanon kaj fortojn ⋯ Se ni almenaŭ pace vivus ⋯

—Kion ŝi volas?⋯ Kion celas la inferanino?

Anka turnis sin subite, ĉar Gregorio atente rigardis

per strangaj okuloj la rivereton. En la sanga brilo de la subiranta suno Mergenj staris en sia boato. La fl uo portis ŝin al la baro; ŝi remis per longa ilo kaj rigardis ambaŭ bordojn kiel akcipitro. Ŝi rimarkis ilin, ekkriis, sidiĝis kaj turnis la boaton. Poste ŝi rapidis al la lago. Ŝi rerigardis de malproksime kaj minacis al ili per la pugno.

—La diablino! Kion ŝi volas? — diris Gregorio, — Sed nun ŝi ne venos plu ⋯ Oni povas dormi! Ĉu vi iros hejmen, Anka, aŭ restos ĉi tie? Nokte estos malvarme.

—Mi restos ⋯ — diris Anka post momento. — Se vi permesos, mi restos.

La fiŝkapto estis tre sukcesa.

Ili kaptis precipe grandegajn, verdetajn ezokojn kun ruĝaj vostoj kaj brankoj. La tutan tagon la loĝantoj de la jurto purigis kaj lavis la fiŝojn, kiujn ili intencis fumaĵi.

Eĉ Kutujaĥsit alrampis el la jurto; ŝi sidis ĉe la fajro kaj kun Biterĥaj vete rostis sur la karboj la grasajn ezokajn internaĵojn.

Oni permesis tion, ĉar oni havis tro multe da ili. Vespere la virinoj kaj Gregorio portis la akiron hejmen, ĉar tie pli facile estis kaŝi la fiŝojn dum la pluvo. Fluo restis por gardi la baron.

Mergenj ne venis plu. Oni vidis ŝin nur kelke da fojoj de malproksime sur la lago kiel punkteton. Kelke da tagoj pasis. La kvanto da fiŝoj ne plimalgrandiĝis, sed la kuloj aperis amase. Restadi sur la kota bordo de la rivereto estis vera turmento. Precipe en silentaj, nubaj tagoj la kuloj sufokis la fiŝkaptantojn. Ili atakis la okulojn, penetris en la nazon, ne permesis malfermi la buŝon. La korpo ŝvelis pro ilia pikado kaj kovriĝis per vundoj. La lepruloj ne staris plu garde ĉe la rivereto ···

—Ŝi ne venos ··· Ŝi mem ne scias, kie kaŝi sin kontraŭ la kuloj ··· — ili diris pri Mergenj.

Ĉiutage unu el la viroj iris al la baro kaj revenis kun korbo plena de fiŝoj. Biterĥaj ĉiam atendis lin, starante sur la plata tegmento de la jurto.

Li venas, li venas!
Sur la dorso li havas korbon.
La korbo estas plena de fiŝoj ···

Kantis ŝi per sia delikata voĉo ··· Sed foje ŝi subite interrompis la kanton kaj enkuris en la jurton, malfacile spirante:

—Li ne venas ···

—Kion vi diras? Ni ja aŭdas liajn paŝojn sur la vojeto!

—Mergenj ··· — balbutis la paliĝinta knabino.

Ĉiuj ĵetis sin al la pordo. Gregorio prenis hakilon.

Sed sur la vojeto krom Fluo neniu estis; li iris rapide, kolere svingis la manojn, sed sen ia dubo tio estis li, ne la diablino. Sed kial Biterĥaj vidis ŝin?

Ĉu Mergenj sorĉe malaperis?

—Ĉu tio estas vi, Fluo?

—Jes! Kial vi demandas?··· La malbenita virino ree eltiris unu stangon kaj dronigis la korbon ··· Mi ne povis ĝin trovi ···

Ĉiuj malespere rigardis unuj a aliaj.

—Kaj ŝi ne timas la kulojn?

—Kompreneble ne ··· Ŝi havas boaton, ŝi pendigas antaŭ si kaldronon, en kiu brulas fajro, kaj ŝi veturas en la fumo, kvazaŭ ŝi estus hejme ··· Sed ni malfeliĉuloj ··· La malbenita krimulino!···

La viroj tuj prenis armaĵojn kaj rapidis por kapti la korbon kaj rebonigi la baron. Tio ne estis facila tasko. Kvankam ili tenis en la manoj brulaĵojn kaj senĉese svingis ilin, la kuloj ilin ĉirkaŭis kiel densa malluma nubo kaj pikis dolore, penetrante al ilia korpo eĉ tra la vestoj. La korbon ili trovis malproksime de la baro, ĝi alkroĉiĝis en la kanejoj de la rivereto. Ili do devis reveni por la floso. Fine ili eltiris la korbon kaj metis ĝin en ĝustan lokon, ŝtopinte la truon en la baro. Gregorio, kiel la plej forta, restis garde.

Pri dormado oni ne povis eĉ songĝi. Li do ekbruligis grandan kronon de fajroj malproksime de la rivereto, sidiĝis meze de ili, kuiris la vespermanĝon kaj kantetis por forpeli la enuon. Ekstere la amasoj da pikemaj insektoj zumis senĉese.

La Jakuto ofte interrompis la kanton kaj aŭskultis

la monotonan murmuron, kiu kuniĝis kun la bruo
de la rivereto. Krom tio li nenion aŭdis, li do
fermetis la okulojn, ruĝajn kaj plenajn de larmoj pro
la fumo, kaj li daŭrigis la kanteton, kiu sonis
monotone kiel la akvo bolanta en la kaldrono.

Subite ekkrakis branĉeto, rompita per ies piedo.

Li malfermis la okulojn kaj kaptis la tranĉilon. En
la griza krepusko, lumigita de la briloj de la fajro,
Mergenj staris.

—Vi volas mortigi min, Gregorio ⋯ Vi jam
forgesis, kiel vi amis kaj karesis min ⋯

—Vi tiam ne estis tia diablino, kia vi nun estas ⋯
Kial vi turmentas nin?⋯

—Ĉiam vi estis malsaĝa, Gregorio ⋯ Enlasu min,
mi volas, kiei antaŭe, sidi kun vi, manĝi fiŝon,
babili, Vi estas pli forta ol mi, mi ne havas armaĵon
⋯ Se vi deziras, mi deĵetos la vestojn, por ke vi ne
pensu, ke mi ion kaŝas ⋯

Ŝi rapide malbutonumis la peltan jakon, deĵetis ĝin
kaj nuda kliniĝis al li el la fumo. Gregorio
ŝanceliĝis. Sed ŝi ne atendis la respondon, transsaltis
la fajron kaj sidiĝis apud li sur la cerva felo.

—Ree ni estas kune ⋯ Ĉu vi memoras ⋯ antaŭ
unu jaro?⋯ Sed rigardu, Gregorio, kiel dika mi nun
estas, kiel ŝveligas mian korpon la sango ⋯

Ŝi prenis lian manon kaj premis ĝin al sia brusto.

—Mi havas amason da fiŝoj. Mi ŝtelis ankaŭ la
retojn de aliaj ⋯ Mi tute ne intencis malutili vin. Mi

nur deziris, ke vi venu, Gregorio ⋯ Vivi kun la lepruloj, rigardi iliajn vundojn, aŭskulti la ĝemojn, — tio ĉio tedis min. Gregorio, vi estas ankoraŭ sana, via korpo estas pura ⋯ Feliĉe ni vivus kune, ni konstruus rondan domon, kovritan per tero ⋯ Vi ripozus, mi alportus akiron ⋯ Mi konas en la ĉirkaŭaĵo ĉiujn lokojn, kie oni kaptas fiŝojn, ankaŭ min oni konas tie ⋯ la komunumo donos al mi, kion ajn mi deziros ⋯ bovinojn, ĉion, por ke mi ne venu plu ⋯

—Ho, ne!⋯ Oni ne donos al vi bovinojn, oni mortigos vin! Nenion oni donos al vi, vi ja tie nenion posedas ⋯ Via edzo prenis ĉion kaj transmigris en la gubernion ⋯

—Eĉ sen bovinoj ni vivos feliĉe!⋯ Kiam mi vin posedos, mi trovos ĉion ⋯ Mi faros por vi multekostajn peltojn; mi kaptos vulpojn, leporojn, lupojn kaj sovaĝajn cervojn ⋯ Mi metos kaptilojn, mempafilojn. Ĉiutage vi manĝos viandon, plej bonan grason, bongustajn fiŝojn. Mi estos bona, tiel bona kaj dolĉa, kiel la beroj post la aŭtunaj frostoj ⋯ Mi estas malbona, ĉar mi posedas neniun ⋯ Kiam mi iras en la mondo kaj vidas la homojn, kiuj ripozas trankvile, ridas, manĝas ĝis sate, havas infanojn kaj brutaron, tia enuo suĉas mian animon, ke mi nepre devas ion detrui, rompi ⋯ Ili ankaŭ sciu, kio estas larmoj! sed por vi mi estos dolĉa, kvieta ⋯

Ŝi premiĝis karese al li pli kaj pli forte, varmigis

lin per siaj nudaj brakoj.

—Vi ja havis infanon. Kion vi faris? Kie ĝi estas! — demandis la viro per raŭka voĉo. Ŝi ektremis kaj leviĝis.

—Dio estas atestanto, ke ĝi mortis mem! — ekkriis ŝi. — Jen kia vi estas! Tiam vi eĉ ĉifonon ne alportis al mi! Vi ne estis scivola, vi ne volis vidi la infanon, vian propran sangon, kaj nun ⋯ Almenaŭ ŝajnigu nenion! Vi satiĝis per mia korpo ⋯

La juna edzino delogas vian animon, ĉar ŝi estas juna, freŝa!

Ne ŝajnigu bonkorecon ⋯ Ĉu vi iam portis al mi akvon, kiam nokte la soifo turmentis min? Ĉu vi iam faris ion propravole? Ĉiam oni devas krii: Gregorio iru, Gregoriu faru ⋯ Gregorio, tio estas via laboro ⋯ Vi estas kvazaŭ peco da glacio ⋯ Mi devis ami vin tian, kia vi estas, ĉar mi havis neniun alian, sed Anka ⋯ malsaĝa Anka.

Ŝia vizaĝo fariĝis terura, la okuloj brilis kiel serpenta skvamo, la lipoj tremis, malkovrante blankajn, akrajn dentojn.

Gregorio etendis antaŭ si la manojn:

—Iru, iru for ⋯ Vi iam mortigos kaj manĝos plenaĝan homon ⋯

Ŝi desaltis de li kaj faligis la kaldronon per piedbato.

—Putru, malbenita putrulo! Morgaŭ komencu! Vi ĉiuj memoru, ke nun mi ne indulgos vin ⋯ Kiam vi ne ekzistos plu, mi kaptos por mi knabeton ⋯ mi lin ŝtelos! Mi estas ankoraŭ juna ⋯ mi lin edukos por mi ⋯ Vi pensas, abomena kadavro, ke vi estas trezoro! Ĉar frenezulino, kiun neniu volis havi, alkuris al li, li imagis, ke li taŭgas por io! Putru ⋯ pereu! Mi pereigos vin ĉiujn, por ke via malbeno malaperu kun vi ⋯ Tiam mi iros malproksimen ⋯ Neniu devigos min vivi en venenita loko! La malsato tordu viajn internaĵojn, vi manĝu la putran viandon de Kutujaĥsit kiel buteron, vi leku ŝiajn maljunajn ostojn kiel sukeron kaj ĉesu ofendi aliajn malfeliĉulojn! ⋯

Gregorio desaltis de la litaĵo, ĉar en la okuloj de Mergenj terura fajro ekbrilis; li surpaŝis la hakilon, kuŝantan apud la litaĵo, kaj eltiris sian tranĉilon. La virino saltis trans la fajron.

—Vi timas — ridis ŝi. — Vi timas ⋯ Ho fabela heroo, kiun virino povas kovri per kulerego ⋯

Ŝi ĵetis sur lin brulaĵon kaj malaperis. Gregorio aŭskultis atente, ĉu ŝi iris al la baro; li eĉ prenis brulaĵon kaj forpelante per ĝi la kulojn, rapidis al la rivero.

La fluanta rubando de la akvo murmuretis mallaŭte; la herboj kaj arboj kliniĝintaj al ĝi rebrilis en la pura supraĵo.

Sur la lago super la blanka nebula muslino ŝanceliĝis la kapo kaj la brakoj de Mergenj, kiu rapide remis, kaj malsupre glitis la longa makulo de la boato.

Fine ĉio malaperis en la griza nokta krepusko.

—Dio gardu min kontraŭ ĉi tiu virino ⋯ Vera
viro-virino! Kion mi faros nun? Ŝi disverŝis mian
vespermanĝon, kaj tro frue estas eltiri la korbon ⋯
La tondro ŝin ⋯ Ŝi diris, ke mi timas. Ŝi estas prava
⋯ Se mi kisus ŝin, ŝi demordus mian buŝon ⋯ Ĉu
oni povas scii, kion ŝi celas? Ŝi venis por peti, kaj
poste ŝi disverŝis mian manĝaĵon! — murmuretis
Gregorio, penante savi el la fajro pecetojn da kuirita
fiŝo.

7장. 난족해진 메르겐

하늘은 구름이 덮지 않아도 어두웠다. 황적색의 창백해진 태양이 물 위에 낮게 떠 있다. 그 희미한 태양 빛 속 호숫가에는 부드럽게 부딪히는 회색 파도가 마치 녹슨 구리처럼 빛났다. 여러 호수에서 나는 다양한 소리가 풀과 나무의 섬세한 웅얼거림과 합쳐져, 잠들려는 대지 저위로 날아갔다. 바람은 무겁고 뜨거운 공기를 몰아냈다. 불은 거의 불붙지 않고, 푸른 연기만 피어올랐다. 모기들이 화롯가 옆에 서로 나란히, 가까이 앉아 있는 그래고리오와 안카, 그 두 사람의 머리 저 위의 연기와 화염을 지나 날아갔다.

-내가 반드시 그 왕자님께도 가보고, 또 야쿠트족 쪽에도 가봐야 할 것 같아요. 그 점은 내가 알지만, 두려워요... 나는 두렵다구요. 나는 기억해요... 소녀였을 때, 나는 가끔 한센병 환자가 우리에게 와, 강제로 우리 유르트에 들어오려고 시도할 때, 제 아버지가 갈퀴로 그 환자를 밀어내는 것을 본 적이 있어요...

-유르트 안으로 들어가지 말고, 저 멀리서 고함을 지르면 되지요... 아마 그네들도 당신에게 뭔가를 줄 겁니다... 그들은 뭔가를 주어야 합니다. 그곳에는 정말 우리 재산이 아직 있으니까요!

-그럼요. 우리 재산이 남아 있지요... - 안카가 한숨을 쉬기 시작했다. - 우리 젖소에게는 의심할 여지 없이 아름다운 새끼도 있었거든요 ⋯ 양심도 없던 사람이 표트루찬이에요 ⋯

-양심을 거론하는 건 무슨 이유요? 사람들이 그걸 직접 보지 않으면, 그들은 언제나 생각하기를, 당신이 그들보다 더 행복하게 사는 줄 알아요...

-그레고리오, 나도 이곳 삶이 이렇게 슬플 줄은 몰랐네요...

-그래서 당신은 안타깝다는 말인가요?

안카는 말이 없다.

-아니요... 사람들이 그걸 바꿀 수 없는데, 왜 안타까워해요? 그 지옥에서 온 여자가 우리를 가만히 내버려 두기만 한다면... 어쩌면 하나님이 우리를 지옥으로 보내셨나 봐요... 우리가 그 지옥을 교육해야 해요, 우리가 늙어도, 지옥이 우리에게 관심 가질지도 몰라요... 어쩌면 나는 건강할지도 모르고, 우리 아이들도 건강하게 자라게 될지도... 그 '끔찍한 여자'는 변덕을 부려왔어요. 그녀는 종종 가까운 것은 가만히 놔두고, 먼 것을 먼저 빼앗으니. 지금은 한숨만 들리는 이곳에 나중에는 아마 즐거운 웃음소리가 들릴 겁니다... 유르트 사람들이 많아지면, 사람들이 새집을 짓고, 새로운 세대의 종족이 나타날 겁니다... 만일 그들이 우리처럼 결국에는 죽게 되겠지만, 그들은 조금은 살아내겠지요... 노년 생활은 그곳 세상에서도 달콤하지 않아요. 노인들은 어디서나 아프고, 젊은이들은 어디서나 인생을 즐기고 있어요... 그레고리오, 나는 정말 아이들을 갖고 싶어요,

-아이들은 뭐하려고요? 우리에게 필요한 것은 가축이거든요. 가축 없이는 살 수 없어요. 물고기로는 충분하지 않아요. 일하고 사냥하려면 건강과 힘이 필요하다구요... 적어도 우리가 평화로이 살려면...

-저 여자가 원하는 게 뭘까요?... 대체 지옥에서 온 저 여자가

원하는 것이 뭘까요?

안카가 갑자기 자신의 몸을 돌아보았다. 그레고리오가 이상한 눈으로 샛강을 뚫어지게 보고 있기 때문이다.

지고 있는 해의 핏빛 속에서 메르겐, 그 여자가 자신의 보트에 탄 채 서 있었다. 물길 흐름을 따라 그녀가 다리에 닿았다. 그녀는 긴 삿대를 저으며, 마치 매의 눈처럼 양쪽 강둑을 지켜보고 있었다.

그녀는 그레고리오와 안카, 그 둘이 있음을 발견하고, 소리를 지르며, 보트에 앉아, 자신의 보트 방향을 다른 쪽으로 돌렸다.

그다음 그녀는 서둘러 그 호수 쪽으로 갔다.

그녀는 저 멀리서 다시 쳐다 보고는, 주먹을 들어 그 둘을 위협했다.

-악마 같은 여자! 그녀가 원하는 게 뭘까요? - 그레고리오가 말했다. - 하지만 이제 그녀는 더는 오지 않을 거요... 사람은 이제 잠자야 하니까요! 안카, 당신은 집으로 갈래요, 아니면 여기에 남을래요? 밤엔 여기가 추울 겁니다.

-난 남을 거예요... - 잠시 뒤, 안카가 말했다. - 허락하면, 난 여기에 머물겠어요

물고기잡이는 매우 성공적이었다.

그들은 붉은 꼬리와 아가미를 가진, 특히 거대하고 연녹색의 민물꼬치고기를 많이 잡았다.

그날 온종일 유르트에 사는 사람들은 그렇게 잡은 생선들을 깨끗하게 씻어 훈제할 준비를 했다. 쿠투야크시트 조차도 유르트에서 기어 나왔다. 그녀는 불 옆에 앉아, 비테르카이와 함께, 숯 위에서 민물꼬치고기의 기름진 내장을 경쟁적으로 구웠다.

사람들은 그걸 허용했다. 왜냐하면, 생선들이 엄청 많이 잡혔기 때문이었다.

저녁에 여자들과 그레고리오가 그렇게 많이 수확한 물고기들을 집으로 가져왔다. 왜냐하면, 비가 오면, 그 다리 밑보다는 여기가 물고기를 숨겨 놓기 쉽다.

플루오가 그 다리를 지키기 위해 그곳에 남았다.

메르겐은 다시 오지 않았다. 그녀는 멀리서 호수 위의 얼룩처럼 몇 번만 모습이 보였다.

며칠이 지났다. 물고기 수가 더 늘어나지는 않았다. 그런데 모기가 떼로 나타났다. 진흙탕의 샛강에 오래 머무르는 것은 정말 고문이었다. 특히 조용하고 흐린 날에는 모기들이 고기 잡는 이들을 질식시킬 정도였다. 그들은 사람들 눈을 공격하고 코를 뚫고, 입을 열지도 못하게 만들었다. 온몸은, 그 모기들의 찌름에, 부어오르고, 상처로 뒤덮였다. 한센병 환자들은 더는 그 샛강을 지켜보려고 계속 그곳에 서 있지 못했다…

-그녀는 오지 않을 것입니다… 그녀 자신도 모기로부터 숨을 곳을 모르니까요…

그들은 메르겐을 두고 말했다.

매일 남자들 중 한 사람이 그 샛강으로 나가, 물고기가 가득 담긴 바구니를 가지고 돌아왔다. 비테르카이는 항상 유르트의 평평한 지붕 위에 서서 그이가 오기를 기다리고 있었다.

그이가 온다, 그이가 온다!
그이 등에 바구니가 있구나.
바구니에 물고기가 가득하구나…

그녀는 섬세한 목소리로 노래를 불렀다. 그러나 때로 그녀는 갑자기 노래를 중단하고, 거친 숨을 쉬며 유르트로 달려왔다:

-플루오, 그 사람이 오지 않아서요…

-무슨 말을 하는 거요? 우리는 길에서 그 사람 발걸음 소리를

듣고 있는데요!

-메르겐이...

그 창백해진 소녀가 말을 더듬었다. 모두 출입문으로 달려갔다. 그레고리오가 도끼를 들고 나갔다.

하지만 그 길에는 플루오 외에는 아무도 없었다. 그는 서둘러 걸어오면서도 화가 난 채, 두 손을 흔들어 보기도 했다. 하지만 아무 의심 없이, 그 모습은, 악마인 그녀가 아니라 그였다. 그런데 비테르카이는 왜 메르겐을 보았다고 하는가? 메르겐이 마술을 부리듯이 사라졌을까?

-거기가 당신, 플루오요?

-그렇습니다! 그건 왜 묻지요?... 저주받은 그 여자가 말뚝 하나를 다시 뽑아버렸고, 어구용 바구니를 물에 빠뜨렸는데... 내가 이를 찾을 수 없어서요...

모두 서로를 절망적인 눈길로 바라보았다.

-그런데 그 여자는 모기가 무섭지 않은가 봐요?

-당연히 무서워하지 않네요... 그녀는 보트를 가지고 있는데. 그녀 앞에 불타고 있는 가마솥이 걸려 있고, 그녀는, 마치 집에 있는 것처럼, 연기 속에 보트를 몰았어요... 하지만 우리는 불행한 사람이라구요... 그 저주받은, 죄를 범한 여자가 이런 상황을 만들어 놓았으니!...

남자들은 즉시 무기를 챙겨, 서둘러 그 바구니를 찾아내려고 하고, 또 망쳐 놓은 다리를 수리했다. 그것은 쉬운 일이 아니었다. 그들이 손에 횃불을 들고, 연신 그 횃불을 흔들어, 짙은 어두운 구름처럼 그들을 에워싸며, 그들 옷에 침투해, 피부까지 아프게도 쏘아대는 모기들을 물리쳐보려고 했다.

그들은 마침내 그 다리 저 멀리서 그 어구용 바구니를 찾아냈다. 그 바구니는 샛강의 갈대밭에 걸려 있었다. 그들은 뗏목을 이용해 돌아와야 했다.

마침내 그들은 그 바구니를 꺼내, 그것을 다시 정확한 장소에 매달고는, 그 다리에 생긴 구멍을 메웠다.

가장 힘센 그레고리오만 남아, 그곳에서 경계를 섰다.

그는 잠 잘 생각은 꿈꿀 수조차 없었다. 그래서 그는 그 샛강 저 멀리 떨어진 곳에 커다란 불을 피우고, 그 한가운데 앉아, 저녁을 준비하고, 지루함을 이겨내려고 노래를 불렀다.

바깥에는 늘 물기 좋아하는 곤충들이 끊임없이 앵-앵-거렸다.

그 야쿠트족은 종종 노래를 중단하고, 샛강이 흐르는 소리와 합쳐지는 단조로운 중얼거림과 같은 소리를 들었다.

그 소리 외에는 아무 소리도 들리지 않았기에, 그는 연기로 인해 붉어지고 눈물이 가득 찬 눈을 감은 채, 가마솥에 끓고 있는 물처럼 단조롭게 소리 나는 노래를 계속 불렀다.

갑자기 나뭇가지가, 누군가의 발에 부딪혀, 부러지는 소리가 들렸다.

그는 눈을 번쩍 뜨고, 지니고 있던 칼을 잡았다. 회색빛 황혼 속에서, 달궈진 불빛 속에 메르겐이 그 자리에 서 있었다.

-그레고리오, 당신은 나를 죽이고 싶겠네요... 당신은 벌써 나를 어떻게 사랑하고 애무했는지를 잊어버렸겠네요...

-그때는, 지금처럼, 당신은 악마가 아니었거든요... 왜 당신은 우리를 이토록 못 살도록 하는거요?...

-그레고리오, 당신은 늘 바보였어요... 들여 보내 줘요, 이전처럼, 당신 곁에 앉아 생선을 같이 먹고, 수다도 같이 떨고 싶었어요. 당신은 나보다 강하지요. 난 무기도 없어요... 원하면, 내가 옷이라도 벗어, 내가 아무것도 숨기고 있지 않다는 걸 보여주고 싶어요...

그녀는 재빨리 모피 윗옷 단추를 풀어, 그 옷을 내던지고는, 연기 속에서 반쯤 벌거벗은 채 그에게 몸을 숙여 보였다. 그레고리오는 깜짝 놀라, 어리둥절 한 채 있었다.

그러나 그녀는 그 남자의 답을 기다리지 않고, 불가로 뛰어와, 사슴 가죽 위의 그 사람 옆에 앉았다.

-우리가 다시 함께 있네요... 1년 전 일... 기억하나요?... 하지만 봐요, 그레고리오, 내가 지금 얼마나 뚱뚱하고, 피가 내 몸을 얼마나 부풀어 오르게 했는지를요...

그녀는 그의 손을 잡아, 자신의 불룩한 가슴에 갖다 댔다.

-내겐 물고기가 많아요. 남들이 쓰던 그물도 훔쳐다 놓았어요... 나는 당신들을 해칠 생각은 전혀 없었어요. 난 그냥 그레고리오, 당신이 오기만 기다렸어요... 한센병 환자들과 함께 살고, 그들 상처를 보고, 그들의 앓는 소리를 듣는 것엔 이제 질렸어요. 그레고리오, 당신은 여전히 건강하고 몸도 깨끗해요... 행복하게 우리는 함께 살 수 있고, 흙으로 덮인 둥근 집도 지을 수 있고... 당신이 쉬면, 내가 물고기 잡아 올게요... 나는 사람들이 물고기 잡으러 가는, 이 주변의 모든 장소를 잘 알고 있어요, 그쪽 사람들도 나도 잘 알고 있어요... 그 공동체는 내가 원하는 것이면 뭐든 다 줄 거에요... 젖소도요, 내가 더는 가지 않아도 되도록 그 모든 것도요...

-아, 안 돼요!... 사람들이 당신에게 젖소를 더는 주지 않을 거요, 당신을 죽일 거요! 아무것도 더는 주지 않을 거요. 당신은 정말로 그곳에 아무것도 소유할 수 없어요 … 당신 남편은 모든 것을 챙겨, 읍내로 이사가버렸어요 …

-젖소 없이도 우리는 행복하게 살 수 있거든요!... 내게 당신만 있으면, 모든 것을 되찾게 될거에요... 내가 당신을 위해 값비싼 모피도 만들어 줄 수도 있어요. 늑대도 잡고, 토끼도 잡고, 여우도 잡고, 사슴도 잡아 올 거예요. 덫도, 활도 내가 준비할 거에요. 매일 당신은 고기를, 또 가장 좋은 기름을, 또 맛난 물고기를 먹을 수 있을 거예요. 나는 가을 서리 뒤 열매처럼 그렇게

좋고 달콤하거든요 … 나는 지금은 나빠요. 내가 아무도 내게 속해 있지 않으니… 내가 이 세상에 태어나, 평화로이 휴식하고, 웃고, 배불리 먹고, 아이 낳고, 가축 기르고 하는 그런 사람들을 볼 때마다, 그런 지루함이 내 영혼을 갉아먹었어요. 그래서 나는 뭔가를 파괴하고, 깨버리고 싶어요… 그네들은 눈물이 뭔지를 꼭 알아야 해요. 하지만, 당신을 위해서 나는 다정하고 조용하게 지낼 거에요.

그녀는 그이를 더 꼭 껴안고, 맨팔로 따뜻하게 해주었다.

-당신에겐 아이가 있었지요. 당신은 그 아이를 어떻게 했어요? 그 아이 어디 있어요!

그 남자는 쉰 목소리로 물었다. 그녀는 자신의 몸을 떨며 자리에서 일어났다.

-그 아이는 스스로 죽었다는 것을, 하나님께서, 증언자가 됩니다! - 그녀가 외쳤다. - 이런 모습이 당신이라구요! 그때 당신은 내게 헝겊 쪼가리 하나라도 안 가져왔잖아요! 당신은 그 아이, 당신 핏줄인 그 아이에 대해 전혀 궁금해하지도 않다가 지금에 와서… 최소한 아무것도 못 봤다고는, 그런 척은 하지 마세요! 당신은 내 몸에만 만족해 있었어요… 아내가 젊고 상큼하기에, 그녀가 당신 영혼을 유혹했다구요! 착한 척도 하지 마요… 내가 밤에 목이 말라 괴로워할 때, 당신이 물이라도 한 번 가져다준 적이 있나요? 자발적으로 뭔가 나를 위해 해본 적이 있나요? 사람들이 당신에게 큰소리로 알려 주어야만 그걸 했지요: "그레고리오, 가 봐요, 그레고리오, 이것 좀 해 줘요… 그레고리오, 그게 당신 일이네요" … 당신은 마치 얼음 조각 같아요… 난 그런 당신을 있는 그대로 사랑해야 했어요. 왜냐하면, 나에겐 다른 사람이 없었으니. 하지만 안카… 그 어리석은 안카는.

그녀 얼굴은 파랗게 질렸고, 그녀 눈은 뱀의 비늘처럼 빛나고, 그녀 입술은 떨리고, 하얗고 날카로운 이빨이 드러냈다. 그레고리오는 자신 앞으로 손을 뻗었다.

-가요, 저 멀리로 가요... 당신은 언젠가 성인도 잡아먹겠네요...

그녀는 그에게서 펄쩍 뛰어, 자신의 발로 그곳에 놓인 솥을 차버렸다.

-썩어버려, 저주받은 썩은 남자 같으니라고! 내일부터 내가 시작할거야. 당신들 모두는, 지금 내가 당신들을 용서치 않으리라는 것을 기억하게 할 거요... 당신네들이 존재하지 않으면, 나는 그때 나를 위해 소년 하나를 데려 올거야... 내가 그런 소년 하나를 훔칠 테다! 나는 아직 젊으니... 내가 그 소년을 직접 교육시키겠어... 당신은, 가증할 시체 같으니라고, 당신이 보물이나 된 듯이 생각하네! 아무도 갖기를 원치 않는 미친년이 그에게 달려더니, 그는 자신에게도 뭔가 맞는 게 있구나 하고 생각했지! 썩어버려. 죽어 버려! 나는 당신을 향한 증오가 당신과 함께 사라지도록 당신들 모두를 죽어버릴테다.… 그리고는 나는 저 멀리 갈 거야... 아무도 나를 저주받은 이곳에서 살도록 강요하지 못해! 배고픔이 속을 뒤틀리게 하니까. 또 당신은 쿠투야크시트가 주는 썩은 고기를 버터처럼 먹고 있으니. 그녀가 주는 늙은 뼈를 설탕처럼 핥았거든. 이제는 다른 불행한 사람들을 화나게 하는 것을 멈추게 해야 해! …

그레고리오는, 메르겐 눈에 끔찍한 불이 번쩍이는 것을 보았기에, 자신의 이부자리에서 펄쩍 뛰었다. 그는 이부자리 옆에 있는 도끼를 밟고 지나가, 자신의 칼을 뽑았다. 그 여자는 불 저위로 넘어갔다.

-당신은 두려워할 줄은 아네. - 그녀는 웃었다. - 당신은 두려워할 줄은 아네... 여자가 큰 숟가락 하나로도 덮을 수 있는 동화 속 영웅 같은 사람...

그녀는 그가 있는 쪽으로 불타는 장작 한 개를 내던지고는 사라졌다.

그레고리오는 그녀가 다리 쪽으로 가는지 주의 깊게 살피며 들었다. 그는 심지어 불타는 장작 하나를 집어 들어, 모기들을 쫓으며, 서둘러 그 샛강으로 달려갔다. 흐르는 물길이 부드럽게 중얼거리고 있었다. 풀과 나무가 강물에 고개를 숙인 채, 깨끗한 물 표면에서 반짝거렸다.

호수 위의, 하얀 안개 같은 모슬린 저위로 빠르게 노를 젓고 있는 메르겐의 머리와 팔이 보였다. 저 아래에서, 그 보트의 긴 포말이 미끄러지고 있었다. 끝내 회색 밤의 황혼 속으로 모든 것이 보이지 않고, 사라졌다.

-하나님이시여, 이 여자에게서 저를 지켜 주십시오... 진짜로 이 남자 같은 여인으로부터요! 이제 내가 무엇을, 어떻게 할까요? 내가 준비해 놓은 저녁을 그녀가 쏟아버렸고, 그 바구니도 그녀가 너무 일찍 꺼내 버렸으니... 그녀에게 벼락이라도 내렸으면... 그녀가 나더러 무서움에 떨고 있다고 하네. 그녀 말이 맞네요... 내가 그녀에게 키스라도 한다면, 그녀는 내 입을 물어 뜯겠어요... 그녀가 원하는 게 뭔지 사람들이 알 수 있을까요? 그녀는 구걸하러 왔다가, 내가 준비해 놓은 내 음식마저 쏟아버렸으니!

그레고리오는, 여기저기 떨어진 요리된 생선 조각이라도 불에서 꺼내려고 애쓰면서 투덜거렸다.

VIII

Post kelke da tagoj la unua granda vundo aperis sur la mano de Gregorio.

—Kial tiel frue? Tia truo! La sorĉistino kaŭzis tio n!… Ankoraŭ nun mi sentas ŝian rigardon! La doloro komenciĝis tie, kie ŝi apogis la kapon … Ho, mi malfeliĉulo!

Li kuŝiĝis, ĝemis kaj volis fari nenion.

—Gregorio, ne permesu, ke ĝi per unu fojo faligu vin! Ne cedu! Miaj piedoj ja ankaŭ ne estas sanaj … Ni pereos, se ni ĉiuj kuŝiĝos! Mergenj ree ŝtelis niajn fiŝojn. Kion ni faros? admonis lin Fluo.

—Tio estas indiferenta por mi! Vi estas kulpaj pri ĉio …

Dume Mergenj, ne vidante plu Gregorion, vagis pli kaj pli kuraĝe ĉirkaŭ la jurto. Iafoje eĉ ŝajnis, ke ŝi eniros. Foje ŝi renkontis en la arbaro Biterĥajon, kiu kolektis branĉaĵon.

—Kiel fartas Gregorio?… Kial li ne eliras? Kio okazis ĉe vi?

La knabino paliĝis, rigidiĝis kiel peceto de glacio kaj nenion parolante, rigardis la hommanĝantinon per larĝe malfermitaj okuloj.

—Kial vi ne respondas, diabla ido!··· Mi ja ne manĝos vin! — kriis Mergenj; poste ŝi kraĉis, svingis la manon kaj saltis en la arbetaĵon.

—Ŝi diris, ke ŝi ankoraŭ ne manĝos min ··· Verŝajne ŝi faros tion vintre ··· — konfesis la knabineto al Fluo, rakontante al li pri la renkonto.

—Donu Dio, ke la aliaj ne estu devigitaj nun tion fari. Vere mi ne scias, kion ni manĝos aŭtune; neniu zorgas pri tio; ni jam komencis manĝi la sekigitajn fiŝojn ··· Vi, Anka, devus iri al la komunumo kaj repreni vian havon. Ili ne povas ne doni ··· Vi havis dek brutojn, ili devas redoni almenaŭ kelke da ili ···

—Ĉu eble estas nun iri? La kuloj sufokos min!

—La kuloj? Ĉiu ja scias, ke antaŭ la festo de Petro kaj Paŭlo ili perdas la pikilojn ··· Ili pli multe zumas ol pikas. Vere la vojo estas longa, sed kiam ventas, oni povas iri sendanĝere ···

—Mi pripensos ··· Nun ni havas ankoraŭ manĝaĵon ··· Eble la komunumo mem sendos la bovinon ··· Mi ja diris al ili, ke mi postulas mian propraĵon — diris Anka.

—Lasu ŝin trankvila ··· Kiam estos necese, ŝi iros. Ŝi ne estas elturniĝema! Nun la kuloj sufokus ŝin ··· defendis Gregorio sian edzinon. — Gardu la baron, Fluo, anstataŭ babili, eble al vi sukcesos preni la fiŝojn pli frue ol Mergenj.

—Kia saĝulo!··· Kial vi mem ne iras tien?···

—Aŭskultu, Fluo ··· Kion vi povas perdi? Nenion! Ŝi ja tute saturis vin. Mi havas nur unu malgrandan vundeton, eble la mano ankoraŭ resaniĝos. Sed mi devas min gardi, por ke la hommanĝantino ne rigardu min per siaj sorĉaj okuloj ··· kompatu min ···

—Kompreneble!··· Ĉiu preferas kuŝi sur la lito ··· — murmuris Fluo, sed malgraŭ ĉi tio li iris al la rivereto kaj ofte sidis tie tutan tagon por ne lasi la akiron al Mergenj kaj pli frue preni ĝin. Foje li revenis tre ekscitita:

—Ŝi ŝtelis, malgraŭ mia ĉeesto ŝi ŝtelis ··· Ŝi venis rekte al la baro, suriris la ponteton, malligis la korbon ··· Mi kriis, mi ĵetis bastonojn ··· ”Ĉesigu tion”, ŝi ridis, ”alie mi malsupreniros kaj batos vin !···”

—Kaj vi?

—Mi provis hontigi ŝin, sed ĉu ŝi havas konsciencon! Ŝi remetis la korbon. ”Ĝi estas mia”, ŝi diris, ”se vi vagos ĉi tie, mi vin kaptos kaj derompos al vi la piedojn!··· Miajn malsanajn piedojn! — kriis kolere Fluo.

—Ne, sola, mi ne iros plu!··· Se Gregorio ne volas, Anka devas iri kun mi.

La Jakuto leviĝis sur la lito kaj rigardis lin suspekte.

—Se ŝi deziras, ŝi iru. Mi estas malsana, — diris li, ŝajnigante indiferentecon.

—Mi preferas iri al la komunumo. Mi iros, kiam la vento komenciĝos ⋯ — rapide respondis la juna virino.

—Iru, Anka, iru! — ekkriis Fluo, — petu pri boato, pri retoj.

—Rakontu ĉion al la komunumo. Ili sciu, ke ni pereas, ke la diablino volas nin mortigi, — ĝemis Kutujaĥsit.

—Petu ankaŭ pri la bovinoj, — aldonis Gregorio. Ili ja estas nia proprajô. Diru, ke se oni ne redonos ilin, ni ĉiuj venos por ili ⋯

—Kiam ni havos retojn kaj boaton — fanfaronis Fluo — mi trovos tian kaŝejon, ke eĉ la diablo ne penetros tien ⋯ Mi vetas, ke la inferanino furioziĝos, krevos de kolero, sed ŝi komprenos, ke ekzistas homoj pli saĝaj ol ŝi ⋯ Jes! La viro ĉiam estas viro, la virino ne povas lin egali! Tiam ni veturos, kien ni deziros, ni metos la retojn, kie ni volos ⋯

—Sed mi prenos kun mi Biterĥajon — interrompis lin Anka. — Mi timas iri sola, Kiam la knabineto estos kun mi, ili devos min indulgi ⋯ ĉar kiu rekondukus la infanon ⋯ La kompato moligos iliajn korojn ⋯

—Ĉu vi iros, Biterĥaj?

La knabineto kaŝis sin post la kameno kaj ne respondis.

—Vi vidos homojn ⋯ infanojn ⋯ verajn Jakutojn ⋯

eble eĉ la princon.

—Vi vidos homoj!··· Iru, infano, vi vidos, kiel ni iam vivis ···La mondo estas vasta kaj gaja ··· Hundoj, ĉevaloj, bovinoj ··· — logis ŝin Kutujaĥsit.

—Eble oni donacos ion al vi? Eble oni donos kupran ringon, aŭ ĉirkaŭkolon, aŭ stanajn orelringojn? Tie, kien vi iras, riĉaj Jakutoj loĝas ···

—Kiel mi iros tia? — murmuretis la knabineto, montrante la nudan dorson.

—Iru tia, iru, ili vidos nian mizeron, ili kompatos nin ··· —ĝemis Kutujaĥsit.

—Sensencaĵo!··· La kuloj mortigos ŝin — kriis Fluo. Mi ne permesas!

—Mi kovros ŝin per mia tuko, kaj tie ĉe la homoj mi ĝin demetos, — diris Anka.

Ili decidis, ke Anka kaj Biterĥaj iros al la princo, kiam ekventos.

La vojo al la princo estis malfacila kaj longa: dudek verstoj aŭ eble pli multe tra marĉoj, lagoj kaj riveretoj. La trairejojn Anka tute ne konis. La viroj penis ĉiamaniere klarigi al ŝi la direkton de la vojo. Ili desegnis kartojn sur la tero kaj ripetis centfoje:

—Dekstre lago, maldekstre arbaro ··· Poste marĉo ··· Poste: maldekstre lago, dekstre betula arbaro ··· Vi iros sur la vojeto ··· Ĉu vi komprenas ···

—La vojo estas rekta kiel sago. Ĉiam al la okcidento.

—En la komenco dekstre kuŝas lago, poste maldekstre ⋯Poste vi rampos tra marĉo. Ĝi ne estas profunda, vi devos iri sur la vojo, kie izolaj larikoj staras. Poste vi venos al lago. Tie vi turnos vin al la oriento kaj iros proksime de la bordo ⋯ singarde, ĉar la lago estas profundega, — klarigis Fluo.

—Dio estas nia espero! — diris Anka.

Blovis facila vento, sed kiam la suno leviĝis pli alte kaj komencis varmigi, la vento fariĝis ventego. De la klara ĉielo ondoj de furioza aero falis sur la senmovan teron, sur la ŝanceliĝantajn lagojn. Ili tiel forte premegis la malgrandajn akvujojn, ke la ondoj ebeniĝis, kvankam pli profunde la akvo tremis kaj bolis. La pli grandaj akvujoj, kovritaj per grandegaj sulkoj kaj ondoj, skuataj ĝis la fundo, furiozaj, volis salti trans la bordojn, sed sub la potenca mano de la ventego ili ne povis leviĝi, ili do batis la marĉan teron, kiel turmentata malliberulo batas la muron per la kapo. Nur la akvaj grandeguloj, kies bordoj malaperis en la blua malproksimo, levis alte siajn dorsojn kaj respondis la atakon de la aera oceano per surdiganta kriego. La senfortaj arbaroj kliniĝis kiel herboj, la herboj kuŝis plate, senmove. La ventego kaptis de l' brusto de la lagoj ŝaŭmajn ĉifonojn, plenmanojn da akva polvo, miksis ilin kaj pelis antaŭen; sur tiu nubo la suno pentris kadukajn ĉielarkajn figurojn.

La virino kaj infano malfacile rampis tra ĉi tiuj

koloraj fantomoj, kiuj kovris al ili la mondon. Jen larĝa rubando de la ĉielarko aperis sur la vojo kaj tremis, kvazaŭ skuata de nevidebla mano, jen ŝanceliĝanta hela makulo kovris arbarojn, arbetaĵojn kaj lagojn.

La malvarmo turmentis ilin, la malsekaj vestoj malhelpis la iradon, sed ili estis kontentaj, ĉar ili ne timis plu la kulojn.

—Multe da ili pereos dum la ventego ··· Ĝi forblovos ilin en la akvon, mortbatos en la herboj, — konsolis Anka la malvarmiĝintan knabineton.

—Ĝi batu ilin, ĝi batu ilin ··· Sed nin ĝi indulgu ··· Anka, malgraŭ via tuko malvarme estas al mi.

—Mi havas nenion plu, infano, nenion. Rampu, kiel vi povas! Penu ···

Ili preterpasis la lagon, kiu devis kuŝi dekstre, ili trarampis marĉon, sur kiu flavruĝa musko kreskis, kaj starante sur monteto komencis serĉi la lagon, kiu devis esti maldekstre, sed ĉirkaŭ ili tiom da palaj, akvaj speguloj ĉie ekbrilis, ke la malfeliĉulinoj ne sciis plu kien iri.

—Mi nenion komprenas, sed neeble estas reveni. Domaĝe estas ··· tiom da vojo ··· Ne eble estas ··· la friponino mortigus nin — murmuretis Anka.

—Ni iru antaŭen, malvarmege estas, mi ne povas stari.

—Ni iru, sed kien? Gregorio diris, mi memoras, ke ni devas iri al la okcidento, tien do ···

Ili iris. En la virga tajgo nenie vojo estis. La malsekaj, verdaj, flavruĝaj, blankaj muskoj dispremiĝis sub iliaj piedoj, malkovrante la glaciiĝintajn marĉojn. Sur la senarbaj lokoj estis ankoraŭ pli danĝere, ĉar tie la marĉoj degelis. Anka kaj Biterĥaj rampis en la kota akvo, kiu atingis ĝis la genuoj, eĉ ĝis la zono. Post longa penado ili venis malfrue post la tagmezo al grandega lago, kies nigraj, brilaj ondoj bruegis, leviĝis alte kaj falis sur la platan bordon ⋯ Tiu ĉi bordo estis ŝlima kaj maldika kiel fadeno, kaj post ĝi aliaj lagoj kaj lagetoj bruegis kaj furiozis.

Surdigitaj, lacaj, senfortaj, la vojaĝantinoj decidis tie ĉi ripozi kaj varmigi sin, sed sur la mallarĝa bordo ne eble estis ekbruligi fajron. Ili devis iom reiri. Fine post malgranda monteto ili kuiris en kruĉeto teon, t. e. sovaĝajn herbojn kaj manĝis iom da fumaĵita fiŝo, kiun Anka portis en sitelo el betula ŝelo. Post la vespermanĝo ili kuraĝiĝis kaj ekiris sur la maldika tera fadeno inter la ondoj de la furiozantaj lagoj. Ĝi estis la sola vojo al la sudo. La tera rubando fariĝis tiel mallarĝa, ke ili haltis de teruro, antaŭ ol ili kuraĝis kuri tra la ŝaŭmo, ĵetata de lago al lago. La grandegaj ondoj saltis minace kaj oni ne povis scii, kie falos iliaj grizaj piedegoj; Anka kaj Biterĥaj timis, ke la potenca elemento dronigos ilin, kaj kuris rapide kiel timigitaj perdrikoj, premiĝante unu al la alia.

—Anka, mi tremas de teruro. Kial vi prenis min?

—Mi mem timas, mia infano, sed tie, post ni, la morto estas ⋯ Ni penu atingi antaŭ la vespero la nigran arbaron, kiun ni vidas de malproksime.

—Ĉu loĝas tie homoj?

—Mi ne scias. Eble ⋯ Mi nenion scias, infano! La koro batas, saltas en mi ⋯ Mi neniam iris sola tiel malproksime. Mi estis virino, mi estis filino de riĉaj gepatroj; hundoj jungitaj al glitveturilo min veturigis, mi rajdis sur ĉevaloj ⋯

—Ĉu ankaŭ sur bovoj vi rajdis?

—Ankaŭ sur bovoj, mia filineto.

—Kiam ni havos brutaron, mi ankaŭ rajdos sur bovoj?

—Vi rajdos, infano, vi rajdos, sed nun iru ⋯

Ŝajnis al ili, ke la arbaro tute ne proksimiĝas. Ili iris kaj iris, kaj ĝi restis same malgranda, same nebula. La unutona bruego de la lago tute malklarigis iliajn pensojn. Anka volis sidiĝi kaj lasi la ondojn superakvi ŝin.

Per la senforta pendiĝo de la manoj, per la faletanta irado de la infano ŝi divenis, ke ankaŭ Biterĥaj deziris tion, tiam ŝi premis la dentojn, fermetis la okulojn kaj iris rapide tra la nudaj marĉoj ĝis ia ŝanĝo, blovo de la vento, izola arbo aŭ mevo forkuranta de superakvita sablaĵo, rekonsciigis ŝin.

Malsekaj, kovritaj de koto, tute senfortaj, ili fine

venis vespere al la arbaro. La vento kvietiĝis; la malgrandaj lagoj mallaŭtiĝis, sed la grandegulo, ĉirkaŭ kiu ili vagis de la tagmezo, bruegis kaj batis la bordojn kiel antaŭe. Cetere, ankaŭ ĝi ne ĵetis plu en la aeron la malvarman, pluvan polvon.

—Dankon al Dio! Ni ne pereos ⋯ Oni ne vidas homojn, sed eble ni ne pereos — diris Anka. — Rigardu, Biterĥaj, ĉu fajro ie ne brilas? ⋯ Bone rigardu ⋯ Malfermu larĝe la okulojn ⋯

—Kion helpos la fajro, oni ja ne enlasos nin ⋯ Oni sendos kontraŭ ni mordemajn hundojn aŭ ĉevalojn, por ke ili dispremu nin per la piedoj.

—Vi estas prava. Mi forgesis. Ni do ekbruligu fajron kaj ni kuŝiĝu ⋯ Morgaŭ ree antaŭen ⋯ Ni ien venos ⋯

Sed ili ne povis ekbruligi fajron, ĉar dum la vojo tra la ondoj la meĉaĵo malsekiĝis. Ili ripozis iom en la arbaro, premiĝante unu al la alia, manĝiŝ peceton da fiŝo kaj ekiris antaŭen ⋯

Ili iris ĉe la bordo de la lago-grandegulo. Ĝiaj ŝaŭmaj ondoj briletis en la krepusko. Post kelke da horoj de malfacila vojo ili eksentis sub la piedoj pli firman kaj pli sekan teron.

Anka rimarkis en la arbaro palan rubandon de vojeto. Ili iris nun unu post la alia. La knabineto tremis ĉi tie pli forte ol ĉe la lago.

—Mi timas la homojn! Anka, permesu al mi teni vian manon ⋯ Mi tre timas, kiam mi ne sentas vin

...

La vojeto kondukis ilin al nuda monteto, de kies supro oni vidis la potencan lagon.

Sur la monteto jurto staris, de la kamentubo supreniris fumo, sed en la fenestroj la nokto regis. La jurto estis malriĉa, sen provizejo, sen ĉirkaŭbaro. Sur la deklivo de la palaj bordoj, lavataj de la ondoj, kuŝis boato renversite.

—Tie ĉi loĝas malriĉuloj!··· Eble tio estas somerloĝejo? Oni vidas nek bovinon, nek hundon ··· Ĉu ni eniros, aŭ ne? — meditis Anka.

—Ne, ne!··· Ni iru for ··· — murmuretis Biterĥaj, tirante ŝian manon.

Estis tre malvarme. La espero vidi la fajron, sin sekigi, trinki ion varman, venkis ilian timon. Anka faris la signon de la kruco kaj puŝis la pordon.

—Kiu estas tie? — eksonis voĉo, kiam la pordo kraketis.

—Ni, homoj, Jakutoj ···

—Aaa! — oscedis la demandinto. — Jakutoj? de kie? Vi estas virino, mi aŭdas ···

—Jes. Ni estas de malproksime, ni erariĝis ···

—Ŝelik, Ŝelik!··· Leviĝu knabo, ekbruligu fajron ··· Homoj venis ···

Li devis ripeti la ordonon kelkfoje: fine la knabo vekiĝis el profunda dormo, leviĝis de la benko kaj ĵetis lignon sur la bruletantajn karbojn ··· Anka ekblovis kaj la hela flamo oris ŝian vizaĝon kaj la fi guron de Biterĥaj, ŝia sendisiĝa kunulino.

—De kie vi iras kaj kien? — demandis la maljuna Jakuto, ne leviĝante de la lito.

—Pardonu sinjoro — komencis Anka per tremanta voĉo. —En la arbaro estas malvarme kaj mallume ⋯ Nia meĉaĵo malsekiĝis ⋯ ni ne povas ekbruligi fajron ⋯ Ni timas la sovaĝajn bestojn ⋯ Ne koleru sinjoro. Ni estas el la malbenita loko, sed ni ambaŭ estas ankoraŭ sanaj ⋯ Ne forpelu nin, aŭ donu almenaŭ brulaĵon al ni.

—Oni ne donas fajron al la vaguloj. Ne tuŝu ĝin ⋯ Kiu vi estas?

—Mi estas Anka, la edzino de Gregorio Kilgas.

—Mi scias, mi aŭdis pri vi ⋯ Vi iris tien propravole? Kial vi faris tion, vi ja estis sana?

Anka silentis.

—Kial vi eniris en la jurton ⋯ Iru ambaŭ al la pordo ⋯

—Al la pordo — ripetis aliaj voĉoj kaj ĉiuj loĝantoj de la jurto eliris el la mallumaj anguloj kaj ĉirkaŭis la fajron. Ili estis tri: maljunulo, maljunulino kaj knabo. Biterĥaj rimarkis, ke la maljuna paro havis ne nur harojn blankajn kiel lakto, sed ankaŭ blankajn okulojn. La knabo havis ankaŭ blankajn, malklarajn okulojn kaj kiam li iris, li palpis per la manoj ĉirkaŭ si. Maldikaj, nudaj, sulkiĝintaj ili sidis antaŭ la fajrujo kaj turnis la vizaĝojn al la venintoj. Iliaj blankaj okuloj terure brilis ĉe la lumo de la fajro. La knabineto apenaŭ spiris pro timo.

—Vi havas infanon kun vi? — diris la maljunulo.

—Jes, knabineton ⋯

—Ĉu ŝi estas via?

—Ne! Ŝi tie naskiĝis.

—Ĉu ŝi estas baptita?

—Ne. Kiu baptus ŝin? Pri ni eĉ Dio forgesis.

La maljunulo ekĝemis:

—Malfeliĉaj vi estas, sed vi trafis malbone, ni ankaŭ ne estas riĉaj ⋯ Kiel vi venis kaj por kio?

—Ni iras al la princo.

Anka rakontis mallonge pri la celo de la vojaĝo. Ŝi rakontis pri Mergenj, pri la malsato minacanta ilin, pri Sennazulo kaj pri la frato, kiuj proprigis al si ŝian havon ⋯

—Mi aŭdis pri tio. La princo ordonis, ke ili redonu vian proprajon, sed via frato ne obeos la komunumon, li estas potenca, riĉa homo. Ĉu vi havas vazon por la manĝaĵo? Niajn vazojn ni ne povas doni al vi ĉar ni devus poste ilin bruligi, kaj ni mem havas malmulte da ili. Vi venis tien ĉi, vi restu. Vi dormos sur la benko ĉe la pordo. Vi diras, ke vi estas sanaj? Kiu povas scii! Vi kuŝiĝu, morgaŭ ni verŝos sur la benkon bolantan akvon ⋯ La malriĉulo egalas la leprulon ⋯ Nenio fariĝas sen la volo de Dio. Morgaŭ la knabo montros al vi la vojon ⋯

—Dio donu al vi sanon kaj feliĉon — laŭte benis

lin Anka.

Ili manĝis avide kaj etendinte sin sur la malmola, sed seka benko, ili tuj ekdormis, lacaj de la malfacila vojo.

8장. 안카와 비테르카이

며칠 뒤, 그레고리오 손에 첫 번째의 큰 상처가 생겼다.

-왜 이렇게 일찍? 이런 구멍이 생기다니! 마녀가 이런 일을 일으켰네!… 지금도 그 마녀 시선을 느껴지네! 그 마녀가 머리를 기댄 곳에 이 고통이 시작되는구나... 아, 불행한 사람이 되었네, 내가!

그는 누워 앓는 소리를 내며, 아무것도 하고 싶지 않다.

-그레고리오, 그 상처 하나로 단번에 쓰러지는 것을 허용하면 안 되어요! 그 상처에 지지 마세요! 내 발도 이젠 건강한 상태가 아닌가 봐요... 우리 전부 다 자리에 누우면, 우린 다 죽게 됩니다! 메르겐이 또 우리가 잡아놓은 물고기를 빼내 갔어요. 우리가 어떡하면 좋아요?

플루오가 그에게 조언을 구했다.

-그건 나와 상관없는 일입니다! 그 모든 것에 대한 책임은 당신들에게 있거든요 ...

한편, 그 사이 메르겐은 이제 그레고리오를 다시 보지 못하자, 유르트 주변을 점점 더 과감하게 배회했다. 어떤 경우에는 그녀가 곧 들이닥칠 것처럼 보이기도 했다.

때때로 그녀가 숲에서 나뭇가지를 줍고 있는 비테르카이를 만났다.

-그레고리오는 어떻게 잘 지내고 있어?... 왜 그이는 집밖으로 나오지 않아? 무슨 일이 있는 거지?

그 소녀는 얼굴이 창백해지고, 마치 얼음 조각처럼 경직된 채, 아무 말도 없이, 눈만 크게 뜨고는, 사람 먹은 그 여자를 바라보았다.

-왜 넌 아무 대답이 없어. 악마의 자식 같으니라고!... 난 정말 너를 잡아먹지 않거든!

메르겐은 소리를 질렀다. 그러고는 그녀는 침을 한 번 뱉고는, 자신의 손을 한 번 흔들고는, 덤불 속으로 뛰어가 버렸다.

-그 여자 말로는, 아직은 나를 먹지 않겠다고 했어요... 정말 그녀는 겨울에는 나를 잡아먹을 듯이 위협했어요...

그 소녀가 플루오에게 그녀와의 만남을 이야기하면서, 그때의 심정을 전했다.

-하나님이 해주셔야 해요, 다른 사람들이 지금 그런 짓을 하지 않도록 말입니다. 정말로 가을에는 뭘 먹게 될지 모르겠어요. 아무도 그것에는 관심이 없으니. 또 우리는 이미 말린 물고기를 먹기 시작했으니... 안카, 당신이 한번 공동체로 가서, 당신 재산을 되찾아 왔으면 합니다. 그네들은 그걸 내어줄 수밖에요 … 당신에게는 가축이 10마리나 있었는데, 그 사람들이 그중 적어도 일부는 돌려주어야 합니다 …

-지금이 가기에 적당한 때인가요? 모기들이 나를 정말 괴롭힐 건데요!

-모기요? 성 베드로와 성 바오로 사도 축일13) 전에, 모기들

---

13) 역주: 성 베드로와 성 바오로 사도 대축일(라틴어: Sollemnitas SS. Petri et Pauli Apostolorum)은 매년 6월 29일에 로마에서 순교한 성 베드로와 성 바오로 두 사도를 기리는 기독교의 축일이다.

은 침을 잃게 됨을 모두가 잘 압니다... 침으로 톡 쏘는 모기보다는 앵-앵-거리는 모기가 더 많네요. 정말 먼 길이 되겠지만, 순풍이 불면 안전하게 다녀올 수 있을 겁니다...

-제가 생각해 보겠어요... … 아직 우리에게 먹거리가 남아 있으니. … 아마 그 공동체 자체에서 그 젖소를 보내줄 거에요... 나는 정말 그 공동체에 내 재산을 내어놓으라고 말하고 싶어요.

안카가 말했다.

-그녀가 마음이 편하도록 놔 둡시다... 그녀는, 자신이 필요함을 느낄 때, 갈 겁니다. 그녀는 마음이 변덕스럽지는 않으니까요! 지금은 모기들이 그녀를 괴롭힐 거니....

그레고리오는 자기 아내를 변호했다. 그리고 그가 말을 이어갔다.

-그 샛강 다리를 잘 지켜요, 플루오. 그렇게 잡담하는 대신 메르겐보다 더 일찍 가서 바구니 속에 잡힌 물고기들을 챙기면, 그게 성공입니다.

-정말 현명한 사람이네요!...그런데 직접 당신이 거기로 가 보지는 왜 못 하나요?...

-들어봐요, 플루오... 당신은 뭘 잃을 게 있나요? 아무것도 없지요! 그녀는 정말 당신을 만족시키고 있다구요. 내겐 작은 상처가 하나 있지만, 아마 이 손은 여전히 다시 회복되리라 봅니다. 하지만 나는 자신을 지켜야만 합니다. 저 식인종 같은 여자가 자신의 요술 같은 눈빛으로 나를 노려보지 않게 말입니다... 나를 불쌍히 여겨 주오...

-물론이죠!... 모두 침대에 누워 있는 걸 더 좋아하지요...

플루오는 그렇게 중얼거렸지만, 그래도 그는 호숫가로 자주 가, 온종일 앉아 자신들이 수확해 놓은 것을 메르겐이 챙겨가지 않도록 지켰다.

하지만, 때로 그는 매우 흥분해 돌아와 이렇게 말하기도 했다.

-그녀가 훔쳐 갔어요, 내가 있는데도 말입니다. 그녀가 훔쳤어요... 그녀는 곧장 그 다리로 올라가, 그 바구니를 풀어, 내뺐어요... 내가 고함도 지르고, 나무 막대기들도 던졌거든요... "그만하지요!" 라며 그녀가 웃더니, "그렇지 않으면 내가 이 보트에서 내려가, 당신을 때릴 거요!" 라고 했어요...

-그럼, 그때 당신은 뭐라고 했어요?

-나는, 그녀가 부끄러움을 느끼도록 했지만, 그녀에게 양심이 있는 걸까요! 그녀가 그 바구니를 다시 뇌두던데요. 그러고는 그녀 말이, "이건 내 거야, 여기서 당신이 어정대고 있으면, 내가 당신을 붙잡아, 당신 발을 분질러놓을 거야!" 라고요... 내 아픈 발을 말입니다!

플루오가 화가 나서 소리쳤다.

-난 이제, 혼자서는 더는 그곳에 가지 않을 거요!... 만일 그레고리오가 그곳에 가는 걸 원하지 않으면, 안카라도 나와 함께 가 주었으면 합니다.

그 야쿠트족 사람은 자신의 침대 위로 일어나, 그를 의심스러운 눈길로 바라보았다.

-그녀가 원하면, 그녀가 가도록 해요. 나는 아파요.

그는 무관심한 척하며 말했다.

-거기보다는 내가 공동체에 갔다 오는 것을 선호합니다. 만일 바람이 불기 시작하면, 그곳으로 갈 겁니다...

그 젊은 여자가 재빠르게 대답했다.

-가요, 안카, 가요! - 플루오가 외쳤다. - 보트와 또 그물을 달라고 요청하세요.

-그 공동체에 이 모든 것을 알려주세요. 그네들에게, 우리가 죽어가고 있고, 그 마녀가 우리를 죽음으로 내몬다는 걸 그들에게 알려주세요.

쿠투야크시트가 한숨 쉬며 말했다.

-젖소들도 달라고 해요. -그레고리오가 덧붙였다. - 그것들은 정말 우리 재산이니까요. 그 사람들이 우리에게 그 젖소들을 돌려주지 않으면, 우리 모두 그 젖소들을 찾으러 갈 거라고 전해 주세요...

-그물과 보트가 있으면, - 플루오가 과장해 말했다 - 나는 악마조차도 우리를 찾지 못하는 그런 은신처도 찾아낼 겁니다... 그 지옥에서 온 여자가 화내고, 분을 참지 못해 폭발한다 해도, 내가 장담하건대, 그녀는 그녀 자신보다도 더 현명한 사람들이 있다는 걸 이해할 겁니다.,,,그래요! 남자는 언제나 남자이고, 여자는 남자와는 비할 바가 못 되거든요! 그러면 우리는 우리가 원하는 곳으로 돌아다닐 수 있고, 우리가 원하는 곳에 그물을 설치할 수 있을 겁니다...

-하지만 나는 비테르카이를 데리고 갈 거요. -안카가 그의 말을 중단시켰다. - 혼자 가기가 무서워요. 내가 소녀가 함께 있는 것을 그들이 보면, 그들은 나를 용서해 줄 겁니다... 왜냐하면, 누가 그 아이를 다시 데려갈 수 있겠어요?... 자비로운 마음이 그들을 누그러뜨려 줄 겁니다...

-비테르카이, 너도 같이 갈래?

그 소녀는 벽난로 뒤에 숨고는 답하지 않았다.

-너는 그 사람들을 볼 수 있어... 아이들을... 진짜 야쿠트인들을... 어쩌면 왕자님도 뵐 수 있을 거요

-너는 그 사람들을 보게 될 거야.... 그러니, 애야, 너는, 우리가 한때 어떻게 살았는지를 보게 될 거야... 세상은 넓고 유쾌한 곳이거든... 개도 있고 말도 있고 젖소도 있거든...

쿠투야크시트가 그녀에게 매력적으로 말했다.

-어쩌면 사람들이 네게 뭔가를 줄 수도 있지? 아마도 그네들이 구리반지나 목걸이, 주석 귀걸이를 줄지도 몰라. 네가 가는 그곳엔 부유한 야쿠트 사람들이 살고 있거든...

-어떻게 제가 이런 상태로 가겠어요?

그 소녀가, 자신의 아무것도 걸치지 않은, 맨살의 등을 보여주며 중얼거렸다.

-그런 상태로 가도 돼, 그렇게 가면 돼지. 그네들이 우리의 비참한 상황을 볼 것이고, 그러면 그네들이 우리를 불쌍히 여길거야...

쿠투야크시트가 신음하며 말했다.

-그런 말 말아요!... 모기들이 저 소녀를 죽일 거요. -플루오가 소리쳤습니다. -나는 그걸 허락할 수 없어요!

-나는 저 소녀에게 천이라도 입혀, 그 사람들 곁에 가면, 내가 그 천을 벗기면 되지요.

안카가 말했다.

그들은 마침내 바람이 불기 시작하면, 그때 안카와 비테르카이를 그 왕자님께 보낼 결심을 했다.

그 왕자님을 만나러 가는 길은 어렵고 길었다: 늪, 호수와 샛강들을 통과하면서 20베르스트[14] 그 이상의 거리일 수 있다. 안카는 그렇게 통과하는 길목들에 대해서는 전혀 몰랐다. 남자들은 그녀에게 그 여행 목표를 설명하려고 온갖 방법을 다 썼다. 그들은 땅에 지도를 그리고는, 백 번이나 반복해 말했다.

-오른쪽은 호수, 왼쪽은 숲... 그 다음엔 늪이 나오고... 그 다음엔 왼쪽에 호수가 있고, 오른쪽엔 자작나무 숲이 있거든... 그러면 너는 그 길로 곧장 가면 되거든요... 알아들었지? ...

-그 길은 화살처럼 곧장 앞으로 나아가기만 하면 돼요. 항상 서쪽으로 가면 돼요.

-처음에는 오른쪽에 호수가 있거든. 그 다음에는 왼쪽에... 그러면 두 사람은 늪을 기어서 지나야 할 거요. 그리 깊지 않으니,

---

14) 역주: 러시아의 거리 단위. 1 versto=1,067m.

그러고는 고립된 낙엽송 나무들이 서 있는 길로 가야만 해. 그러면 호수에 다가가게 될 거요. 거기서 동쪽으로 돌아가야 해요, 그곳에서 그 호숫가로 가게 되거든 … 조심해야 할 것은, 이번에는 그 호수가 엄청, 엄청 깊다는 거야.

플루오가 이어 설명해 주었다.

-하나님은 우리의 희망이시니!

안카가 말했다.

드디어 미풍이 불었다.

하지만, 해가 더 높이 떠오르고 따뜻해지기 시작하면서 그 미풍은 이제 강풍으로 바뀌었다. 맑은 하늘에서 맹렬한 공기의 파도가 움직임이 없는 땅으로, 흔들거리는 호수 위로 떨어졌다. 공기가 작은 늪들을 너무 세게 압박하니, 수면 파도가 잔잔해졌다. 하지만, 더 깊은 곳의 물은 떨리고 끓고 있었다. 더 큰 호수들은, 엄청난 높이의 파도로 덮인 채, 바닥까지 흔들리고, 난폭해져, 저 호숫가를 넘나들려 했지만, 그 강풍의 강력한 손에 밀려, 그 자리서 일어설 수 없었다. 그 파도들은 그래서 마치 고통받는 죄수가 자신의 머리를 벽에 처박듯이, 그 늪지 땅을 때렸다.

자신들의 가장자리들이 저 푸른 수평선에서 사라지는 거대한 호수들은, 자신의 등을 높이 치켜세우고는, 귀를 먹먹하게 만들 정도의 큰 소리로 공기 속 대양(大洋)의 공격에 답했다.

힘없는 숲들은 마치 풀처럼 고개를 숙이고, 그 풀들은, 납작 엎드린 채, 움직임이 없었다.

강풍은 호수들의 가슴에서 자신들의 거품을 내는 쓰레기들을, 또, 한 줌의 물 먼지를 잡아, 이를 뒤섞이게 하고는, 앞으로 밀쳐냈다. 구름 위로 태양은 희미한 무지개를 그려놓았다.

안카와 소녀는, 자신들 앞에서 세상을 뒤덮는 이 색깔 있는 유령들을 통과하면서, 힘들게 앞으로 갔다.

이제 그들 길 앞에 넓은 무지개 띠가 나타나고, 마치 보이지 않는 손에 흔들리듯, 무지개가 떨고 있다. 이제 흔들리며 밝은 반점이 숲들을, 초원들과 호수들을 덮었다.

추위마저 그 둘을 괴롭혔다.

옷은 젖어, 걷는 것을 방해했지만, 그들은 더는 모기들을 두려워하지 않아도 되어, 만족했다.

-강풍에 그 녀석들이 많이 죽었겠네... 이 강풍이 그 녀석들을 물속으로 쓸어버리거나, 풀밭에서 죽임을 당할 수도 있겠네.

안카는 추위로 떨고 있는 소녀를 위로했다.

-강풍이 그 녀석들 때리도록 놔두어요... 하지만 그 강풍이 우리는 용서해 해주었으면 해요... 안카, 당신이 준 수건이 있어도, 내겐 추워요.

-나에겐 더는 네게 줄 게 없어. 아무것도. 최대한 몸을 숙인 채 걸어! 그렇게 노력해야 해...

그들은 자신들의 오른편에 놓여야만 하는 호수를 지나고는, 누르고 붉은 이끼들이 자라는 늪을 기면서 지나갔고, 언덕에 올라서는 왼쪽에 있어야만 하는 그 호수를 찾으려고 시도했다. 하지만, 그들 주위에는, 어디서나, 너무나 많이 창백한, 물의 거울이 사방에서 번쩍였기에, 그 불행한 여성들은 더는 어디로 향해야 할지 몰랐다.

-난 아무것도 이해가 안 되지만, 되돌아가기란 불가능해. 어찌할 수가 없네... 갈 일이 너무 많이 남아 있으니... 불가능해... 저 여자 악당이 우리를 죽이겠네.

안카가 중얼거렸다.

-앞으로만 어서 가요. 엄청 추워, 여기서는 이대로 서 있을 수가 없네요.

-우리가 가야지. 하지만 어디로 가지? 그레고리오가 말하길,

우리가 서쪽으로만 가야 한다고 그렇게 한 말만 기억나는데, 저 곳엔...

그들은 계속 걸어갔다. 누구의 발도 아직 닿지 않은 처녀림인 타이가 지역에는 어디에도 길이 없었다. 젖어 있는 녹색의, 황적색의, 흰 색의 이끼가 그들 발아래 부서지고, 얼어붙은 습지를 노출했다.

나무가 없는 곳은 더욱 위험했다. 왜냐하면, 그곳 늪들은 얼었던 것이 녹은 채 있었다.

안카와 비테르카이는 무릎까지, 심지어 허리까지 닿는 진흙탕 속에서 기어가야 했다.

그렇게 오랜 노력 끝에, 그들은 정오를 한참 지나, 늦게서야 거대한 호수에 이르렀다.

그 호수의 검고 번쩍이는 파도가 요란한 소리를 내며, 높이 치솟더니, 다시 평평한 호숫가에 떨어졌다... 이 호숫가는 진흙투성이고, 실처럼 가늘었고, 그 뒤에는 다른 호수들과, 작은 호수들이 으르렁거리고 공포감을 불러왔다.

귀가 먹먹할 정도로 피곤하고, 허약해진 이 두 여성 여행자는 이곳에서 잠시 휴식을 취하면서, 몸을 좀 따뜻하게 하려고 결정하였으나, 그 좁은 호숫가에서는 불을 피울 수 없었다. 그래서 그들은 지금까지 왔던 길을 조금 되돌아가야 했다.

마침내 어느 언덕 뒤편에서 그들은 자신이 들고온 주전자에 차를- 야생초로 만든 차를- 끓이고, 안카가 자작나무 껍질로 만든 통에 담아 온 훈제 생선을 먹었다. 저녁을 먹고는, 그들은 용기를 내어 호수들의 거센 파도 사이로 보이는 실낱같은 좁은 땅에서 걸음을 다시 재촉했다. 그 길이 호수에서 남쪽으로 가는 유일한 길이다.

땅의 띠가 갈수록 너무 좁아지니, 그들은 호수에서 호수로 던져지는 거품 속을 감히 뛰어넘기도 전에, 겁에 질려 멈춰 서기를 여러 번 했다.

그 엄청난 파도가 위협적으로 뛰쳐 오르고, 그 뛰어오른 파도의 회색 발이 어디로 떨어질지 아무도 알 수가 없었다.

안카와 비테르카이는 그 파도의 강력한 요소 중 하나가 자신들을 익사시킬까 봐 두려웠고, 그래서, 겁에 질린 자고새처럼, 빠르게 달려가면서, 서로를 꽉 붙들고 앞으로 나아갔다.

-안카, 나는 무서워 죽겠어요. 왜 나를 데려왔나요?

-나 자신도 두려워, 애야, 하지만 저기, 우리 뒤에는 죽음만 있어... 우리는 저녁이 되기 전에, 저 멀리 보이는 검은 숲에까지는 가야지.

-저기 사람이 살고 있을까요?

-모르겠어. 어쩌면 살지도... 난 아무것도 몰라, 애야! 심장이 뛰고 있어, 내 안에서 뛰고 있어... 지금까지 혼자 이렇게 멀리까지 걸어와 본 적이 없거든. 나는 여자였고, 부자인 부모님의 딸이었거든. 언제나 개들이 끄는 썰매만 타고 다녔거든. 또 말도 타고 다녔거든...

-소도 타 보았나요?

-애야, 소도 타 보았지.

-우리도 나중에 가축을 기르면, 나도 그런 소 등에 타 볼 수 있나요?

-너도 타 볼 수 있지, 애야, 타 보게 될 거야. 하지만 지금은 서두르자...

그들에게는 자신들이 바라본 그 숲이 더는 가까워지지 않아 보였다. 그들은 걷고 또 걸었다. 하지만 그 숲은 똑같이 작고, 똑같이 안개처럼 보였다. 호수가 같은 톤으로 내는, 크나큰 파도 소리가 그들 생각을 완전히 흩어놓았다. 안카는 그 자리에 주저 앉고 싶고, 파도가 그녀를 덮쳤으면 하는 생각마저 들었다.

비테르카이도, 이 아이의 힘없이 축 늘어진 팔과, 비틀거리는 걸음걸이를 통해, 안카는 이 아이도 그걸 원할지 모른다는 것을 추측했다.

그러자, 그때 그녀는 자신의 이를 악물고, 두 눈을 질끈 한 번 감고는 저 벌거벗은 늪들을 서둘러 지나가 보니, 뭔가 변화가 - 바람 부는 것, 외로이 서 있는 나무 한 그루, 또 물이 집어삼키는 모래밭에서 피해 뛰어가는 갈매기- 보이니, 그녀는 정신이 번쩍 들었다.

그 두 사람은, 젖은 채, 진흙에 덮인 채, 완전히 무력해진 채, 마침내 저녁이 되어서야 그 숲에 다다랐다.

이제 바람이 잦아들었다. 작은 호수들에서의 바람은 작게 들렸지만, 정오부터 지금까지 지나온 그 강풍은 여전히 으르렁거리며, 이전처럼 그 호숫가를 때렸다. 더구나, 그 강풍조차도 이제는 공중으로 차갑고 비를 머금은 먼지를 더는 보내지 않았다.

-하나님, 감사합니다! 우리는 죽지 않을 것입니다... 여기서 사람들이 보이지 않아도, 우리는 여기서는 아마 죽지 않을 겁니다. - 안카가 말했다. - 둘러 봐, 비테르카이, 어디 불이 빛나고 있는 곳이 있는지 둘러 봐?... 잘 살펴 봐... 눈을 크게 뜨고...

-불이 있다 해서, 무슨 소용이 있겠어요? 저들이 우리를 안 들여보낼 거에요... 저들은 우리에게 물어뜯는 개나 말을 보내, 우리를 그들 발에 짓밟히도록 할건데요.

-네 말이 맞아. 내가 그걸 잊었네. 그러니, 우린 여기서 불을 피우고, 좀 눕자... 내일 우리는 다시 앞으로 나아가자... 우리는 어딘가에 도착할 거야...

그러나 이 두 사람은 불을 피울 수 없었다.

왜냐하면, 그 거대한 파도의 물길을 뚫고 지나오면서, 불 피울 심지가 젖어 있기 때문이었다.

그들은, 그 숲에서 잠시 쉬면서, 서로를 껴안은 채로 지내야 했다.

그러면서 말린 생선 한 조각을 먹고는, 다시 앞으로 나아갔다...

그들은 거인 같은 호수의 호숫가를 따라 걸어갔다.

거품이 이는 파도가 여명 속에서 약하게 반짝거렸다.

몇 시간 동안의 힘든 여정 끝에, 그들은 발밑의 땅이 더욱 단단하고 더욱 말라 있음을 느꼈다.

안카는 숲에서 희미한 한 줄기 오솔길을 발견했다.

이제 그들은 앞서거니, 뒤서거니 하며 걸어갔다. 그 소녀는 호숫가에서보다 여기서 몸을 더 떨었다.

-나는 사람들이 나타날까 봐 무서워요! 안카, 손을 좀 잡게 해 줘요... 나는 안카, 당신이 있음을 느끼지 못할 때는 엄청 무서워요...

오솔길은 그들을 민둥산으로 이끌었고, 그 산꼭대기에서 보니, 강력한 호수가 내려다보였다.

그곳 산자락에 유르트 한 채가 보였고, 굴뚝에 연기가 피어올랐지만, 창문엔 밤처럼 깜깜했다. 그 유르트는 창고도 없고 울타리도 없을 정도로 가난했다.

파도에 씻기는 창백한 호숫가의 한 비탈에 보트 하나가 뒤집힌 채 놓여 있었다.

-이곳에는 가난한 사람들이 사네!... 아마 저곳이 여름을 지내는 곳일까? 젖소 한 마리도, 집지키는 개 한 마리도 보이지 않네... 우리가 들어가 볼까, 아니면 말까?

안카는 생각에 잠겼다.

-안돼, 안돼!... 우리는 저 멀리 곧장 가요...

비테르카이가 안카 손을 당기며 중얼거렸다.

엄청 추웠다.

불을 보고 싶고, 몸을 말리고 싶고, 뭔가 따뜻한 것을 마시고 싶다는 희망이 그 둘의 두려움보다 더 컸다.

안카는 십자가 성호를 한 번 긋고는, 그 유르트 출입문을 밀어 열었다.

-거기 누구요?

출입문이 삐걱거리는 소리에 누군가 말을 붙였다.

-저희는요, 사람이라구요. 야쿠트 사람이에요...

-아이! -그렇게 묻는 사람이 하품하며 말을 이어갔다. - 야쿠트 사람이라고요? 어디서 왔소? 당신은 여자인 걸로 들리네요...

-예. 여자들입니다. 멀리서 걸어왔고, 길을 잃었어요...

-셀릭Selik, 셀릭!... 일어나 봐, 애야, 불을 피워... 사람이 찾아왔거든...

그 사람은 여러 번 반복해 다른 가족을 깨웠다: 마침내 한 소년이 깊은 잠에서 깨어나, 벤치에서 일어나, 약하게 타고 있는 장작에 다른 장작을 더 던져 넣었다... 안카가 그 불 앞에서 호-호 불기 시작했고, 밝은 불꽃이 그녀 얼굴도, 그녀의 이제는 떼어낼 수도 없는 동행인 비테르카이 몸도 금빛으로 물들였다.

-당신들은 어디서 와서 어디로 가요?

침대에서 일어나지 않은 채로, 그 늙은 야쿠트 사람이 물었다.

-죄송합니다, 어르신. -안카는 떨리는 목소리로 말을 시작했다. - 저 숲은 춥고 어두워서요... 저희가 가진 부싯돌이 젖었어요... 저희가 불도 피울 수가 없어서요... 저희는 들짐승이 나올까 봐 무서워요... 화는 내지 마십시오, 어르신. 우리는 사람이 못 사는 곳에서 왔지만, 둘 다 아직은 건강합니다... 우리를 내쫓아 내지 마십시오. 저희에게 약간의 땔감을 좀 주실 수 있었으면 합니다.

-부랑자들에게는 불을 주지 않소. 그걸 만지지도 마시오... 당신은 도대체 누구요?

-저는 안카입니다. 그레고리오 킬가스Gregorio Kilgas의 아내입니다.

-알아요, 당신 얘기는 들었어요... 그래 당신은 자발적으로 그 곳에 갔소? 왜 그랬소? 당신은 정말 건강한데도요?

안카는 말이 없었다.

-당신은 왜 이 유르트로 들어왔나요?... 둘 다 저 출입문 쪽으로 가요...

-출입문으로요.

다른 사람들 목소리가 반복해 들렸다.

그 유르트에 사는 주민 모두가 어두운 구석에서 나와, 불 주위를 에워쌌다.

그들은 세 사람이다. 노인, 노파와 소년.

비테르카이는 그 노부부가 우유 색깔처럼 하얀 머리카락에 하얀 눈도 가졌음을 알아차렸다. 소년 역시 하얗고 흐릿한 눈이다. 그 소년은 걸을 때, 자신의 두 손으로 자신의 주변을 살피며 움직였다. 몸이 마르고 아무것도 걸치지 않은 몸으로, 주름진 얼굴의 그들이 불 앞에 앉아, 찾아온 사람들 얼굴을 살펴보았다.

그 집 거주자들의 하얀 눈이 불빛에서 두려움으로 빛나고 있었다.

그 소녀는 무서워 숨도 거의 쉬지 못했다.

-당신은 아이도 데려왔군요?

노인이 말했다.

-예, 아이도요...

-저 아이가 당신 아이요?

-아니요! 그녀는 그곳에서 태어났어요.

-세례는 받았나요?

-아니요. 누가 저 소녀에게 세례를 주겠습니까? 하나님조차도 저희를 잊어버리셨는데요

그 노인은 한숨을 내쉬며 말했다.

-불쌍하네요, 당신들은. 하지만 당신은 잘못 찾아왔네요, 우리

도 부자가 아니니... 어떻게 여기까지 왔고 또 무슨 일로 왔소?

　-저희는 왕자님을 뵈러 가는 중입니다.

　안카가 여행 목적을 짧게 이야기했다. 그녀는 메르겐에 대해, 그들을 위협하는 배고픔에 대해, 코 없는 환자에 대해, 또 그녀 재산을 자기 걸로 가져간 그녀 오빠에 대해서도...

　-그 얘기는 나도 들었소. 왕자님께서는 그들이 당신에게 그 재산을 돌려주라는 명을 내렸다 했소. 하지만 당신 오라비는 그 공동체 의견에 복종하지 않을 거요. 그 오라비는 권세도 있고, 부자이니. 먹거리를 담을 화병 같은 것은 있소? 우리 것을 내가 내어줄 수 없소. 나중에 그 그릇은 우리가 불태워야 하기에. 또, 우리가 가진 그릇도 적고요. 당신들이 여기 왔으니, 여기에 머무시오. 출입문 옆 벤치에서 자면 되어요. 당신은 아프지 않다고 말했지요? 누가 알겠소! 당신은 거기에 몸을 좀 뉘어요, 내일 우리가 그 벤치에 물을 끓여, 부으면 되니... 가난한 사람이나 한센병 환자나 같은 처지요... 하나님 뜻 없이는 아무 일도 안되거든요. 내일 저 아이가 당신들에게 길 안내해 줄 거요 ...

　-하나님께서 어르신께 건강과 행복을 주시길 기원합니다.

　안카는 그 노인을 향해 큰 소리로 축원했다.

　그 방문객들은 주는 대로 게걸스럽게 먹었다.

　그러고는, 딱딱하고 마른 벤치에서 자신들의 몸을 쭉 뻗자, 힘든 여행에 지쳐, 곧장 잠들었다.

IX

En la sekvinta tago la vento malfortiĝis. La suno
gaje kuris sur la sennuba ĉielo kaj verŝis riverojn da
lumo kaj varmego sur la kvietajn akvajn vastaĵojn.
La blinda knabo iris antaŭ la virinoj kaj kondukis
ilin   sur   vojeto,   kiu   serpentumis   ĉirkaŭ   la
lago-grandegulo. Dekstre staris arbaro, tre densa por
ĉi tiu lando; ĝian riĉan kreskadon favoris la
fruktodona tero de la altaĵoj. Maldekstre la skvamo
de la balanciĝantaj ondoj brilis en la suna lumo.

—Vi elektis tro longan vojon ⋯ Vi devis iri sur la
kontraŭa bordo de la lago ⋯ Kiam vi preterpasis la
betulan arbaron, vi devis vin turni dekstren de la
tiea lago, ne maldekstren ⋯

—De kie vi scias tion?⋯ Ĉu vi estis tie?...

—Mi? — ridis la knabo. — Mi ĉien iras ⋯ Ĉie mi
trovas ĝustan vojon ⋯ La murmuro de la akvo, la
bruo de la arbaro gvidas min ⋯ Mi scias, kie ĉiu
arbo staras ⋯ Mi estas blindulo, sed mi faras ĉion
kiel la aliaj. Mi naĝas, ĵetas retojn; ni havas
dek-kvin retojn ⋯ Mi eĉ falĉas la herbejon ⋯ Ni
bone vivas ⋯Dio helpas nin! La gepatroj aĉetos en
ĉi tiu jaro knabinon por mi, ankaŭ blindan; la aliaj

ne volas edziniĝi kun la blinduloj ⋯ Ni estas blindaj
unu generacio post la alia, jam de praavoj ⋯ Nun
mi lasas vin, vi ne erariĝos ⋯ Iru kun Dio ⋯ Vi jam
vidas la fumon de la princo, al la najbaroj la vojeto
kondukos vin ⋯ Ne estas malproksime!

Anka ekrigardis, kien li montris per la mano, kaj
ekvidis super la akvoj, super la verda bordo fuman
kolonon ⋯

—Iru kun ni, ni timas la hundojn — petis ŝi la
blindulon.

—Mi ne povas ⋯ Mi devas rapidi al la retoj, eble
la ventego ilin intermiksis.

Ili iris solaj. La ĉirkaŭaĵo estis pli kaj pli seka,
gaja; la belaj arboj mirigis Biterĥajon; ŝi volis
senĉese krii kaj demandi; la zorga vizaĝo de Anka
detenis ŝian ĝojon. sed kiam ili renkontis du bestojn
kun kornoj sur la kapoj, du grandajn monstrojn, kiuj
ronkante, piedbatante kaj svingante la vostojn, kuris
en la arbetaĵo, la knabineto ne povis plu sin deteni
kaj kaptis la manon de la virino ⋯

—Rigardu! kio tio estas?

—Bovinoj ⋯

—Pri ŝi vi petas, Anka? Kion vi faros kun ŝi ⋯ Ŝi
estas tiel granda, ŝi piedbatas ⋯ Ŝi faligos nian
jurton ⋯

—Ne timu ⋯ Ili nur donu ĝin! — respondis la
virino, malgaje ridante.

Ju pli multe da signoj de proksima homa loĝejo ili

renkontis, — lignon, ĉirkaŭbarojn, signojn ĉevalajn kaj brutajn, des pli granda fariĝis la timo de Anka.

Fine tra la arbetaĵo ili ekvidis maldensejon kaj sur ĝi konstruaĵojn kaj fumon de la kamentuboj. Anka demetis de Biterĥaj la tukon.

—Poste mi redonos al vi, nun ili vidu, ke vi havas nenion.

La knabineto rimarkis, ke la manoj kaj lipoj de Anka tremis; ŝi mem komencis tremi de ekscito kaj malvarmo ⋯

—Ho!⋯ ho!⋯ hooo! Homoj! — kriis Anka, elirante el la arbaro. Nigra hundo bojante ĵetis sin al ili.

—Ho!⋯ ho! ⋯ hooo! Homoj! — kriis ŝi seninterrompe, alproksimiĝante malrapide.

—Kiu krias? Kion vi volas kaj de kie vi estas? — ekkriis neatendite knabo en blua ĉemizo, elirante el la porka stalo. Li tenis ŝovelilon en la mano, verŝajne li elĵetis sterkon.

—Ni ⋯ de tie ⋯ de malproksime ⋯ ni estas leprulinoj ⋯

Li rigidiĝis, poste li ĵetis sin en la jurton kiel sago. Anka genufleksis kaj krucigis la manojn sur la brusto. Post iom da tempo oni malfermis la pordon kaj sur la sojlo aperis maljuna Jakuto kun pafarko en la mano, post li kaŝis sin singarde virinoj kaj infanoj.

—Kial vi venis ĉi tien?⋯ Vi ja scias, ke estas malpermesite al vi, — komencis severe la viro.

Anka plorante rakontis sian tutan historion.

—Vi estas Anka ··· la malfeliĉa Anka? — kompate balbutis li, iom alproksimiĝis, kolektis branĉaĵon kaj ekbruligis fajron inter si kaj la leprulinoj. Tiam ankaŭ la virinoj kaj infanoj alproksimiĝis.

—Aŭskultu: malproksime estas al la princo ··· Vi iris malĝustan vojon ··· Mi ne konsilas al vi iri al la princo ··· Anka, vi ja estas prudenta kaj bona virino, vi devas scii, ke danĝere estas disportadi la infekton en la mondo ··· Vi diras, ke vi estas sana, sed ĉu vi povas scii?··· Vi loĝas kun ili, spiras la saman aeron, tuŝas ilin ··· Vi portas en viaj vestoj ilian elspiraĵon, iliajn sukojn ··· Aŭskultu: restu ĉi tie, mi iros al la princo kaj alveturigas lin ··· Li venos, oni ja ne povas lasi vin sen helpo, tia leĝo ne ekzistas ···

—Kompreneble, ili ja estas ankaŭ vivaj animoj! — konsentis la virinoj ···

—Rigardu, kiel maldika estas la knabino ··· La kapo kiel floreto, la manoj kiel herbetoj ···

—Nur ŝia ventro estas granda! — rimarkis la knabo. — Verŝajne la larika ŝelo kaŭzis tion ···

—Kompreneble ··· Ili manĝas nur larikan ŝelon! — konsentis alia virino.

—Bela knabineto! Rigardu ŝiajn grandajn okulojn, ŝiajn okulharojn densajn kaj fleksitajn ···

—Kies vi estas?

—Diru! — murmuretis Anka, puŝante la infanon antaŭen.

—De Fluo!

—Ha! ha! ha!⋯ — ĉiuj ridis — Kiu li estas?

—Ankaŭ leprulo ⋯ Sed tio ne estas vera. Neniu scias, kies ŝi estas!⋯

—Mizerulino! Eĉ ĉemizon ŝi ne havas!

Antaŭ la forveturo la muljuna Jakuto ordonis, ke oni donu nutraĵon al la venintoj. Ĉiuj ĵetis al ili donacojn, la virinoj ĵetis tukojn, ĉemizojn, ŝuojn, varmajn vestojn.

—Surmetu la ĉemizon, surmetu! — ili kriis al Biterĥaj, kiu estis ravita de la preskaŭ nova ĉemizo, sed ne sciis, kion fari kun ĝi. Eĉ kelkajara etulo, alrampis al la fajro kaj ĵetis al la knabineto lerte skulptitajn ludilojn.

—Brave, Murun! Li ankaŭ volas ion donaci ⋯ Prenu infano, tio estas bovinoj.

Biterĥaj avide kaptis kaj kaŝis ilin; ŝiaj okuloj brilis, ŝi estis ravita, feliĉa.

Kiam la princo venis, la virino kaj infano sataj, ripozintaj sidis sur la sama loko post la fajro kaj gaje babilis kun amaso da scivoluloj, kiuj venis unu post la alia.

Anka ekvidis la princon kaj tuj rememoriĝis pri la pasintaj kaj ree ŝin atendantaj doloroj. Sinceraj larmoj ekfluis el ŝiaj okuloj, kiam ŝi komencis rakonti al li ilian komunan mizeron.

—Multaj homoj plendis, ke vi senĉese

maltrankviligas ilin, ŝtelas retojn, provizojn ⋯ —
diris severe la princo.

—Mergenj faras tion!⋯ Ni estas senkulpaj! —
ĝemis Anka.

—Ŝi ŝtelas ankaŭ nian havon ⋯

—Diru do al ŝi, ke ni kaptos ŝin kiel sovaĝan
beston ⋯ Ŝi ne nur ŝtelas ⋯ ŝi disportas la infekton
en la mondo ⋯ Ankaŭ vi ne venu ĉi tien, ne
kuraĝu! Bone, oni donos al vi boaton kaj tri retojn
⋯

—Kaj bovinon ⋯ miajn bovinojn, kiujn proprigis al
si Pjotruĉan.

—Mi jam ordonis, ke li redonu ⋯ unu bovinon. Li
diras, ke vi ŝuldas al li por la nutraĵo, por la fojno,
kiun la brutaro manĝis dum la vintro ⋯

—Mia Dio ⋯ Mi ja laboris, li ja manĝis lakton kaj
buteron de ĉi tiuj bovinoj ⋯ Senkonsciencaj estas la
homoj!

—Sufiĉe! Li redonos unu kun ido. Mi ripetos al li
mian ordonon. Nun vi foriru. Oni veturigos vin tra
la lago, por ke vi ne vagu tro multe inter homoj.
Malpli longa estos via vojo!⋯

Fortika, malgaja Jakuto atendis ĉe la bordo en
boato. Apude alia boato staris, iom pli granda, por
du personoj. En ĝin Anka metis la donacitajn
manĝaĵon, retojn kaj vestojn. Anka puŝis la boaton
sur la akvon, sidiĝis kun Biterĥaj kaj prenis remilon.

La Jakuto ligis ilian boaton al la sia, veturis antaŭe kaj tiamaniere trenis ilin. La ondoj delikate balancis la vojaĝantojn. La Jakutoj, kiuj kolektiĝis sur la bordo, kriis al ili konsolajn kaj kompatajn vortojn.

La vento preskaŭ tute malfortiĝis. Ili glitis rapide sur la travideblaj ondoj, oritaj de la suno.

Malantaŭe paliĝis, malgrandiĝis kaj malaperis la verdaj arbaroj, kie la "homoj" loĝis, kie kreskis grandaj arboj, kie riĉa vivo bolis, kie oni aŭdis ne sole plorojn kaj ĝemojn ··· Anka returnis sin, por ankoraŭ unu fojon rigardi ĉion tion, kaj ekvidis larĝan fumon, rampantan sur la tero. Oni bruligis la lokon, kie ili sidis!

La silenta remanto elŝipigis ilin, montris la vojon, kaj forveturis. Ili pasigis la nokton en la tajgo kaj venis hejmen apenaŭ tagmeze. La neatendita sukceso de la vojaĝo ebriigis ĉiujn.

—Manĝaĵo, vestoj, boato, retoj, eĉ sukero, teo kaj salo ···

Anka! Vi havas eksterordinaran feliĉon! — ĝojis Fluo. — Ankoraŭ hodiaŭ vespere mi ĵetos la retojn ··· Ni devas singarde treni la boaton al la rivero, por ke la diablino ne vidu ĝin ··· Vi diras, ke la princo nin ĉiujn koleras!··· Mi ja antaŭdiris, ke oni ekkoleros kaj ĉesos nin helpi. Malsaĝe estas disporti la peston inter senkulpaj homoj! Se ĉiuj estos malsanaj, kiu helpos nin?··· Ŝi estas malsaĝa ··· Vere, oni iam ŝin mortigos, se ŝi ne ĉesigos sian ŝteladon

··· Kion vi pensas pri ĝi, Gregorio?

Gregorio rigardis la fajron, sur kiu teo en vazo bolis, kaj pensis pri nenio, sed li jese balancis la kapon.

En la sekvinta tago ili jam havis freŝajn fiŝojn. Dika tavolo da kuloj dronigitaj de la ventego kovris la lagojn ĉe la bordoj kaj allogis amason da blankeskvamaj salmoj. La donacitaj retoj estis malnovaj kaj difektitaj, sed pro la granda kvanto da fiŝoj oni povus kapti ilin eĉ per antaŭtuko. Mergenj ion suspektis, eble eĉ rimarkis la boaton. Kelkfoje ŝi alproksimiĝis, staris en la boato kaj tenante super la okuloj la manplaton por gardi ilin kontraŭ la suno, ŝi longe rigardis la jurton de la lepruloj.

Ŝia gracia bronzkolora korpo, kovrita nur sur la femuroj per mallarĝa tuko, akre kontrastis la fonon de la bluaj, trankvile dormantaj lagoj.

—La korvo rigardas, spionas ··· Vane vi fermetas la okulojn··· Nenion vi vidos!··· Mi ĉiam diras: la viro estas viro ··· La virino neniam lin egalas! — fanfaronis Fluo.

Sed lia memfido daŭris ne longe. Post kelke da tagoj li revenis kolera kaj konfuziĝinta.

—Ŝi trovis! — diris li ĉe la sojlo.

—Ĉu ŝi ŝtelis ilin?··· Ree ni havas nenion! — kriis ĉiuj ĥore.

—Tiel malsaĝa mi ne estas! Ĉiun reton mi ĵetis en

alia loko⋯ Tamen unu ŝi ŝtelis!

—Ŝi trovos ankaŭ la aliajn ⋯ Ne, ni devas fini ĉi tion! — koleris Gregorio. La sukceso de Anka kaj precipe la espero ricevi bovinon ree inspiris al li kuraĝon kaj amon al la edzino. La vundo sur la brako malgrandiĝis kaj li esperis resaniĝon.

—Ni veturos kaj prenos ŝian boaton — diris li post momento. — Ŝi restu sur la insulo ĝis la fino de la somero ⋯ Ŝi ne mortos pro malsato. Ŝi kolektis grandajn provizojn ⋯ Cetere ni povos sendi al ŝi, se ŝi bezonos.

—Kompreneble! Kiam ni kvietigos ŝin, nenio mankos al ni! Unu, du, tri ⋯ dek-du retojn ni havos kaj la baron ⋯ Ni havos amason da fiŝoj! — diris Fluo. — Sed aŭskultu min, Gregorio, jen mia konsilo: Ni ataku ŝin nokte, kiam ŝi dormos. Mi diras tion ne pro timo, sed pro prudento. Tage eble estas, ke ŝi forlasos la insulon, kaj tiam ni ne trovos la boaton ⋯ Ĉu mi ne estas prava?

—Jes. Tio estas ankaŭ mia opinio. Sed se ni ne sukcesos?

—Kial? Ĉu vi pensas, ke ŝi kontraŭbatalos? Tiam ni ⋯ lasos ŝin! Ni ja volas preni ne ŝin, sed la boaton ⋯ Ni ne bezonas aliri proksime ⋯ Ni prenos la boaton, kaj se ni ne sukcesos, ni revenos sen ĝi ⋯ Ĉio restos kiel antaŭe!

—Ĉio restos kiel antaŭe! — konsentis Gregorio.

Ili elektis lunan nokton, ĉar ili ne konis la lokon

kaj timis en mallumo fali en embuskon. Ili veturis en la ombro kaj evitis la lunan lumon, kiu arĝentis la mezon de la lago. Singarde, apenaŭ tuŝetante la dormantan akvon, ili glitis en la delikata nebulo ĉe la bordo. Fine ili alveturis al la loko, kie la malluma, longa ombro de la insulo preskaŭ atingis ilian boaton. Sed inter la ombro, kie ili sin kaŝis, kaj la ombro de la insulo kuŝis mallarĝa hela strio. Kvankam ili estis certaj, ke Mergenj ne atendas ilin tie, tamen ili forte ekpuŝis la boaton, saltis kiel sago trans la danĝeran lokon kaj kaŝis sin en la mallumo, antaŭ ol malaperis la arĝentaj ondoj, kurantaj post la boato.

—Ĉu vi nenion aŭdis?

—Nenion! Nun singarde ⋯ De unu versto oni aŭdas sur la akvo zumadon de kulo!

Preskaŭ ne levante la remilojn ili veturis ĉe la bordo. La larikoj klinis al ili siajn folioriĉajn pintojn kaj branĉojn, kvazaŭ ili volus pli bone vidi en la ŝanceliĝanta brilo de la steloj la neordinarajn noktajn gastojn. Fine la Jakutoj rimarkis proksime en la arbetaĵo malgrandan ruĝan lumeton.

—Eble sovaĝa besto! — murmuretis Fluo, sed Gregorio montris per la remilo pli alten, kie apenaŭ videblaj nubetoj de griza fumo supreniris kaj malaperis en la blua aero de la nokto. Pli malalte, inter la arboj ili vidis konturojn de tendo. Ili haltis, duone eltiris la boaton el la akvo kaj komencis traserĉi mallaŭte la bordon kiel musoj.

Sed ili ne trovis tie la boaton de Mergenj. Tiam kuraĝiĝinte pro la ĉirkaŭa silento, ili eniris en la arbetaĵon. Ankaŭ tie ne estis la boato.

—Verŝajne ĉe la domo! — murmuretis Fluo.

Ili estis tiel proksime de la tendo, ke ili povis tre bone rigardi internen tra la truo de la eniro. La fajro apenaŭ bruletis, la loĝejo estis malplena. Ili enrampis scivole.

—Ŝi forestas, eble ŝi veturas kaj ŝtelas! Rigardu, kia ordo ⋯

La vestoj, fiŝoj, vazoj, — ĉio kuŝas en ĝusta loko. Ĉevalo-virino! — kriis ravita Fluo ⋯

—Ŝi estas malica, terura! — respondis Gregorio, palpante la muskan kuŝejon de Mergenj.

—Ho, ho! Se ŝi estus ankaŭ bona, tiam ⋯ Ĉu vi aŭdis? — li murmuretis kaj kaptis la manon de la kunulo.

—Mi aŭdis. Sendube ŝi estas ie proksime ⋯ La kuŝejo estas ankoraŭ varma ⋯ Ni foriru! — proponis la singarda Gregorio.

—Bone, ni foriru! Cetere, kion ŝi povas fari al ni du?⋯ Mi volonte manĝus fiŝon! — aldonis li kaj etendis la manon al la pecoj, pendantaj en la fumo.

En la sama momento ekstere pafarko eksonis kaj sago flugis fajfante preter la kapo de la fiŝkaptisto. Ambaŭ tuj ĵetis sin teren, rampis en la arbetaĵon kaj de tie kuris rapide al sia boato. Post ili iu senĉese ĵetis sagojn ⋯

—Malbenita! kiu povus scii, ke ŝi havas armilon! Sendube ŝi ie ŝtelis ĝin! Ne ĝoju, mi ankaŭ faros al mi pafarkon! — minacis Fluo, remante per ĉiuj fortoj

Sur la bordo staris Mergenj, nuda, arĝentita de la luno, kun streĉita pafarko en la mano.

—Ne ĝoju, inferanino; la princo promesis, ke oni kaptos vin kiel sovaĝan beston!

Anstataŭ respondo ŝi sendis al ili sagon kaj trafis la randon de la boato. Granda peco da tabulo defalis en la akvon.

—Vi forkuras!⋯ Ho viroj, ho batalistoj, kiujn oni povas meti sur la manplaton kaj forblovi en la aeron!⋯

—Ne ĉiuj estas rabistoj, kiel vi! — kriis Gregorio ⋯

Ŝi ridis sovaĝe kaj malbele.

Post kelke da tagoj Fluo perdiĝis. La teruritaj Jakutoj, ne trovinte eĉ postesignojn, ne sciis, kion entrepreni. En la komenco Gregorio pensis, ke li dronis, ili do serĉis la korpon kaj boaton apud la bordoj de la lagoj, sed ili trovis nenion; kvankam forta vento blovis, la ondoj ne elĵetis la malfeliĉulon. La lepruloj ree restis sen manĝaĵo, sen iloj por la fiŝkaptado. La bovinon oni ne sendis al ili. La malesperinta Anka ree iris al la princo.

Ŝi iris la ĝustan vojon kaj venis al li rapide kaj

sen aventuroj. Sed oni akceptis ŝin ekstreme severe. La princo kriis, kunpremis la pugnojn kaj sendube li batus ŝin, se li ne timus aliri kaj ŝin tuŝi. Oni nenion donacis, oni eĉ ne donis manĝaĵon. Jakuto, rajdante sur ĉevalo kun ponardego en la mano, pelis ŝin antaŭ si! Ŝi iris tremanta, tute senforta de malsato kaj laciĝo. Ŝia sola konsolo estis la bovino kun ido. La rajdanto kondukis la bruton, liginte ŝin al la vosto de la ĉevalo. La bovido, kiu kuŝis ligita en korbo, plende blekis.

—Fine ni havos ilin ⋯ — murmuretis Anka per sekiĝintaj lipoj.

Trairinte la duonon da vojo, ŝi eksentis, ke ŝi ne povos plu iri, ke ŝi falos. Ŝi do petis la Jakuton, ke li permesu al ŝi suĉi iom da lakto el la plenaj mamoj de la bovino kaj ke li ellasu momenton la idon el la malvasta korbo.

Li konsentis, ekbruligis fajron, kuiris teon kaj neamike rigardis la virinon, kiu kisis kaj karesis la beston.

—Domaĝe estas! Ŝi putriĝos, kiel vi! — murmuretis li kolere.

9장. 왕자님과 만남

다음날, 바람이 약해졌다. 구름 한 점 없는 하늘에 태양은 즐겁게 달리면서, 잔잔하고 넓은 호수 표면에 강물 같은 많은 빛과 열기를 내려보냈다.

시각장애인 소년은 찾아온 여자들 앞에서 앞장서서 걸어가면서, 그 둘을 드넓은 호수 주변을 에워싼 구불구불한 오솔길로 안내했다.

길의 오른쪽은 매우 우거진 숲이었다. 그 울창하고 풍부한 숲의 성장을 돕는 것은 고원의 비옥한 땅이다.

왼쪽에는 일렁이는 파도가 햇빛에 반짝였다.

-두 사람은 길을 너무 긴 쪽을 골라 왔네요... 이 호수 반대편 길을 택해 가야 했어요... 두 사람이 그 자작나무 숲을 지날 때, 그곳 호수를 기준으로, 왼쪽이 아닌, 오른쪽으로 방향을 틀어야 했거든요...

-젊은이, 그걸 어떻게 알아?... 거기 가 본 적이 있어?...

-나요? -소년이 웃었다. - 나야 어디든 갑니다... 어디든지 나는 길도 잘 찾아가요... 물소리, 숲에서 나는 소리를 들으면 그게 방향을 알려주거든요... 나는요, 나무들이 제각기 서 있는 곳도

어딘지 알거든요... 나는 눈이 약간 문제이긴 해도, 다른 사람처럼 뭐든 할 수 있어요. 헤엄도 칠 줄 알고, 그물도 던질 줄 알아요. 그물도 15개나 있어요.. 풀도 베고요.. 우린 잘 살아가요... 하나님께서 저희를 도와주시니! 부모님이 올해 제게 소녀 한 사람을 사주신대요. 그 아이도 물론 시각장애인이에요. 다른 소녀들은 시각장애인에게 시집오지 않으려 해요 … 우리는 선대 때부터 시각장애인이었다 해요, 증조부 때부터라고 하던대요 … 이제 여기서 나는 두 분과는 헤어져야 합니다, 이 길로 계속 가면 길을 잃지는 않을 겁니다. … 하나님이 함께해 주실 겁니다. … 두 분은 이미 그 왕자님이 사시는 곳의 연기를 볼 겁니다. 또 이 좁은 길에서는 이웃 사람도 만나게 될 겁니다... 그리 멀지 않거든요!

안카는 소년이 손으로 가리키는 곳을 바라보았고, 호수 위로, 푸른 호숫가 저위로 연기 기둥이 있음을 보았다...

-우리와 함께 가 줘요. 개들이 무서워요.

그녀가 그 시각장애인에게 요청했다.

-안 됩니다... 그물을 쳐놓은 곳에 서둘러 가봐야 해요. 지난 강풍에 그물이 엉켜버렸을 겁니다.

이제 안카와 비테르카이, 그 두 사람만 걸어갔다.

주변은 점점 더 건조해 있고, 상쾌했다. 아름다운 나무들을 보니, 비테르카이는 놀랐다. 그녀는 끊임없이 소리 지르고, 묻고 싶다. 안카의 걱정스러운 얼굴을 보면, 그녀는 그런 기쁨을 보이는 것을 자제했다. 하지만, 그들이 머리에 뿔이 달린 두 마리 짐승을, 음-머-하며, 땅에 발길질하고, 꼬리를 흔들며, 덤불 속으로 내달리는 커다란 짐승을 만나자, 그 소녀는 더는 무서움을 참지 못하고, 안카 손을 잡았다...

-저길 봐요! 저게 뭐예요?

-저건 젖소네...

-저런 젖소를 당신은 달라고 할거에요, 안카? 저런 젖소를 어찌 하려고요?.... 저런 젖소는 몸집이 커서, 발길질도 하던데요... 저런 젖소는 우리 유르트를 무너뜨리겠어요...

-두려워하지 마... 그네들은 저런 젖소를 주기만 하면 되지!

슬프게 웃으며 그 여인은 답했다.

점점 인근에 사람들 거주지가 있다는 신호들이 - 장작, 울타리, 말 발자국과 다른 가축 발자국들이 - 많아질수록, 안카의 두려움도 커져만 갔다.

마침내 그들은, 덤불 사이로 나무들이 적게 보이는 공터와 그 공터에 있는 집, 굴뚝에서 나오는 연기를 보았다.

안카는 비테르카이가 두른 천을 벗겨주었다.

-나중에 내가 이걸 네게 돌려줄게. 지금은 저 사람들이 네가 가진 게 없다는 걸 볼 수 있게 해야 하거든.

키 작은 소녀는 안카 손과 입술이 떨리는 것을 알아차렸다. 그녀 자신도 흥분과 추위로 몸을 떨기 시작했다...

-외!...외!...오호라! 사람들이네!

숲에서 나오면서, 안카가 외쳤다.

검둥개 한 마리가 그들을 향해 짖으면서 달려들었다.

-오호!...오호라!...사--! 사람들이야!

그녀는 쉬지 않고 계속 소리를 지르며 천천히 다가갔다.

-소리 지르는 당신은 누구요? 당신은 무엇을 원하며, 어디서 왔나요?

예기치 않게, 돼지우리에서 파란 셔츠를 입은 소년이 나와서, 외쳤다.

그는 손에 삽을 들고 있었는데, 아마 거름을 밖으로 치우던 중이었나 보다.

-우리는... 저 쪽... 저 멀리서 온... 한센병 환자입니다...

그는 깜짝 놀라, 화살처럼 유르트 안으로 들어가 버렸다.

안카는 무릎을 꿇고 가슴 위에 손을 얹고 성호를 그었다.

잠시 후 그 유르트 출입문이 열렸고, 늙은 야쿠트족 사람이 한 손에 활을 들고, 출입문 문지방에 나타났고, 그 뒤 여자와 아이들이 조심스럽게 몸을 숨긴 채 보고 있었다.

-무슨 일로 당신들은 여기 왔나요?... 당신들은 여기 오면 안 된다는 것을 알고 있지요!

그 남자가 엄하게 꾸짖기 시작했다.

안카가 울면서 자신의 모든 처지를 말했다.

-당신이 안카네요 ... 불쌍한 안카?

그가 조금 더 가까이 다가와, 불쌍하다는 듯이 그렇게 말을 더듬고는, 나뭇가지를 모아 자신과 그 한센병 환자들 사이에 장작불을 피웠다. 그러자 여인들과 아이들도 다가왔다.

-내 말을 들어보소: 왕자님 계시는 곳으로 가는 길은 멀다구요... 당신들은 길을 잘못 들었소... 나는 당신들에게 왕자님 계시는 곳으로 가는 걸 권하고는 싶지 않소이다... 안카, 당신은 정말 현명하고 착한 여인이니, 전염병을 세상에 퍼뜨리는 일이 정말 위험한 일임은 잘 알고 있지요!... 당신 자신은 건강하다고 말하지만, 누가 그걸 어찌 알겠소?... 당신이 그들과 함께 살고, 그들과 같은 공기를 마시고, 그들과 살을 부딪치며 살아왔지요... 당신 옷에 그들의 호흡, 그들이 흘린 국물이 묻어 있거든요... 내 말 들어보소: 여기 머물러요. 내가 대신 그 왕자님을 찾아가, 그 분을 이곳으로 모시고 오겠어요... 그분은 오실 겁니다,. 사람들이 당신을 아무 도움을 받지 못한 채 내버려 두지는 않을 거요. 그런 법은 없으니까요...

-물론입니다. 그들도 정말 살아있는 영혼이니까요!

여자들도 공감을 표시했다...

-저 봐요, 저 소녀가 얼마나 가냘픈 몸인지를... 머리가 작은
꽃 같고, 두 손은 풀잎 같네...
　-저 아이 배만 크네요! - 그 소년이 응대했다. - 아마 낙엽송
나무껍질을 많이 먹어 그리된 것 같아요...
　-그리 보이네... 저 사람들은 낙엽송 나무껍질만 먹은 것 같네!
다른 여자가 동의했다.
　-그래도 저 소녀는 예쁜 얼굴인데! 저 소녀의 큰 눈 좀 봐요.
눈썹이 굵고 굽어 있네요...
　-뉘집 아이요?
　-말을 좀 해, 비테르카이!
안카가 중얼거리며, 그 아이를 앞으로 살짝 밀었다.
　-플루오 집 아이에요!
　-아! 하아! 해!...
모두 웃었다
　-그 사람이 누구요?
　-그 사람도 한센병 환자이지요... 하지만 그건 진실이 아닙니
다. 저 아이가 누구의 자식인지는 아는 사람이 아무도 없어요!…
　-불쌍한 아이네요! 저 소녀 아이는 심지어 셔츠도 입지 않았
네!
　왕자님을 뵈러 떠나기 전에, 그 늙은 야쿠트족 사람은 가족에
게 명령하기를, 이곳을 찾아온 사람들에게 음식을 내주라고 했
다. 모두가 그 방문자들에게 선물을 던졌고. 그 집 여인들은 수
건, 셔츠, 신발, 보온용 옷을 던져 주었다.
　-그 셔츠를 입어요, 한 번 입어 봐요!
　그들은 거의 새것 같은 셔츠를 보고 기쁨에 잠겨 있지만, 어
떻게 해야 할지 몰랐던 비테르카이를 향해 소리쳤다.
　아직 몇 살도 안 된 꼬맹이 아이도 불 가까이로 기어 와, 조
각-장난감을 그 어린 소녀에게 던져 주었다.

-잘했어, 무룬! 저 아이도 뭔가 선물을 주고 싶어하네... 아이야, 어서 집어 봐. 그것은 젖소모양의 동물 인형이야.

비테르카이는 탐욕스럽게 그것들을 얼른 집어서는 자신의 등 뒤로 숨겼다.

그녀 눈은 빛났고, 그녀는 기쁘고 행복한 모습이다.

그 왕자님이 오셨을 때는, 안카 일행은 배 불리 먹고, 불 뒤에 바로 그 자리에 앉아 쉬면서, 하나둘씩 찾아드는 호기심 수많은 사람과 즐겁게 이야기를 나누고 있었다.

안카는 왕자를 뵙자, 지난날들이 즉시 떠올랐고, 다시 그녀 자신을 기다리는 고통도 떠올랐다. 그녀가 왕자님께 자신들이 함께 겪은 비참한 이야기를 하기 시작하자, 그녀 눈가에 진심 어린 눈물이 흐르기 시작했다.

-수많은 사람이 당신들이 끊임없이 그 사람들을 불안하게 하고, 그물들을, 양식을 훔쳐간다며 불만이 많습니다.

그 왕자는 엄하게 말했다.

-메르겐 이라는 여인이 그런 일을 벌였습니다!... 하지만 저희들은 그런 짓을 하지 않습니다!

안카가 한숨 쉬며 말했다.

-그 여자가 우리 재산마저 훔쳐 갔답니다...

-그럼 그 여자에게 말해 줘요. 우리가 그 여자를 들짐승 잡듯이 잡아들이겠다고 말입니다... 그녀는 도둑질뿐만 아니라... 이 세상에 자신의 병을 퍼뜨리고 다닙니다... 당신도 이곳으로 오지 마시오 그런 마음도 먹지 마시오! 자, 우리가 당신에게 보트 1 척과 그물 3개를 내어 주겠습니다...

-그러고 젖소도요... 표트루찬이 자기 재산으로 차지한, 제가 키우던 젖소들도 돌려주십시오

-나는 이미 그자에게... 젖소 한 마리를 돌려보내라고 명령해

두었습니다. 그자 말로는, 당신이 먹은 식량과, 그 짐승이 겨우
내 먹은 건초 값은 받아야 한다고 하더랍니다.

-맙소사... 풀 베는 일을 한 것은 저예요. 그자는 내 젖소들에
게서 짜낸 우유와 버터를 먹기만 했습니다... 양심도 없는 작자
이네요!

-그만하시오! 그자는 송아지도 한 마리 붙여, 그 젖소를 보내
줄 겁니다. 나는 그자에게 내 명령을 반복해 말해 놓겠습니다.
이제 당신은 떠나시오! 당신이 사람들 사이에서 너무 많이 헤매
지 않도록 호수를 가로질러 가도록 해 두겠습니다. 그러면 당신
은 다소 그 귀향길이 짧아질 겁니다!…

건장하지만 우울한 야쿠트족 사람 하나가 호숫가에서 보트를
타고 기다리고 있었다. 그 옆에는 두 사람이 탈 수 있는 조금
더 큰, 다른 배가 서 있었다.

그 안으로 안카는 선물로 받은 먹거리, 그물들, 의복을 먼저
실었다.

안카가 보트를 물 위로 밀고, 비테르카이와 함께 앉아, 노를
집어 들었다.

그 야쿠트족 사람은 그들이 탄 보트를 자신의 보트에 묶고,
앞으로 나아갔고, 그런 식으로 그 보트를 견인했다.

넘실대는 파도에도 여행자들은 부드럽게 나아갔다.

호숫가에 모여 있던 야쿠트족 사람들이 그들을 향해 위로와
연민의 말을 크게 외치며 작별 인사를 했다.

바람이 거의 완전히 잦아들었다.

그들은 태양으로 인해 금빛으로 빛나는 투명한 파도 위를 빠
르게 미끄러져 나아갔다.

그들 뒤로, "사람들이" 거주하고, 큰 나무들이 자라고, 부유
한 삶이 끓고, 사람들의 울부짖음과 한숨 말고도 다른 소리도

들리는 곳인 그 푸른 숲이 점점 희미해지고 점점 작아지고, 나중에는 그 숲이 사라졌다...

안카는 그 모든 것을 한 번 더 보려고 고개를 돌려 돌아보았다. 저 땅에서 퍼지고 있는 넓은 띠의 연기가 보였다. 그 둘이 좀 전에 앉았던 그 자리를 사람들이 불로 태우고 있었다!

말이 없던 야쿠트족 뱃사람은 그 두 사람을 자신들의 배에서 내려주고는, 갈 길을 알려 준 다음, 돌아갔다.

그 둘은 타이가 숲에서 밤을 보내고, 정오쯤 되어서야 집에 돌아왔다.

그 여행에서 예상치 못한 성공은 모두를 취하게 만들었다.

-먹거리, 의복, 보트, 그물들, 심지어 설탕, 차, 소금까지도... 안카! 당신은 특별한 복을 누리네요! -플루오가 기뻐했다. -오늘 저녁에도 나는 그물을 던져 놓겠습니다... 우리는 그 마귀 같은 여자가 우리를 보지 못하도록 조심스럽게 그 보트를 강으로 끌고 가야 해요... 왕자님이 우리 모두를 책망하고 있다고 말했지요!... 나는 그 사람들이 화만 내고는, 이제 우리를 돕지 않을 걸로 예상했는데요. 무고한 사람들에게 전염병을 퍼뜨리는 것은 어리석은 일이지요! 모두가 아프면 누가 우리를 도와주겠어요?... 그 여자는 멍청하지요... 정말, 그 여자가 도둑질을 그만두지 않는다면, 언젠가는 사람들이 그 여자를 죽일지도 몰라요... 어떻게 생각하세요, 그레고리오?

그레고리오는 불 위에 놓인 꽃병에서 차가 끓고 있는 것을 바라보며, 아무 생각도 하지 않았다. 하지만 그렇다고 고개를 끄덕였다.

다음날 그들은 이미 신선한 생선을 먹을 수 있었다.

강풍에 죽은 모기들의 두꺼운 층이 호숫가를 뒤덮었다.

또 이 바람에 수많은 흰 비늘 연어가 떼로 모여들었다.

그렇게 선물로 받은 그물들이 비록 낡고 손상됐지만, 물고기가 엄청 많아, 앞치마로도 그 물고기를 잡을 수 있을 정도였다.

메르겐은 뭔가를 의심했고, 심지어 새 보트가 있는 것을 발견했나 보다. 때때로 그녀는 물가로 다가와, 배 위에 서서, 태양으로부터 자신의 두 눈을 보호하기 위해 손바닥으로 해를 가린 채, 한센병 환자들이 사는 유르트를 오랫동안 바라보았다.

좁은 천으로 허벅지만 겨우 가린, 그녀의 우아한 구릿빛 몸은, 푸르고 잠잠한 호수들을 배경으로 선명한 대조를 이뤘다.

-저 까마귀가 우리를 감시하고, 엿보고 있네요... 당신이 눈을 감아도 헛일이야... 당신은 아무것도 보지 못할 거야... 나는 항상 말했지요: 남자는 남자고... 여자는 결코 남자와 대등해 질 수는 없지요!

플루오는 떠벌이듯 말했다.

그러나 그의 자신감은 오래가지 못했다. 며칠 뒤, 그는 화를 씩씩내며, 혼비백산해 돌아왔다.

-그녀가 모습을 보였어요!

그가 출입문 문지방에서 말했다.

-그녀가 그 그물들을 훔쳤나요?... 다시 한번 우리에겐 아무것도 없겠네요! - 모두가 일제히 외쳤다.

-나, 그렇게 멍청하진 않아요! 그물을 각각 다른 곳으로 옮겨 던져 놓았지요... 그런데 그 여자가 그중 하나를 훔쳐 갔어요!

-그럼 그 여자는 다른 그물도 찾아낼 겁니다... 아니, 이제 우리가 이걸 끝내야 해요!

그레고리오는 화가 났다. 안카의 성공과, 특히 젖소를 다시 받을 희망은 그레고리오에게 용기와 아내에 대한 사랑을 불어넣었다. 팔의 상처는 점점 작아지고, 그 상처가 회복되기를 바랐다.

-우리가 보트를 타고 나가, 그녀가 타고 다니는 보트를 가져 옵시다. -그는 잠시 뒤 말했다. - 그녀가 여름 내내 그 섬에 머물게 말입니다... 그녀는 배곯아 죽지는 않을 겁니다. 그녀는 많은 양의 먹거리를 모아 두었을 겁니다... 게다가, 그녀가 필요하다면, 우리가 그녀에게 그 먹거리를 보낼 수도 있을 것입니다.

-물론! 그녀를 조용하게 해 두면, 아무것도 우리에게 부족하지 않을 겁니다! 하나, 둘, 셋... 12개 그물을 갖게 될 것이고, 또 그 다리도요 ... 우리는 물고기도 많이 잡게 될거구요! -플루오가 말했다. - 하지만 내 말을 들어보세요, 그레고리오, 내 조언은 이렇습니다. 밤에 그녀가 자고 있을 때, 그녀를 공격해요. 내가 두려워서가 아니라, 상식을 두고 말합니다. 낮에는 그녀가 섬을 떠나 있을 수 있고, 그러면 우리는 그 보트를 찾을 수 없을 것입니다... 제 말이 맞지 않나요?

-예. 그게 내 의견이기도 합니다. 하지만 우리가 성공하지 못한다면?

-왜? 그녀가 반격할 것 같이 보이나요? 그럼 우리는... 그녀를 놔두면 됩니다! 우리는 그녀를 끌고 오는 것이 아니라, 그녀가 사용하는 보트를 가져오면 됩니다요... 우리가 가까이 다가갈 필요는 없습니다 ... 우리는 그 보트를 가져오면 되구요. 만일 우리가 성공하지 못하면, 우리는 그 보트를 놔두고 돌아오면 되지요 ... 그럼, 모든 것이 이전과 같아질 겁니다!

-모든 것이 이전과 같아지지요!

그레고리오는 같은 의견이었다.

그들은, 그 보트가 있는 장소를 모르고. 어둠 속에서는 함정에 빠질지도 몰라, 그런 두려움으로 인해, 달밤을 선택했다.

그들은 그늘 속을 달리며, 호수 한가운데를 은빛으로 물들이는 달빛을 피해 다녔다.

그들은 잠잠한 물결에 거의 닿지 않은 채 조심스럽게 호숫가의 은은한 안개 속을 미끄러지듯 나아갔다.

마침내 그들은 그 섬의 그 어둡고 긴 그림자가 그들 보트에 거의 닿는 장소까지 타고 가, 그곳에 도착했다.

그러나 그들이 잠시 숨은, 그늘진 곳과 그 섬의 그늘 사이에는 가느다란 빛의 띠가 있었다. 그들은 메르겐이 그곳에서 그들을 기다리지 않고 있음을 확신했지만, 그래도, 그들은 그 보트를 세게 밀어, 위험한 곳을 마치 화살처럼 재빨리 가로질러 뛰어올라, 그 보트 뒤에서 달리고 있는 은빛 파도가 사라지기 전에, 어둠 속으로 몸을 숨겼다.

-아무것도 못 들었어요?

-아무것도요! 이제 조심해요... 1베르스토에서부터 우린 물 위서 모기가 앵-앵-거리는 소리를 듣고 있어요!

그들은 거의 노를 들지 않은 채, 호숫가에서 앞으로 나아갔다.

낙엽송 나무들은, 마치 밤의 특별한 방문객들을 별들의 흔들리는 밝음 속에서 더 잘 보기를 원하는 것처럼, 잎이 무성한 꼭대기와 가지를 그들 쪽으로 구부렸다.

마침내 그 야쿠트족 사람들은 수풀 근처에서 작은 붉은 불을 발견했다.

-어쩌면 야생동물일 수도 있어요! - 플루오가 중얼거렸지만, 그레고리는 자신의 노로 더 높이 가리켰는데, 거기에는 거의 보이지 않는 회색 연기구름이 솟아올랐다가는, 밤의 푸른 공기 속으로 사라졌다.

더 아래로 내려가니, 나무들 사이로 텐트 윤곽이 보였다. 그들은 멈춰 서서 자신이 타고 온 배를 물 밖으로 반쯤 끌어내고, 생쥐처럼 부드럽게 해안을 수색하기 시작했다.

하지만, 그들은 그곳에서 메르겐의 보트를 찾지 못했다. 그러다가 주변이 조용함을 다시 한번 확인하고는, 힘을 내, 그들은 덤불 속으로 들어가 보았다. 그곳에도 그 보트는 없었다.

-아마 집에 있나 봅니다!

플루오가 작은 소리로 말했다.

그들은 텐트의 출입구 구멍을 통해 그 내부가 아주 잘 보일 정도로, 가까이 갔다. 불은 거의 꺼진 듯하고, 주거지 안에는 아무도 없었다.

그들은 호기심에 살금살금 기어 들어가 보았다.

-그녀는 보이지 않네요. 아마 그녀가 그 보트를 끌고 나가, 물건을 훔치는가 봅니다. 저 내부에 있는 옷가지며, 생선들이며, 꽃병들을 보세요... 저것들이 정 위치에 놓여 있네요. 말 같은 여인이네요!

플루오가 감동이 되어 외쳤다...

-그녀는 사악하고 끔찍해요!

메르겐이 사용하던 그 텐트의 축축한 이끼로 된 바닥을 만져 보면서 그레고리오가 답했다.

-오, 오! 그녀도 착한 사람이라면, 그때는 ... 당신은 들었어요?

그는 그렇게 중얼거리다가, 같이 온 사람의 손을 잡았다.

-내가 들었어요. 틀림없이 그녀는 이 근처 어딘가에 있을 겁니다... 이 바닥에서 아직은 온기를 느낄 수 있어요... 우리가 어서 자리를 피해요!

신중한 그레고리오를 제안했다.

-그래요, 좋아요! 더구나, 우리 둘에게 그녀가 뭘 할 수 있겠어요?... 나는 기꺼이 생선을 먹을 겁니다!

그가 그렇게 말을 더하고는, 연기 속에 매달린 나무 조각들에 손을 뻗어 보았다.

바로 그때, 밖에서 활 시위소리가 나더니, 화살이 그 어부 머리를 지나, 휘파람 소리를 내며 날아왔다.

그 두 사람 모두 즉시 땅에 몸을 엎드리고는, 덤불 속으로 기어가, 그곳에서 빠르게 자신의 보트로 달려갔다.

그 뒤에 누군가 연신 화살을 쏘고 있었다…

-빌어먹을! 그녀가 무기를 가지고 있단 걸 누가 알았겠어요! 틀림없이 그녀는 그걸 어딘가에서 훔쳤을 겁니다! 그녀가 기뻐하기는 일러요. 나도 활을 만들어야겠어요!

온 힘을 다해 노를 저으면서 플루오가 위협적으로 말했다.

해변에는 헐벗은 채, 달빛에 은은하게 빛나고, 손에 활을 겨누는 메르게이가 서 있었다.

-기뻐하기는 일러, 미친년 같으니라고. 왕자님은 네년을 들짐승처럼 잡아버리겠다고 약속하셨거든!

그 말에 답을 하는 대신에, 그녀는 그들에게 화살을 쏘았고, 그 화살이 보트 가장자리를 맞추었다. 보트의 크다란 판자 조각이 물로 떨어져 나갔다.

-당신들은 도망가네!… 에이, 남정네들, 손바닥에 올려 공중에 훅- 불면 날아갈 전사들인 주제에!…

-모두가 당신처럼 강도는 아니거든!

그레고리오가 소리쳤다… 그녀는 심하게 또 추악하게 웃었다.

며칠 뒤, 플루오 모습이 보이지 않았다.

그 사람 흔적조차 찾지 못한 채, 겁에 질린 야쿠트족 사람들은 어찌할 바를 몰랐다.

처음에 그레고리오는 그가 익사했다고 생각하여 호숫가 근처에서 시신과 보트를 찾아보려 해도, 아무것도 찾지 못했다. 강한 바람이 불었지만, 그 파도에도 그 불행한 남자를 호숫가로 보내지는 못했다.

한센병 환자들은 다시 한번 먹거리도 없고 고기잡이 도구도 없는 처지에 있게 되었다. 사람들이 보내겠다고 약속한 그 젖소는 그들에게 보내지지 않았다.

절망적인 안카는 다시 왕자님을 뵈러 갔다.

그녀는 올바른 길을 가고, 모험 없이 신속하게 그 왕자님을 뵈러 갔다.

그러나 이번에는 그녀는 매우 가혹한 대우를 받았다.

그 왕자는 소리를 지르며, 주먹을 꽉 쥐면서, 만약 그가 그녀에게 두려움 없이 다가와, 그녀를 만진다면, 그가 의심할 여지 없이 그녀를 때릴 태세였다.

그들은 아무것도 주지 않았고 심지어 먹거리도 주지 않았다.

손에 단검을 들고 말을 탄 야쿠트족 사람이 그녀를 자신 앞으로 몰아갔다!

그녀는 배고픔과 피로로 완전히 허약해진 채 몸을 떨었다.

그녀에게 유일한 위로는 송아지와 함께 있는 어미 소였다.

그 말에 탄 야쿠트 사람은 그 어미 소를 자신의 말꼬리에 연결해 왔다.

바구니 안에 묶인 송아지는 애처롭게 울부짖었다.

-이제야 우리가 저 소들을 갖게 되는구나...

안카는 마른 입술로 중얼거렸다.

돌아가는 길의 반쯤 갔을 때, 그녀는 더는 걸어갈 수 없고 넘어질 것 같은 느낌이 들었다.

그래서 그녀는 그 말 탄 야쿠트족 사람에게 저 젖소의 통통한 젖을 조금 짜, 먹게 해달라고, 또 그 새끼도 잠시 그 좁은 바구니에서 빼내 달라고 간곡히 부탁했다.

말탄 사람은 그 제안에 동의하고, 불을 피우고, 차를 끓였다.

그러면서 그는 가축에게 키스하며, 가축을 쓰다듬고 있는 그 여자를 비우호적으로 바라보았다.

-안타깝네요! 저 젖소도 당신처럼 썩게 될 거요!

그는 화가 난 채로 중얼거렸다.

X

Nur nun Biterĥaj eksciis, kiel agrable estas havi kunulon.

La malgranda "Bovĉjo" estis tiel ridinda, kiam li ne volis transpaŝi la altan sojlon de la jurto, li tiel mallerte etendis siajn malgraciajn piedojn, ke oni devis kontraŭvole ridi. Li havis plej diversajn kaj neatendatajn kapricojn. Iafoje li subite komencis turniĝi kaj rondiri ĉirkaŭ la knabino kaj tiri la ŝnuron, per kiu ŝi kondukis lin al la trinkejo. Tiam ankaŭ lia malgranda sinjorino devis turniĝi kiel turnludilo, kaj ŝiaj nigraj haroj suprenflugis, kvazaŭ korvoj. Same kiel antaŭe ili estis la solaj objektoj, kiuj povis suprenflugi de ŝi dum ŝia kurado, ĉar la ĉemizeton — la belan bluan ĉemizeton kun ruĝa kolumo —tuj post la reveno hejmen ŝi demetis kaj kaŝis "por la festoj".

Bovĉjo havis ankaŭ aliajn, eksterordinarajn kaj rimarkindajn kutimojn. Dum la ŝajne plej furioza kurado kaj petolado li iafoje haltis sen ia kaŭzo, larĝe disstarigis la kurbajn piedojn, levis la orelojn grandajn kiel ŝoveliloj kaj rigardis tute malplenan lokon per okuloj, larĝe malfermitaj de miro.

Sendube li ion vidis tie, sed Biterĥaj vane penis ekscii, kio tio estis. En tiaj okazoj ŝi genufleksis antaŭ la amiko, ĉirkaŭprenis per siaj maldikaj manetoj la moviĝeman, varman nukon kaj, kisante la malsekan buŝegon, diris:

—Malsaĝa Bovĉjo! Estas nenio, trankviliĝu. Ni iru en la jurton, ĉar Anka baldaŭ alpelos Patrinjon!

Ilia amikeco tiel grandiĝis, ke Biterĥaj metis al Bovĉjo en la trogon "por ĉiam" la belajn, skulptitajn ludilojn donacitajn al ŝi. Ŝi eĉ volis dormi kun li en lia angulo post la kameno, sed Anka ne konsentis.

—Mi ne permesas! Eĉ nokte vi ne lasos la bruton trankvila. Via ronkado timigus lin kaj li povus sufokiĝi per la ŝnuro aŭ rompi la piedon. La bruto ankaŭ devas havi liberan tempon.

Biterĥaj tre bone sciis, kio estas "libera tempo", ĉar ŝi preskaŭ neniam havis ĝin, precipe post la alveno de la bovino. Al la devo balai la ĉambron, porti akvon, kolekti vergaĵon, okzalon, herbojn, berojn, aliĝis la zorgado pri la bovino. Ĉiam la knabino devis scii, kie ŝi estas. Kiam ŝi ne vidis la bovinon de la plata tegmento de la jurto, ŝi iris en la arbetaĵon, sur la marĉojn, kie ankoraŭ multe da kuloj estis. La granda, varma korpo de la besto, longa, moviĝema vosto, brilaj kornoj, frapantaj hufoj, ruĝa lango, nigraj, elstarantaj okuloj, rapidaj senpaciencaj movoj, kiam ŝi pelis for la insektojn aŭ kuris en la jurton blekante kaj balancante la mamojn, — ĉio tio senĉese plenigis la infanon per timo, kiun eĉ la amo al Bovĉjo ne povis forigi. — "Ŝi ja estas lia patrinjo!" — trankviligis ŝi sin mem. Sed malgraŭ tio, kiam ŝi devis peli la erarintan bovinon hejmen, ŝi prenis grandan branĉon kaj, kaŝinte sin post la arboj, ŝi laŭte kriis:

—Hot! hot!

La bovino mire ŝin rigardis kaj iris malrapide al la jurto, alvokante per bleko la idon, pri kiu ŝi tute forgesis pro la dolĉaj herboj. Tiuj ĉi blekoj, la krakado de la rompataj arbetoj, brua hufofrapado de la besto, ĝia odoro kaj ronkado, kiam enkondukita en la jurton por la nokto ĝi malrapide maĉis la fojnon, agrable tiklis la aŭdadon de malbenitoj.

—Miaj okuloj ankoraŭ vidas vin. Mi ankoraŭ sentas vian odoron antaŭ mia morto ⋯ Sed Salban ne ĝisvivis, ne ĝisvivis!⋯ — plendis Kutujaĥsit.

Ilia vivo ekfluis pli rapide, novaj esperoj vizitis iliajn korojn, revenis la antaŭaj kutimoj. Gregorio falĉis la tutan tagon. Anka rastis kaj sekigis la fojnon. Cetere, kion ŝi ne faris? De la tago, kiam ŝi akiris la bovinon, la dezirego labori konsumis ŝin.

Kiel muso ŝi kolektis en la ĉirkaŭaĵo kaj portis en la jurton ĉion, kio taŭgis kiel manĝaĵo, kio havis nutran indon. Kratago, nigra ribo, okzalo, sovaĝa cepo, dolĉaj herboj, "lagaj manĝaĵoj", gelatenaj globoj de "akvaj beroj", — ĉion tion oni povas konservi kaj uzi, ĉar ĝi fluidiĝas en la acida lakto kaj plibonigas ĝian guston kaj nutran indon. La loĝantoj de la jurto tute ne suspektis, ke Anka ŝparas multe da lakto. Ili ja havis ĉiutage matene teon el herboj kun lakto, vespere supon el acida lakto kaj beroj, en la festoj kuiritan lakton sen aldonoj, iafoje eĉ buteron. Anka estis bona mastrino, ĉion ili havis kiel la "homoj". Negrandajn porciojn ili ricevis; tio estis komprenebla, ĉar eĉ bona bovino liveras ne multe da lakto.

—En la sekvonta jaro ni havos ree bovidon, kune tri brutojn. Dume Bovĉjo grandiĝos kaj povos veturigi fiŝojn kaj lignon. Kiom da tempo, kiom da fortoj nun pereas vane! — diris Gregorio.

—Eble ankaŭ ni ne restos solaj ⋯ — diris honteme la virino kaj metis la manon de la edzo sur sian ventron, kie jam tremis nova vivo. Nun ŝi ĉiam sidiĝis tiamaniere apud li, kiam ŝi rimarkis, ke li malĝojas, ke liaj okuloj rigardas senmove la fajron kaj ĉesas vidi.

—Ne malĝoju, ne pensu ⋯ Forgesu, ke vi estas malsana ⋯Ĉiu, kiu vivas, devas morti ⋯ Anstataŭe diru, ĉu vi faros ĝis morgaŭ novan barelon por la acida lakto, ĉar la unua jam estas plena.

—Jam plena? — miris la edzo.

—Jes! — respondis ŝi fiere. — Ho, se vi rebonigus ankaŭ la baron ⋯ Mergenj ne venas plu ⋯ eble ŝi ĉesos nin turmenti, eble ŝia konscienco vekiĝis pro

Fluo?⋯

—Ĉu vi opinias, ke ŝi pereigis la fiŝkaptiston?

—Sendube ⋯ Alie la vento alpelus almenaŭ la boaton.

—Mi vidis ŝin hieraŭ, — diris Gregorio.

Maltrankvilo aperis sur la vizaĝo de Anka; por kaŝi ĝin ŝi depuŝis la tukon de la kapo.

—Kie? — demandis ŝi post momento.

—Ĝi veturis meze de la lago, al la oriento.

—Vi vidas, ke ŝi vizitas nun aliajn lokojn. Provu morgaŭ rebonigi la baron ⋯ mi helpos vin!⋯

Gregorio, instigita de la edzino, ekinteresiĝis pri la mastrumaj laboroj kaj zorgoj. Akrigante la falĉilon, li iafoje gaje kantis.

Li rebonigis la baron kaj metis la fiŝkaptilan korbon.

Sed li turnis ĝin al alia flanko, ĉar la aŭtuno jam proksimiĝis, la akvoj malvarmiĝis, la fiŝoj revenis en la profundaĵojn el la malprofundaj lokoj, plenaj de nutraĵo. Ree sur longaj bastonoj, sur la tegmento de la jurto ili sekiĝis distranĉitajn fiŝojn.

Neniu malhelpis ilin. Kontraŭe, unu tagon ili trovis ĉe la bordo la propran boaton kaj en ĝi la remilon kaj tri retojn sur la fundo. En la beko de la boato estis metita malgranda, ligna kruco.

La okazo tre ekscitis ĉiujn kaj timigis Ankan. Ŝi nevolonte parolis pri ĝi. Foje, kiam ŝi forestis, Kutujaĥsit scivole demandis Gregorion:

—Kion vi dirus, se ŝi ⋯ revenus?

—Ne, ŝi ne revenos. Ŝi estas riĉa ⋯ havas ĉion.

—Sed Fluo, Fluo?⋯ Kiu povus supozi, ke li ne dronis?⋯

—Eble li dronis, kaj ŝi nur trovis la boaton kaj retojn.

—En ĉiu okazo estu singarda, Gregorio! — ĝemis la maljunulino.

Ree la ombro de tiu virino ekpendis super ilia vivo kiel nigra nubo. Anka ne lasis plu la edzon al la rivereto, ŝi mem kun Biterĥaj iris al la baro.

Unu tagon ŝi revenis kun multepeza korbo, plena de fiŝoj, kiam ŝi rimarkis apud ilia propra boato alian, fremdan.

Ŝi ne amis la surprizojn, ŝia koro ekbatis pli rapide.

En la jurto Fluo sidis ĉe la tablo kaj senĝene babilis kun Kutujaĥsit.

—Vi vivas, Fluo? Kaj ni jam enterigis vin! — ekkriis Anka kun sincera ĝojo.

—Mi vivas, Anka, mi vivas, danke al Dio! Kaj mi venis viziti vin.

—Kiel vi fartas? Kie vi kaŝas vin? Kial vi nin forlasis? Kial vi ne venadis al ni?⋯ Kiom da timo kaj maltrinkvilo vi kaŭzis al ni!⋯

—Mi ne havis tempon. — balbutis la konfuzita fiŝkaptisto.

—Mi devis fliki la retojn, kapti fiŝojn ⋯

—Vi lasis nin ⋯ sen radio de espero ⋯ sen peceto
⋯

Fluo gratis la mentonon kaj deturnis la vizaĝon de
ŝia rigardo.

—Ĉu vi estas kontenta?

—Ĉe vi pli bone estas! — respondis li evite kaj
montris la malfermitan pordon, post kiu sur la
herbejo la falĉilo de Gregorio sonis.

—Kuru, Biterĥaj ⋯ voku la mastron! Diru, ke Fluo
venis ⋯

—Reviviĝinta?

—Jes, reviviĝinta! Kuru!

La knabino apenaŭ havis tempon palpebrumi al
Bovĉjo kaj rapidis sur la herbejon kiel birdo.

—Kiamaniere tio okazis, rakontu! — demandis gaje
Gregorio, kiam post la unuaj salutoj ili sidiĝis ĉe la
tablo por trinki teon, kiun Anka kuiris por honori
Fluon.

—Okazis! — respondis nevolonte la reviviĝinto,
rigardante avide la lakton metitan sur la tablon. —
Vi havas bovinon?⋯ Ĉu ŝi liveras multe da lakto?⋯
Eble pli bone estas, ke mi malaperis. Kiu povas scii,
ĉu oni estus doninta ion al vi ⋯

—Mergenj scias, ke ni havas bovinon? — demandis
Anka.

—Mergenj?⋯ Jes, ŝi scias ⋯ ni vidis de la bordo.
Nun ŝi kuŝas trapikita ⋯ Antaŭ unu semajno ŝi
revenis kaj tuj kuŝiĝis. Ŝi perdas multe da sango ⋯

—Trapikita?··· — ripetis ĉiuj.

—Verŝajne ŝi mortos. Kaj antaŭ kelke da tagoj mi jam ekesperis, ke ŝi resaniĝos!···

—Diru Fluo, kiu resendis al ni la boaton kaj retojn? Ĉu vi? — demandis Gregorio.

—Kial vi supozas, ke mi? Kompreneble, mi faris ĝin per miaj manoj, sed ŝi diris: "Fluo, ĉu ni bezonas du boatojn kaj tiom da retoj? Ili ja posedas nenion! Redonu al ili!"

—Pli bone estus, se ŝi ne resendus ··· se ŝi tute nin forgesus! — kolere interrompis lin Anka.

—Ŝi mortos, ŝi mortos! Dio pardonu al ŝi ĉiujn kulpojn! —diris plende Fluo. — Donu la falĉilon, Gregorio, mi provos, ĉu mi ne forgesis ···

Li restis ĉe ili ĝis la vespero. Li atente rigardis la bovinon kaj donis kelkajn saĝajn konsilojn; li karesis Bovĉjon, kisis Biterĥajon kaj donacis al ŝi grasan fumaĵitan fiŝon. Anka verŝis al li iom da lakto en sitelon el betula ŝelo.

—Eble vi restos dum la nokto?··· Ventas, leviĝos altaj ondoj!··· — ili logis lin.

—Ne ··· mi ne povas ··· ne eble estas ··· Ŝi kuŝas sola, kiu donas al ŝi akvon? Ŝi ja ankaŭ estas viva kreitaĵo ··· Dio savu ŝin de la morto, kaj mi flegos ŝin; mi certigas, ke ŝi tiam resaniĝos ··· Bone estas ĉe vi, gaje, vi havas bruton ··· sed ne estas eble ··· Mi vin vizitas, ni restos najbaroj, sed ne estas ebl e!···

La bonulo prenis la sitelon kaj eklamis al la boato. Ĉiuj akompanis lin kaj staris sur la bordo, ĝis li eniris kaj forveturis al la nigra, malproksima insulo, sur kiu la arboj kliniĝis al la akvo.

10장. 돌아온 플루오와 메르겐

이제야 비테르카이는 동반자가 있음이 얼마나 좋은지 알게 되었다.

어린 "송아지" 가 정말 우스꽝스럽다. 송아지는 유르트의 높은 출입문 문턱을 넘으려 하지 않았다. 그 녀석은 그렇게 잘생기지도 않은 발을 서툴게 뻗자, 사람들이 내키지도 않게 웃지 않을 수 없었다. 그 녀석은 정말 다양하고 예상치 못한 변덕도 부렸다.

한번은 그 녀석이 갑자기 비테르카이 소녀 주위를 어슬렁거리더니, 돌기 시작하면서, 그녀가 지니고 있던, 녀석 자신을 물가로 끌고 갈 때 쓰던 고삐를 당기기 시작했다. 그러자, 그 녀석의 안주인 소녀도 팽이처럼 같이 돌아야만 했고, 그러자 소녀의 검정 머리가, 마치 까마귀처럼, 휘날렸다. 이전과 마찬가지로, 그녀가 달리는 동안, 그녀 몸에서, 벗어나듯이, 유일하게 휘날리는 물건은 그 머리카락뿐이다. 왜냐하면, 작은 셔츠 -빨간 칼라가 달린, 아름다운 파란색 작은 셔츠-를, 여행에서 돌아온 뒤로는 즉시 벗어 "축제용" 으로 남겨 두었기 때문이다.

그 어린 "송아지" 에게는 또 다른, 특별하고 놀라운 습관이 있었다. 그 녀석은 가장 맹렬하게 내달리고 장난치다가도, 가끔 이유 없이 멈춰 서, 구부린 네 발을 크게 뻗어 보고는, 귀를 삽 만큼 크게 치켜들고, 녀석 자신의 놀란 두 눈을 엄청 크게 뜨고, 텅 빈 곳을 바라보기도 했다. 의심할 바 없이 그 녀석은 그곳에 무엇인가를 보았나 보다. 하지만, 비테르카이는 그게 무엇인지 알아내려 했지만, 헛수고였다. 그 경우에는 그녀가 그 친구 같은 녀석 앞에 자신의 무릎을 꿇고, 가녀린 두 손으로 여전히 가만 히 있지 못하고 움직이는 따뜻한 목덜미를 감싸고는 그 녀석의 젖은 큰 입에 키스하며 이렇게 말했다.

　－멍청한 송아지야! 별거 아니야, 진정해, 어서 유르트 안으로 들어가자. 안카가 곧 네 어미를 몰고 오실 거야!

　그 둘의 우정은 그만큼 크게 자라, 비테르카이는 자신이 선물 로 받은 예쁜 조각상-장난감들을 "늘" 그 송아지가 먹는 여물통 에 함께 넣어 두었다. 그녀는 벽난로 뒤 구석에서 그 송아지와 같이 자고 싶었지만, 안카가 그렇게 하는 것을 내버려 두지 않 았다.

　－그러면 안 되어요! 넌 밤에도 그 소를 평안히 놔두지 않을 거니까. 네가 코를 골면 저 소도 놀랄 거야. 저 고삐에 질식당할 수도 있고, 발을 부러뜨릴 수도 있거든. 저 짐승도 자유시간이 있어야지.

　비테르카이는 "자유시간"이 무엇인지 아주 잘 알고 있었다. 왜냐하면, 그녀는 그 젖소를 데리고 온 뒤로는 특히, 전혀 그 자 유시간을 누린 적이 없었다. 평소 하던 방 청소, 물길어 오기, 나뭇가지 모으기, 승아(시금치)[15]나 열매 따오기 같은 일에, 젖

------

15) 역주: 학명은 Rumex Acetosa. 마디풀과에 속한 여러해살이풀. 높 이 30~80센티미터로, 잎은 어긋나고 넓은 피침형(披針形)이며 여름 에 담홍색의 꽃이 핀다. 들이나 길가에 나며, 어린잎과 줄기는 먹고 뿌리는 민간에서 약재로 쓴다. 북반구의 온대 지방에 널리 분포한다. 중국에서도 산모(酸模)라 한다. 다년초로서 키는 60~80cm로 자라며

소 돌보는 일이 추가되어 너무 바빴다.

늘 소녀는, 그 젖소가 어디 있는지, 알고 있어야 했다.

그녀가 유르트의 평평한 지붕에서 그 젖소를 보지 못하면, 그녀는 숲으로, 또 여전히 모기가 들끓는 늪으로 그 젖소를 찾아다녀야 했다.

그 짐승의 크고 따뜻한 몸, 길고도 자유로이 움직이는 꼬리, 반짝이는 뿔, 눈에 확 띄는 발굽, 붉은 혀, 검고 튀어나온 두 눈 하며, 그 젖소가 벌레를 쫓아내거나 유르트 안으로 음-메 하며 소리 지르고 젖을 흔들며 올 때의 재빠르고 성급한 움직임 하며, - 이 모든 것이 끊임없이 그 아이를 두려움으로 가득 채웠다.

소녀는 그런 두려움 속에서도 자신의 송아지에 대한 사랑을 멀리할 수는 없었다.

-저 젖소는 내 송아지의 어미이니까!

그러면서 그녀는 스스로를 안심시켰다. 그래도, 그녀는 그 길을 잃은 어미 소를 그렇게 집으로 내몰고 올 때는, 큰 나뭇가지 하나를 들고는, 여러 그루의 나무 뒤에 자신이 숨고서, 큰소리로 외쳤다:

-홋! 홋!16) 어미 소야, 이제 집으로 가자!

젖소는 그렇게 자신을 향해 소리 지르는 그 소녀를 바라보고는, 음-메 하며, 맛난 풀을 뜯느라 지금까지 잊고 있던 자기 새끼를 부르면서 천천히 유르트 쪽으로 향해 걸어갔다.

그런 음-메 하는 울음소리, 뚝- 하며 부러지는 나뭇가지들이 내는 소리와 그 짐승이 시끄럽게 발굽을 땅에 부딪히는 소리, 그 짐승 냄새, 밤에 그 유르트 내부로 들어서서 천천히 말린 여

줄기의 속이 비어있다. 잎은 두텁고 타원형으로 잎자루가 길다.(시금치 잎과 비슷하다. 6~7월에 긴 줄기가 나와서 작고 붉은색 꽃이 핀다. 갈색의 씨가 결실되는데 씨가 떨어져서 자연 발아할 정도로 튼튼하고 재배가 쉽다.)

16) 역주: 소를 모는 소리

물을 씹어먹으면서 내는 소리는 그곳의 저주받은 사람들 귀를 즐거이 간지럽혔다.

-내 눈은 아직은 당신을 볼 수 있네요. 내가 죽기 전에는 아직도 당신 향기를 맡을 수 있네요... 하지만 살반은 끝까지 살아남지 못했어요, 살아남지 못했으니!...

쿠투야크시트가 하소연했다.

그들 삶은 더 빨리 흘러갔다.

새 희망이 그들 마음에 자리하기 시작했고, 옛 습관이 되살아났다.

그레고리오는 온종일 풀을 베어 놓았다.

안카는 그 풀을 갈퀴로 긁어모아 말렸다.

그것 말고 그녀가 안 한 일은 무엇이었을까?

그녀는 그 젖소를 얻은 날부터 일에 대한 열망으로 엄청 바삐 지냈다.

그녀는, 생쥐처럼, 젖소에게 먹일 만한 것이면 뭐든 주변에서 긁어모아, 유르트 안으로 가져 왔다.

산사나무, 검은 까치밥 열매, 승아(시금치), 들에서 자라는 파, 달콤한 풀, "호수 음식", "물에서 나는 베리" 들의 젤라틴의 공 모양의 풀(모자반) -등 이 모든 것을 사람들은 저장해 사용할 수 있다, 왜냐하면, 그것은 신(酸) 우유에 풀어놓으면, 그 맛을 더 내고, 영양가를 더 높일 수 있다.

유르트에 사는 사람들은, 안카가 엄청 많이 우유를 절약해 보관하고 있다는 사실을 전혀 몰랐다.

그들은 정말 매일 아침 우유와 함께 풀에서 따온 차를 마시고, 저녁에는 신 우유에 열매를 넣어 만든 수프를 마셨고, 축제 때는 다른 첨가물 없이 끓인 우유를 마실 수 있었고, 버터도 먹을 수 있었다,

안카는 좋은 주부였다. 그들은 이제 모든 것을 "사람들" 이

누릴 수 있는 것이라면, 뭐든 가지고 있었다. 양은 많지 않았어도 그들은 조금씩은 먹을 수 있었다. 그게 당연했다.

왜냐하면, 아무리 좋은 젖소라도 충분히 많은 우유를 생산하지 않으니.

-다음 해에는 우리가 다시 송아지 한 마리를 더 가질 수 있으니, 가축이 모두 셋이 될 겁니다. 그렇지만 지금의 송아지가 덩치가 커지면, 물고기나 장작을 운반해 올 수 있을 겁니다. 얼마나 많은 시간을, 얼마나 많은 힘을 우리가 헛되이 써버렸는가!

그레고리오가 말했다.

-어쩌면 우리도 나중에는 외롭지 않을 겁니다...

안카는 수줍게 말하며, 이미 새 생명이 꿈틀거리는 자신의 배 위에 자기 남편 손을 얹어 보았다. 이제 그녀는, 그 남편 옆에 그런 식으로 앉아 있었기에, 그이가 슬픔에 잠긴 것을, 그이의 두 눈이 꼼짝도 없이, 저 불만 바라보고, 다른 것을 보지 않는 것을 알아차렸다,

-그리 슬퍼하지 말고. 아프다는 생각도 하지 마요... 아프다는 그 생각은 잊어버려요... 산 사람은 누구나 죽으니까요... 대신에요, 내일까지 신 우유를 담을 통 하나를 더 만들어 줄 수 있겠어요? 첫 번째 통은 이미 가득 찼어요. 이런 이야기를 나눠요, 우리.

-이미 가득 찼나요?

그 남편이 놀랐다.

-그렇다구요! -그녀는 자랑스럽게 대답했다. - 아, 당신이 그 다리 좀 수리해 주면... 메르겐은 다시는 오지 않으니... 어쩌면 그녀는 우리를 더는 괴롭히지 않을 거예요. 어쩌면 그녀 양심이 플루오 때문에 깨어났을 수도 있어요...

-그녀가 그 어부를 죽음에 빠뜨렸다고 생각해요?

-의심할 필요가 없지요... 그렇지 않으면, 바람에 적어도 그 보

트가 밀려갔을 거예요.

-내가 어제 그녀를 봤는데요.

그레고리오가 말했다.

깜짝 놀란 모습이 안카 얼굴에 나타났다. 그 모습을 보이지 않으려고 그녀는 자신의 머리에 쓴 수건을 밀쳐 놓았다.

-어디서 그녀를 봤어요?

그녀가 잠시 뒤, 물었다.

-호수 한가운데서 동쪽으로 보트로 이동하고 있더군요.

-그녀가 지금 다른 장소들을 찾아다니는 걸 보았겠군요. 내일 그 다리 수선해 주세요... 내가 도와줄게요!...

아내 격려를 받은 그레고리오는 집안일과 걱정거리에 관심을 두게 되었다.

낫을 버리면서, 그는 어떤 때는 가끔 신나게 노래 부르기도 했다.

그는 그 다리를 수선하고, 낚시 바구니를 놓았다.

하지만 그는 그것을 이번에는 반대편으로 돌렸다.

왜냐하면, 가을이 다가오고, 물이 차가워지니, 물고기들이 얕은 곳에서 자신들의 양식이 풍성한 깊은 곳으로 돌아가기 때문이다.

유르트 지붕의 장대 위에 그들은 잡은 생선을 잘라 다시 말렸다. 아무도 그들이 하는 일을 방해하지 않았다.

그런데, 어느 날, 그들은 호숫가에서 자신들이 소유했던 보트를 발견했는데, 그 보트 안에는 노 1개 있었고, 보트 바닥에는 그물 3개가 놓여 있었다. 또 뱃머리에는 작은 나무 십자가가 놓여 있었다.

그 사건은 모두를 크게 흥분시켰지만, 또한 안카를 겁먹게 했다. 그녀는 마지 못해 그 일을 이야기했다.

한번은 그녀가 없을 때, 쿠투야크시트가 궁금해서 그레고리오에게 물었다.

-만일 그 여자가... 돌아오면, 뭐라 말할 거요?

-아니, 그녀는 돌아오지 않을 거요. 그녀는 부자이고...모든 것을 갖추고 있으니까요.

-그런데 플루오, 플루오는요?... 그가 물에 빠져 죽지 않았고, 살아있을지도 모른다는 걸 누가 짐작이나 하겠어요?...

-필시 그는 익사했고, 그녀가 그 보트와 그 그물만 찾았겠지요.

-아무튼 조심해요, 그레고리오!

그 노파를 한숨 쉬었다.

다시 한번 그 여자 그림자가, 마치 검은 구름처럼, 그들 삶 저 위로 뒤덮기 시작했다.

안카는 남편을 그 샛강에 이제부터는 혼자 남겨 두지 않고, 그녀 자신도, 비테르카이와 함께, 그 다리로 가 보았다.

하루는, 그녀가 물고기가 가득 담긴, 매우 무거운 바구니를 들고 돌아왔다.

그때 그녀는 그들의 재산인 보트 옆에 다른 낯선 보트가 한 척 있음을 발견했다.

그녀는 그런 놀라워하는 것을 썩 좋아하지 않지만, 심장은 더 빨리 뛰기 시작했다.

유르트 안에서 지금까지 모습을 감춘 플루오가 탁자에 앉아, 쿠투야크시트와 편하게 이야기를 나누고 있었다.

-플루오, 당신은 살아있었네요? 우린 이미 당신을 죽은 줄로 알고 묻었는데요!

진심 어린 기쁨으로 안카가 말했다.

-안카, 나는 살아있어요, 살아 있다구요. 하나님 덕분에요! 나

는 당신을 만나러 왔지요.

-어떻게 지내세요? 어디에 그동안 있었나요? 왜 우리를 떠났나요? 왜 우리에게 한동안 오지 않았어요?... 우리가 얼마나 당신을 걱정하며 두려웠는지요!...

-시간이 없어요. - 그 말에 당황해하는 그 어부 플루오가 말을 더듬었다. - 내가 그물을 기워야 했고, 물고기를 잡아야 하거든요...

-당신은 우리를 떠났어요... 한 줄기 희망도 남겨두지 않고서... 한 조각도 없이...

플루오가 턱을 한 번 긁고는, 그녀 시선에서 얼굴을 돌렸다.

-당신은 지금 만족하나요?

-당신도 여기 함께 있으니, 더 좋네요!

그는 회피하듯이 그렇게 답하고, 열린 출입문을 가리켰다.

그 출입문 뒤, 풀밭에서 그레고리오가 낫질하는 소리가 들려왔다.

-뛰어 가서, 베테르카이... 주인을 좀 불러 줘! 플루오가 왔다고 알려 줘…

-살아 돌아왔다고 할까요?

-그래, 살아 돌아왔다고 해! 어서 갔다 와!

그 소녀는 자신의 어린 송아지에게 눈짓할 시간도 거의 없이, 새처럼 초원으로 달려갔다.

-어떻게 된 일인지 말해보세요!

서로 인사를 나눈 뒤, 그레고리오는, 안카가 플루오가 살아 돌아온 것을 영예롭게 하려고 요리해 내놓은 차를 마시기 위해 테이블에 앉자, 유쾌하게 물었다.

-그런 일이 벌어졌지요. -그 살아 돌아온 이가, 탁자 위에 놓인 우유를 탐욕스럽게 바라보면서, 내키지 않게 대답했다. - 당신은 젖소 한 마리가 있네요?... 저 암소가 우유를 충분히 생산

해 주나요?... 내가 사라진 게 더 나을지도 모르겠네요. 사람들이 당신에게 뭔가를 주었을지, 누가 알겠어요?...

-메르겐이 우리에게 젖소가 있다는 것을 알고 있나요?

안카가 물었다.

-메르겐이요?... 예, 그녀는 알고 있지요... 우리는 저 호숫가에서 보았지요. 이제 그녀는 몸에 상처를 입은 채 누워 있어요... 일주일 전에 그녀가 돌아왔는데, 곧장 자리에 누웠어요. 그녀는 피를 많이도 흘렸어요...

-몸에 상처를 입었다고요?...

모두가 그 말을 반복했다.

-아마 그녀는 죽을 것 같아요. 그리고 며칠 전부터 나는 그녀가 회복되기를 희망도 했어요!

-플루오, 우리에게 그 보트와 그물들을 돌려준 사람이 누구인지 말해 주세요. 당신인가요?

그레고리오가 물었다.

-왜 내가 그럴 거라고 당신은 생각해요? 물론 내 손으로 직접 했지만, 그녀가 이 말을 하더군요. "플루오, 우리에게 보트 2척과 저 그물들이 많이 필요합니까? 저 사람들은 아무것도 가진 게 없다구요! 이제 저 사람들에게 돌려줍시다!" 라고요

-그녀가 돌려주지 않았다면, 더 좋았을 걸요... 만일 그녀가 우리를 완전 잊어 버렸다면!

안카가 화를 내며, 그가 하는 말을 중단시켰다.

-그녀는 곧 죽을 겁니다, 그녀는 곧 죽을 겁니다! 하나님께서 그녀의 모든 잘못을 용서해 주셨으면! -플루오가 애처롭게 말했다. - 그 낫 좀 줘요, 그레고리오, 내가 낫질을 아직 잊지 않았는지 한번 시험해 보게요...

플루오는 저녁까지 그들과 함께 머물렀다.

그는 그 유르트 안의 젖소를 자세히 관찰하고, 몇 가지 현명

한 조언을 해주었다.

　그는 그 유르트의 송아지도 쓰다듬고는, 비테르카이에게 키스하고는, 그 소녀에게 토실토실한 훈제 물고기를 선물했다.

　안카는 자작나무 껍질로 만든 물동이 안으로 우유를 조금 부었다.

　-오늘 밤은 여기서 묵을 수도 있나요?... 바람도 불고, 파도가 높아지니까요!...

　그들이 그에게 자고 가라고 요청했다.

　-아뇨...아뇨... 불가합니다... 메르겐 혼자 누워 있는데, 누가 그녀에게 물을 주겠어요? 그녀도 또한 살아있는 피조물입니다... 하나님이 그녀를 죽음에서 구해 주셨으면 해요. 그러고 내가 그녀를 돌볼 겁니다. 나는 그녀가 회복할 때가 오리라고 확신합니다... 당신들과 함께 있으니, 좋아요. 유쾌하기도 하구요, 당신들에겐 가축이 하나 있으니까요... 하지만 여기 머물 수는 없습니다....머물기란 가능치 않아요... 내가 또 방문할게요. 우리는 이웃으로 남을 겁니다. 하지만 여기 머무는 것은 불가합니다!...

　그 선한 사람은 양동이를 받아들고는, 그 보트 쪽으로 다리를 저으며, 걸어갔다.

　모두가 그를 따라나서, 호숫가에 섰고, 마침내 그가 보트에 올라, 나무들이 물에 몸을 굽히고 있는, 저 검고도 먼 섬으로 떠나는 것을 보고 있었다.

XI

Alflugis la ventoj de la okcidento, renkontis la ventojn de la oriento, nuboj saltis sur nubojn, en la ĉielo ekbolis kiel en poto, kaj kiam la norda vento blovis ĉien sian malvarman spiron, densa, seninterrompa, senfina pluvo komenciĝis. Pro ĝia siblanta bruo, pro ĝia sopira plaŭdo, miksita kun la plorego de la ondiĝintaj lagoj, la malkovrita, plata kaj malseka tero ŝajnis ankoraŭ pli malgaja. Sub la pluva vualo la ĉirkaŭaĵo fariĝis griza, malpura makulo ··· La malalte flugantaj nuboj malklarigis ĝiajn konturojn, estingis la brilon kaj la kolorojn, la ventoj skuis ĝin kiel forĵetitan ĉifonon, la pluvo faris en la tero abomenajn, malpurajn fendojn.

—Feliĉe estas, ke ni ĝustatempe kolektis la fojno n!··· — diris Gregorio.

—Bedaŭrinde vi ne ŝutis teron sur la tegmenton. Vere, mi ne scias, kien ni nin kaŝos! — riproĉis lin Anka.

—Kien ni nin kaŝos? Sub la benkoj, ĉe la tablo ne gutas ankoraŭ ···

—Atendu iom, ĉie gutos! Mi timas, ke la pluvo penetros en la provizejon, al la fumaĵitaj fiŝoj! La

"atendado" ne estis longa, ne ekzistis plu seka loko
en la jurto. La malvarma akvo ne faras la homojn
afablaj ⋯ Tamen ili ne malpacis. Anka gardis la
ĝeneralan pacon per sia bonkara gajeco. Iafoje
Gregorio, kies ostoj ree komencis dolori dum la
pluva vetera, ekriproĉis ŝin:

—La virinoj ĉiam, ĉiam ⋯

—Ho jes, malsaĝaj estas la virinoj! — konsentis
Anka — ili amas vin, laboras por vi, vartas viajn
infanojn; pli bone estus, se ĉiuj similus Mergenjon.

—Kial Mergenjon? — murmuris la konfuzita viro.

Se la riproĉoj kaj la kolero ne ĉesis, Anka prenis
lian manon kaj kondukis lin al la fajro:

—Silentu karulo! Konfesu, ke viaj ostoj kaj
membroj ree doloras kaj turmentas vin ⋯ Sidiĝu tie
ĉi ĉe la fajrujo kaj varmigu vin!⋯

—Ĉie gutas.

—Gutu! Ni ja ne dronos. Bona Dio sendos al ni
sekajn tagojn, tiam ni ŝutos teron sur la tegmenton.

Ĉiufoje, kiam la pluvo ĉesis por momento aŭ la
vento malfortiĝis, Anka, malbone vestita, en disŝiritaj
ŝuoj, tuj kuris sur la herbejon por fojno, al la baro,
al la lago por ŝanĝi la retojn.

Ŝi ne permesis preni la provizojn, kolektitajn por
la vintro, ŝi eĉ pligrandigis ilin.

—Benita estu la mano, kiu sendis ŝin por
malgrandigi niajn dolorojn! — laŭte preĝis
Kutujaĥsit, senĉese tremanta de la malvarmo.

Sed tio ne daŭris longe. Foje vespere la pordo subite malfermiĝis kaj Fluo kovrita de koto aperis en la jurto. Post li eniris Mergenj, maldikiĝinta, kun okuloj brilantaj kiel du torĉoj.

—La pluvo detruis, tute detruis la tegmenton de nia tendo. Ne eble estas resti tie ⋯ Same kiel sub libera ĉielo!⋯ Brrr! Kia malvarmo. Ĉe vi estas varme, seke ⋯

—Mi ĉiam diras, ke plej bone estas loĝi kune! — certigis Fluo, demetante la vestojn antaŭ la fajro.

Mergenj iris en la angulon kaj ĵetis la ligaĵon kun sia havo sur la antaŭan lokon.

Ili akceptis ŝin; ĉu eble estis rifuzi? Ili tute ne intencis venĝi al ŝi ŝiajn atakojn. La domo apartenas al tiuj, kiuj bezonas varmon kaj rifuĝejon. Cetere ili ne povus kontraŭstari. Mergenj ekscitita, helpata de Fluo, kuraĝus ĉion fari. Sed kune kun ŝi malĝojo eniris en la jurton. Ŝi nenion faris; kiel ordinare, ŝi parolis malmulte; la tutan tagon ŝi sidis ĉe la fajrujo kaj malŝpare bruligis vergaĵon, kiun Biterĥaj portis sur siaj maldikaj ŝultroj. La altkreska figuro de Mergenj, la severaj trajtoj de ŝia vizaĝo, la akraj brilaj okuloj silentigis ĉiun paroladon; ili parolis libere nur malantaŭ la pordo, kiam Mergenj ĉeestis, Fluo ne ŝercis. Anka tremis ĉiam, kiam la rigardo de la krimulino trafis ŝian vizaĝon aŭ fingrojn. La dolĉa bonkoreco, kiu antaŭ nelonge beligis la vizaĝon de la feliĉa mastrino, velkis kaj malaperis; ĝi ne konsolis plu la malfeliĉulojn dum la plej doloraj momentoj. Ŝiaj antaŭzorgaj intencoj renkontis ĉiam diversajn neforigeblajn malhelpojn. Kutujaĥsit ofte ne havis akvon por siaj vundoj, ĉar Mergenj bezonis la vazon; la vestoj ne estis ĝustatempe rebonigitaj, ĉar Anka povis kudri nur ĉe la fajro, ŝi do devis atendi, ĝis Mergenj foriros de la kameno. Ĉiu pli laŭta parolado, vekinta Mergenjon, kaŭzis riveron da malbenoj kaj insultoj. Biterĥaj ne sciis, kiam ŝi devis balai la ĉambron, ĉar Mergenj ekstreme koleris pro la polvo. Insultita, batita kaj timigita, la knabineto ne kuraĝis iafore iri al sia kuŝejo. Malgraŭ la malpermeso de Anka, ŝi tiam ekdormis, apogante la vizaĝeton al la dorso de Bovĉjo.

Dume Mergenj, en la varma jurto kaj ĉirkaŭita de oportunaĵoj, rapide resaniĝis.

Post unu semajno ŝi ordonis, ke oni montru al ŝi ŝiajn riĉaĵojn, kiujn Fluo dum du tagoj transportis de la insulo. Ŝi havis grandajn provizojn da fiŝa oleo kaj da sekigitaj fiŝoj, fine vestojn, vazojn, armilojn, — ĉion tion ŝi ŝtelis en la loĝejoj de fiŝkaptistoj, kiuj forlasis la hejmon dum la kaptado. Ŝi rigardis ĉion fiere kiel batalisto.

—Kial vi malligis sen mia permeso la sekigitajn fi ŝojn? —demandis ŝi severe.

—Ili jam komencis putri ⋯ Oni devis manĝi ilin!

— rapide respondis Anka.

—Ili putru, ili ne estas viaj! Estu kontentaj, ke mi redonis al vi la retojn ⋯

—La retoj estis niaj! — balbutis Gregorio.

—Viaj?⋯ Ĉu vi havus ilin, se mi ne volus?⋯ Vi ja venis preni ilin, Gregorio, ĉu vi memoras?

—Diablino! — murmuris Gregorio. — Kiam mi sidas ĉe ŝi, mia korpo tuj komencas tremi ⋯ La vundoj pli doloras min de la tempo, kiam ŝi venis ⋯

—Pardonu ŝin! Ŝi jam komencis resaniĝi, kiam oni trapikis ŝian hepaton per fero ⋯ Atendu, la somero venos, ni foriros! — petis Fluo.

—Ĝis la somero! — diris Anka ĝemante.

Ankaŭ Fluo ĝemis, balancis la kapon, ridetis plende kaj konfesante sian kulpon anstataŭis Gregorion, kie estis eble kaj laboris laŭ siaj fortoj. Iom post iom Mergenj plene ekestris en la jurto.

—Hodiaŭ vi devas fliki ĉiujn retojn kaj morgaŭ vi transportos ilin en la alian lagon. Tie estas pli multe da fiŝoj! — ordonis ŝi.

Eĉ la kolektadon de fojno ŝi administris kaj ne permesis starigi amasegon.

—Ĝi putros ⋯ ĝi estas malseka!

Anka ploris la tutan vesperon, malpacis kun Gregorio, sed la fojno restis sur la herbejo.

Dume venis la bela, flavruĝe-ora aŭtuno. La arbetoj de la sovaĝaj rozoj, framboj kaj nigraj riboj fariĝis en la nokta malvarmo ruĝaj kiel fajro; la delikataj oraj betuletoj tremis de plej facila venteto kaj deĵetis siajn travideblajn foliojn; la ĉielo fariĝis arĝentkolora; la malvarmiĝantaj lagoj paliĝis. La malpure-verdaj muskoj kovris la flaviĝintajn herbojn kaj kolorigis la senfoliajn arbetaĵojn kaj arbarojn. La noktoj pligrandiĝis kaj plilongiĝis la vesperoj.

Se oni ne parolis pri mastrumaj aferoj, profunda silento regis vespere en la jurto. Anka kudris malgrandajn ĉemizetojn kaj vindaĵojn. Mergenj sidis kurbiĝinta antaŭ la fajrujo kaj varmigis jen la dorson, jen la genuojn.

—Kial ili silentas? Kial ili eĉ ne rigardas min? — demandis ŝi foje Fluon.

—Karulino mia! Tie ĉi eĉ mi ne povas paroli kun vi, kiel antaŭe sur la insulo ⋯ ĉirkaŭe aŭskultas homoj ⋯ La koro ne amas orelojn!⋯

—Ili ne amas min. Tute prave, mi ankaŭ ne povas ilin ami⋯ Ili estas indiferentaj por mi. Pli malgaje estas tie ĉi ol en la dezerto.

—Kompatu ilin ⋯ Dum unu momento kompatu ilin, aŭ aliajn, kaj tuj la koro trankviliĝos.

—Mi ne povas! — diris ŝi kaj deturnis la sekajn, bruligantajn okulojn. — Se vi ne havus homojn, Fluo, vi amus trabon ⋯ Por kio vi taŭgas? — aldonis ŝi post momento.

—Somere ni ree transveturos sur la insulon! — murmuretis la Jakuto.

—Somere! Kiu scias, kio okazos ĝis tiu tempo!

Eble viaj piedoj defalos ···

La aŭtuno forkuris per grandaj paŝoj. La migrantaj birdoj jam transflugis; la malgrandaj kotujoj, kaŝitaj en la herboj, glaciiĝinte dum la nokto, ne degelis plu tage. Sed tagmeze la suno ankoraŭ varmigis kiel fajro kaj ĝia nekomparebla brilo forpelis la noktajn nebulojn kaj oris la lagojn.

Ĉiutage dum kelke da horoj ili antaŭzorge rebonigis la jurton, la solan rifuĝejon dum la vintraj frostoj. La sterko, kiun liveris la bovino, tre bone taŭgis kiel ekstera stukaĵo de la domo. Sed Mergenj komencis kaprici.

—Ĝi estas superflua. La sterko sekiĝos kaj somere la suno ekbruligos ĝin. Vi ŝtopu la fendojn per musko kaj metu dikan tavolon da argilo, — jen ĉio, kion oni bezonas. La bovinon mi tute forpelus el la jurto; ĝi havas nek defluejon, nek truojn por elĵetado de la sterko ··· Ĉiama malsekeco kaj malbonodoro!··· Ili konstruu apartan stalon! Ĉu la homoj devas sufokiĝi pro la bruto?

Anka, aŭdinte tiujn ĉi herezojn, tre indignis, sed post pripenso ŝi konsentis.

—Ĉion ŝi atakas!··· Bone, ni konstruos stalon.

Fluo, kiu timis, ke la virinoj batos unu la alian, miris pro la trankvilo de Anka.

—Ni konstruos! kompreneble, ni konstruos ··· Tuj morgaŭ mi komencos kun Gregorio haki stangojn kaj trabojn ··· Gregorio, al kiu Anka komunikis siajn intencojn, flame eklaboris. Dum kelke da tagoj ili starigis la stangojn kaj metis la tabulojn. Anka kaj Biterĥaj ŝmiris la murojn per argilo kaj surĵetis teron ĝis la tegmento.

La eta jurto havis kamenon, du fenestretojn, plankon parte kovritan per tabuloj, parte per argilo. Ĝi estis tiel malgranda, ke la bovino preskaŭ tute ĝin plenigis. Nur inter la kameno kaj trogo estis malgranda spaco, kie oni povis starigi kuŝejon por du homoj. Mergenj ĉion rimarkis, sed ŝi silentis. Ankaŭ ŝi havis planojn por la tempo, kiam Anka kuŝos graveda en la stalo. Sur la tegmenton de la jurto kaj sur la nordan muron ili ĵetis fojnon, provizon, kiun ili bezonis por la brutoj. Baldaŭ ili solene enkondukis Bovĉjon kaj lian patrinon en la novan loĝejon, kaj en la sekvinta tago Gregorio kaj Anka transportis en la stalon siajn litaĵojn.

En la komenco ili pasigis tie nur la noktojn; poste ili pli kaj pli frue kuris en sian dometon; pli kaj pli longe brulis en ĝia kameno gaja fajreto. Biterĥaj sidis tie senĉese; ŝi eĉ dormus tie, se ne mankus libera loko. Sed la jurto intence pro la varmo estis konstruita tiel malgranda, ke restis nur mallarĝa, malalta trairo inter la muro kaj la flanko de la bruto. Sed tio detenis nek Biterĥajon, nek Fluon, kiu vizitis la najbarojn "de tempo al tempo". Por regali la gastojn, la geedzoj kuiris teon el arbaraj herboj. Mergenj tutajn longajn vesperojn pasigis sola en la jurto kaj nur la ĝemoj de Kutujaĥsit rompis la tomban silenton de la forlasita domo.

Sed de ekstere ridoj kaj gaja babilado flugis. Tiam Mergenj komencis longan, malĝojan kaj sovaĝan kanton, per kiu ŝi kvazaŭ volus silentigi la najbarojn; pli ofte ŝi iris eksteren, aŭskultis avide la paroladojn, fine vokis Biterĥajon kaj Fluon, pretekstante, ke estas jam malfrue, ke jam venis tempo dormi.

—Morgaŭ vi ree leviĝos por la laboro tagmeze. Su fiĉe jam vi babilis!

—Ho; ŝi bone scias voki aliajn al la laboro! — murmuretis Anka, premiĝante al Gregorio.

—Ŝi faru, kion ŝi volas! Bone estas, ke ni loĝiĝis ĉi tie, la ostoj tuj ĉesis dolori min.

—Tie mi ne povis trankvile dormi. Ĉiufoje, kiam la inferanino moviĝis, mi tuj vekiĝis, ŝajnis al mi, ke ŝi venas kun tranĉilo.

—Dormu! Tien ĉi ŝi ne venos.

—Sed kio okazos poste?

—Poste?··· Oni mortigos ŝin, ĉar ŝi ne ĉesos ŝteli, kaj ni restos kun ŝiaj riĉaĵoj.

Mergenj ekstreme ekscitita pli kaj pli ofte riproĉis Fluon.

—Vi forlasas min!··· Vi ne zorgas pri mi!··· Eble vi amindumas ŝin, ĉi tiun timigilon?

—Kion vi diras? Sed vi ne estas porolema Mergenj

⋯ Ĉu eble estas forgesi tiel bonegan virinon kiel vi?

Ŝi aŭskultis liajn laŭdojn, sed ŝi ne allasis lin al si. Li fariĝis por ŝi abomena. De la malvarmo kaj laboro liaj vundoj grandiĝis kaj malbonodoris.

—Jen kia vi estas, Mergenj: nek por vi mem, nek por la homoj!

Sed ŝi konis iun, por kiu ŝi estus bona kaj cedema.

—Silentu kaj iru for!

Ĉiuj tagoj similis unu la alian: la sama izoleco, krakado de la fajro en la kameno, ĝemoj de Kutujaĥsit, kaj ekstere bruado de voĉoj. Iu rakontas fabelojn kaj kantas, lerte imitante voĉojn de homoj, herooj, mirindaj ĉevaloj, potencaj malamikoj kaj ⋯ dioj.

Ŝajnis al ŝi, ke ŝi rekonas la voĉon de Gregorio. Li malofte rakontis fabelojn. Ŝi tre volonte aŭskultis lin.

Ŝi eliris antaŭ la sojlon. Nebulo rampis sur la tero, kaj alte sur la ĉielo aroj da steloj briletis. Jes, efektive li ŝanĝis la voĉon kaj komencis novan rakonton ⋯ Ne, tio ne estis rakonto, tio estis ama kanto!

"Ho koro! kial vi devigas mian moviĝeman buŝon paroli? Kial vi aŭskultas tiel avide?

"Se miaj vortoj povus penetri tra la aero kaj resti en via memoro, ho, mi kantus, mi kantus senĉese, seninterrompe …

"Kial mia koro malfortiĝis? Kial miaj akraj okuloj ne vidas plu? Kial malklariĝis miaj pensoj?

"Ho, jahaj! For la malĝojo … Ni gaje ridos, ni ĝojos, dum ni vivos … la vivo forkuras tiel rapide!…

"Ho, sonu mia kupra gorĝo, laŭte kantu … Ni amu, ĝis la maljuneco kaj malsano venkos nin, ĝis ni fariĝos plenmano da cindro.

"Ho, se la forto de mia kanto povus deteni la ventetojn, dispeli la nubojn, aŭ malvarmigi la sunon, ho! mi blovus, mi ĉiam blovus sur vin …"

Tion ĉi li ofte kantis al ŝi.

Mergenj vivege malfermis la pordon. Lumigitaj de la fajro ili sidis avide aŭskultante. Fluo kaj Biterĥaj apogis la vizaĝojn sur la manplatoj. Anka ne deturnis de la edzo la okulojn. Neniu rimarkis, ke iu rigardas en la jurton. Nur la bovino turnis la kornojn al Mergenj kaj ŝiaj okuloj ekbrilis.

—Fluo, tuj venu! — subite eksonis raŭka voĉo kaj tremigis la korojn de la ĉeestantoj.

—Kion vi volas?

—Venu! Sufiĉe de ĉi tio! Mi diras al vi, sufiĉas...

—Iru, iru. —Anka elpuŝis lin.[17]

—Kio okazis? — demandis Fluo, gratante la kapon, kiam li venis en la jurton kaj rigardis en la fajrajn

---

17) 역주: 번역문에 없던 것을 폴란드 원문에서 추가해 넣음.(Ombro)

okulojn de la virino.

—Dum la tuta tago mi ne aŭdas homan voĉon ⋯ Mi ne vidas homan vizaĝon ⋯ Ĉiam la krioj kaj ĝemoj de mortiĝanta Kutujaĥsit!⋯ Kaj vi tie festenas!⋯ Sufiĉe!⋯ Mi ne permesos!⋯ Vi dufoje trinkas teon ⋯ al la aliaj lakto kaj butero mankas ⋯

Sufiĉe! Kiam vi ne havos plu manĝajon, mi devos nutri vin per miaj provizoj ⋯ Ĉu vi ne uzas nun miajn retojn, boaton, vazojn? Ĉu vi ne helpis al ili kolekti la fojnon, konstrui la stalon ⋯ Kaj ĉu vi ne estas mia? diru!

—Via, kompreneble via!⋯ — li delikate ŝin certigis.

—Mi do estas prava. La bovino eble estas ilia, sed se ili ankaŭ aparte trinkas lakton, ili trompas nin. Ili pereigas nian vivon por konservi la sian ⋯ Kiam venos la malsato, antaŭ aliaj mortos tiuj, kiuj tro laboris kaj malmulte manĝis. Vi mortos, kaj mi ne volas, ke vi mortu. Mi preferas, ke ili mortu. Diru al ili, ke mi volas, ordonas, ke ili ree loĝu kun ni, ke alie mi elpelos la bovinon kaj bruligos la stalon ⋯ Ili nepre revenu!

—Ne, tion mi ne povas diri al ili. Ili ne obeos ⋯ Ili estas liberaj homoj!⋯

—Bone! Ne diru, mi tuj bruligos ilin!⋯

Ŝi kaptis brulaĵon.

—Mi diros, diros!⋯ Ho, virino! Mi morgaŭ diros, trankviliĝu!⋯ Sed Anka ne konsentos. La bovino estas ŝia proprajo ⋯ Antaŭe vi volis preni ŝian edzon, nun la bovinon ⋯ Mi pensis, ke vi jam fariĝis pli bona ⋯

Ŝi ekridis kaj forpuŝis lin.

En la jurton time eniris Biterĥaj.

—Vi estas malsaĝa. Ni vidos, kion diros morgaŭ via bela pupo.

Ŝi iris en la angulon kaj deĵetis la vestojn. Fluo senvestigis sin kaj meditis.

—Kion ŝi celas? Ne eble estas kompreni la virinon!⋯ Ili estas tute malsaĝaj. Morgaŭ sendube ili elŝiros harojn unu al la alia ⋯ Mi devas antaŭsciiĝi Gregorion. Jen mia konsilo: en la stalo dormu Anka kun Biterĥaj, kaj Gregorio ĉi tie ⋯ tiam

Anka kvazaŭ forestus ⋯ aŭ Mergenj dormu tie, tio estus plej bona. ⋯

La plano trankviligis lin. Laca de la laboro, li tuj profunde ekdormis.

Sed Mergenj ne povis dormi.

Ĉiuj esperoj kaj ĝojoj, vekitaj per la kanto, ekstaris antaŭ ŝi ⋯ Ĉio pereis post la apero de ĉi tiu virino kun pala vizaĝo!⋯ Aro da malfeliĉoj sekvis ŝin ⋯ Se ŝi ne alveturus, eble la manĝaĵo sufiĉus por la aliaj kaj tiu terura nokto ne venus ⋯ Nun ŝi, Mergenj, ne estus sola ⋯ Gregorio ne forlasus ŝin ⋯ ĉiuj ne malamus ŝin kiel sovaĝan beston.

Ŝia severa koro jam komencis moliĝi kaj ŝi pensis, ke revenos la tagoj, en kiuj ŝi ridetis kaj deziris feliĉon al la homoj ⋯

Nun ree nokto, malvarmo, malĝojo! kaj ĝi ne povas aliiĝi ⋯

Ŝi rememoris la vizaĝon de Gregorio: estis tiam varmega, purpura nokto, la steloj hele brilis super la rivereto, sed li forpuŝis, forpuŝis ŝin ⋯ Ŝi ektremis. ⋯ Kaj nun ⋯ ili tie dormas, ĉirkaŭprenante la kolon unu al la alia ⋯ La brutoj varmigas iliajn korpojn per sia spirado ⋯ Iliaj koroj batas trankvile ⋯ Kaj ie malproksime same trankvile en varma riĉa jurto dormas ĉe la flanko de alia virino la homo, kiu estis ŝia unua amato kaj kiu ĵetis ŝin tien ĉi ⋯ Malvarma tremo kuris sur ŝia dorso.

Ŝi elrampis el la lito kaj komencis blovi sur la fajron. Ekbruletis unu brulaĵo, la sola kiu restis en la kameno. Ŝi eliris por ligno, sed ŝi ne revenis.

En la griza brilo de la tagiĝo la eta stalo aperis antaŭ ŝiaj okuloj, kvazaŭ fantomo ⋯ Delikata fuma strio supreniris el la kamentubo.

Sovaĝa ĝojo ekbrilis en ŝiaj okuloj kaj ŝi revenis en la jurton. Ŝi atente aŭskultis kaj konvinkiĝinte, ke Fluo dormas, ke Kutujaĥsit ne ĝemas pli laŭte ol ordinare, ŝi kaptis la brulaĵon, elkuris kaj enŝovis ĝin en la fojnon, kiu kovris la nordan muron de la stalo. Poste ŝi rapide revenis, sed ne povis resti en la jurto. Ŝi ree elkuris ekscitita kaj forgesis fermi la pordon. La sangaj langoj de la fajro jam lekis la murojn kaj la tegmenton de la stalo. La matena venteto disblovis la flamojn. Mergenj rapide alrulis trabon kaj baris la pordon. Preskaŭ en la sama momento la brutoj ekblekis, pala vizaĝo kaj manoj aperis en la fenestreto, eksonis fortega frapado al la pordo kaj terura laŭta krio:

—Savu!··· Brulas!··· Malfermu!···

Fluo, Biterĥaj, eĉ Kutujaĥsit elkuris el la jurto. — Kie brulas? Kio brulas? — ripetis ili sensence, kvankam tute proksime de ili staris la flama amaso. En ĝia interno bruis akraj voĉoj de doloro kaj malespero, plendaj blekoj de la brutoj kaj la terura batalo pro la vivo. Fine Fluo rimarkis la baritan pordon, saltis al ĝi. Kvankam la flamoj, kvazaŭ serpentoj, volvis sin ĉirkaŭ liaj nudaj brakoj, li forpuŝis la trabon kaj malfermis la pordon. En la sama momento granda kapo de bovino aperis, sed la bruto ne povis jam eliri, falis kaj ĝia korpo ŝtopis la pordon. Fluo penis ŝin eltiri; li batis, ŝiris ŝin, sed la malfeliĉa besto ne povis leviĝi, ĝi nur tremis kaj blekis. Subite, kvazaŭ puŝita eksteren, la bovino ĵetis sin antaŭen kaj ŝia brusto ekbatis la kadron de la pordo. La duone forbrulinta muro ŝanceliĝis kaj ĝiaj traboj falis sur Fluon kaj la bovinon. Amaso da brulaĵoj kovris ilin. Nur la piedoj de la malfeliĉulo, liaj vunditaj piedoj restis liberaj.

Li penis leviĝi kaj liberiĝi el la terura kaptilo. Mergenj rapidis al li kaj, forgesinte pri la danĝero, komencis disĵeti la brulantan lignon.

Subite la vento ekblovis pli forte, el la interno de la domo elflugis nuboj de nigra fumo kaj sangaj fl amoj, kiel multpikila lango de grandega drako, ĉirkaŭis Mergenjon; samtempe la tuta konstruaĵo, jam kliniĝinta al ŝi, ŝanceliĝis kaj disfalis. La ĉefa trabo de la tegmento trafis ŝian bruston, renversis ŝin kaj premegis al la tero. Furioze ĝemegante ŝi tordiĝis en la brulanta lignaro. Fine ŝi silentiĝis.

La leviĝanta suno oris la grizajn fumojn de la brulo kaj la figurojn de Biterĥaj kaj Kutujaĥsit ŝtoniĝintajn de teruro.

11장. 메르겐의 방화사건

서쪽에서 불어오는 바람이 동쪽에서 불어오는 바람과 만나고, 구름이 다른 구름 위에 뛰어놀더니, 하늘이 솥처럼 끓기 시작했다. 또 북풍이 사방으로 불어, 자신의 차가운 숨결을 쏟아내니, 촘촘하게도, 쉴 틈이 없게, 끝없는 비가 내리기 시작했다.

후-두-둑-거리는 빗소리, 그 비의 그리운 물보라와 그 물결치는 호수들의 통곡 소리가 뒤섞여, 노출된 평평하고 젖은 땅은 더욱 우울해 보였다. 비의 장막 아래 주변은 회색의, 더러운 덩어리로 변해 버렸다... 낮게 드리운 구름은 그 덩어리 윤곽을 흐리게 하고, 빛과 색을 소멸시켰다. 또 바람은 그 덩어리를 버려진 헝겊처럼 흔들고, 비는 땅에 역겹고 더러운 균열을 만들었다.

-다행히도 우리는 제 시간에 건초를 모아 두었네요!...

그레고리오가 말했다.

-안타깝게도 당신은 지붕에 흙은 덮지 못했네요. 정말, 우리가 어디로 숨어야 할지 모르겠어요!

안카가 그이를 비난하듯 말했다.

-어디에 숨을까요? 벤치 밑, 탁자까지는 물이 아직 떨어지지 않네요...

-조금 기다려요. 여기저기서 물이 뚝뚝 떨어질 거예요! 이 비에 식료품 저장실과 훈제 생선이 젖을까 걱정이네요!

그 "기다림"은 길지 않았고, 유르트에는 더는 마른 곳이 없었다. 차가운 빗물로 인해 사람들은 다정한 마음도 만들어내진 못했다... 하지만 그래도 그들은 다투지는 않았으니.

안카가 자신의 선의의 명랑함으로 전반적 평화를 지켜 주었다. 가끔, 비가 오는 날에는, 그레고리오는 온몸의 뼈가 다시 쑤셔오자, 그녀에게 불평하기도 했다:

-여자들이란 늘, 늘...

-아, 맞아요, 여자들은 바보야! - 안카가 동의했다. -그 여자들이 당신을 사랑하지요, 당신을 위해 일하지요, 당신 자녀를 돌보지요. 모두가 메르겐을 좀 닮으면 더 좋았겠어요.

-왜 메르겐인가요?

당황한 그 남자가 중얼거렸다.

비난과 분노가 그치지 않자, 안카는 그이 손을 잡아, 불가로 데려갔다:

-여보, 그만 해요! 당신 뼈와 팔다리가 다시 쑤시고, 당신을 계속 괴롭힌다고 말해도 돼요... 여기, 불 가에 앉아, 몸을 따뜻하게 해요!...

-여기저기서 빗물이 뚝뚝 떨어지고 있어요.

-어디서나 빗방울이 떨어지게 돼요! 그래도 우리는 익사하지 않아요. 선하신 하나님은 우리에게 맑은 날을 보내주실 것이며, 그러면, 훗날 우리는 지붕을 흙으로 덮읍시다.

비가 잠시 멈추거나 바람이 약해질 때마다, 안카는 자신의 옷도 제대로 챙겨 입지도 않은 채, 찢어진 신발을 신고, 즉시 마른 풀을 걷으러 초원으로, 그 다리로 가서, 또, 그 그물을 교체해 두려고 호수로 달려갔다.

그녀는 겨울용으로 보관해놓은 식량을 쓰는 것을 허용하지 않고, 심지어 그 식량을 더 늘렸다.

　-우리 고통을 덜어주려는 저 여인을 우리에게 보낸 손길에 축복이 있기를!

　쿠투야크시트는, 추위에 끊임없이 떨면서도, 큰 소리로 기도했다. 하지만 그것은 오래 버티지 못했다.

　저녁때 갑자기 문이 열리더니, 유르트 안으로 진흙이 뒤범벅인 채로 플루오가 나타났다.

　그 뒤로, 두 개의 횃불처럼, 두 눈이 빛나는 메르겐이 수척한 모습으로 들어왔다.

　-이 비에 우리 텐트 지붕이 완전히 망가졌어요. 거기 머무는 건 불가능해졌어요... 마치 노천지대에서 하늘을 보는 것 같았어요!... 으-으-으- 추-워! 얼마나 추운지. 당신들이 지내는 이곳은 따뜻하고, 말라 있네요...

　-항상 같이 사는 것이 가장 좋다고 내가 언제나 말했지요!

　플루오가 불 앞에서 자신의 옷을 벗어 말리며 확신한 듯 말했다. 메르겐은 평소 쓰던 구석자리로 가, 자신이 재산과 함께 가져온 꾸러미를 자신의 앞으로 던졌다.

　그들은 그녀를 받아들였다. 거절할 수 있겠는가?

　그들은, 지금까지 그녀가 벌인 소행에 대해, 그녀에게 복수할 생각이 전혀 없었다.

　그 집은 따뜻함과 안식처가 필요한 사람들의 것이었으니. 게다가 그들은 그녀에게 맞설 수도 없었을 것이다. 플루오 도움을 받는 메르겐은 여전히 신경이 날카로워, 감히 뭐든 간섭할 수 있을 것이니.

　그러나, 그녀와 함께, 우울한 분위기도 그 유르트 안으로 들어왔다.

　그녀는 아무것도 하지 않았다. 평소대로 그녀는 말을 적게 했다. 온종일 그녀는 벽난로 옆에 앉아, 여린 몸의 비테르카이가 직접 어깨 위로 들고 날아온 장작이나 소비하며 태웠다.

큰 키의 메르겐, 그녀 얼굴의 특징적인 냉랭함, 날카롭게 빛나는 두 눈은 다른 모든 사람의 말을 조용하게 만들기에 충분했다. 그들은 메르겐이 있을 때는 출입문 뒤에서만 자유로이 대화했다.

플루오는, 평소와는 달리, 농담을 건네지도 않았다.

안카는, 범죄자 같은 메르겐의 눈길이 그녀 얼굴이나 손가락에 향할 때는, 언제나 자신의 몸을 떨었다.

얼마 전, 그 안주인의 행복한 얼굴을 아름답게 해준, 그 달콤했던 선한 마음은 이제 시들고 어디론가 사라져버렸다. 그 선한 마음도 가장 고통스러운 순간에는 불행한 사람들을 더는 위로해주지 못했다.

그녀의 예방적 의도도 항상 극복할 수 없는 다양한 장애물에 부딪혔다.

쿠투야크시트는, 메르겐이 그 꽃병 모양의 그릇이 늘 필요했기에, 종종 자신의 상처를 치료할 때 쓸 물을 그 꽃병 그릇에 담을 수도 없었다. 안카는 불 옆에서만 바느질할 수 있기에, 메르겐이 그 벽난로 곁에서 떠날 순간이 올 때까지, 기다려야만 했다.

메르겐이 깨어있을 때는, 모든 구성원의, 조금 더 큰 소리의 대화는 그녀의 저주와 욕설의 물결과 부딪쳤다.

메르겐은 먼지라도 생기게 하는 일에 극도로 예민해 화를 내었다.

비테르카이는 언제 방 청소를 해야 할지 몰랐다. 그 어린 소녀는, 메르겐 욕설에, 메르겐 때림에, 겁을 먹고는 평소 자신이 눕던 곳으로 가고 싶은 용기도 없었다.

그때는 그 어린 소녀는, 안카가 그렇게 하지 말라고 주의를 했음에도 불구하고, 어린 송아지 등에 자신의 작은 얼굴을 기대고 잠들었다.

그 사이에 메르겐은, 따뜻한 유르트 안에서 또 그곳의 편의시설에 둘러싸여, 건강을 빠르게 회복해 갔다.

일주일 뒤, 그녀는, 플루오가 이틀 동안 그 섬에서 가져온 그녀 재산을, 그녀 자신에게 보여 달라고 명령했다. 그녀는 상당한 양의 생선 기름, 상당한 양의 말린 생선, 심지어 의복, 꽃병, 무기까지도 보유하고 있었다. -이것들 모두가, 그 섬에서 고기잡이 나가, 집을 비운 어부들 집에서 그녀가 훔친 것이었다. 그녀는 모든 것을 전사가 노획한 물건처럼 자랑스럽게 여겼다.
-왜 내 허락 없이 그 건어물들을 풀었나요?
그녀는 엄하게 물었다.
-그게 벌써 썩기 시작했으니 … 지금 먹지 않으면 안 되었기에요!
안카가 서둘러 답했다.
-그것들이 썩게 놔두라고요. 그게 당신 것이 아니지요! 내가 당신에게 그물을 돌려준 것만으로 만족하세요...
-그 그물은 처음부터 우리 것이었어요!
그레고리오가 말을 더듬으며 말했다.
-당신네 것이라고요?... 내가 원하지 않았다면, 그것들을 당신네가 가지기나 했겠어요?... 그레고리오, 당신이 그것들을 가지러 왔거든요, 기억이나 하요?
-미친년 같으니라고! -그레고리오가 중얼거렸다. - 내가 그녀 곁에 앉아만 있어도, 바로 내 몸이 떨리네... 그녀가 온 시점부터 벌써 내 상처가 더 아파 오니...
-그녀를 용서해 주세요! 쇠에 그녀 배가 찔린 뒤로는 이제 겨우 회복되기 시작했어요... 참아요, 여름이 오면, 그때 우리는 떠날 예정입니다!... 플루오가 간청했다.
-여름까지라고요!

안카가 한숨을 쉬며 말했다.

플루오도 한숨을 내쉬고 고개도 내저으며, 애처롭게 미소 지으면서, 자신의 잘못을 인정하면서, 가능한 경우, 그레고리오가 하는 일을 대신해 주며, 힘껏 일했다.

메르겐은 점차 그 유르트를 완전히 지배하기 시작했다.

-오늘은 모든 그물을 기워놓아야 하고, 내일은 그 그물들을 다른 호수로 운반해야 해요. 물고기가 그곳에 더 많이 있으니까요!

그녀가 명령했다.

그녀는 건초를 모으는 일조차도 직접 관여하고, 거대한 더미로 쌓는 것을 허용하지 않았다.

-저 건초더미는 썩겠네요... 저것은 젖어 있네요!

안카는 저녁 내내 울면서, 그레고리오와 다투었다.

건초는 풀밭에 그대로 내버려 두었다.

그러는 사이, 아름답고 노랗고 붉은 황금빛 가을이 왔다.

들장미, 나무딸기와 검정 까치밥나무들이 차가운 밤에 불처럼 붉게 변했다. 가늘고 연약한 황금빛 자작나무는 가장 약한 바람에도 떨면서, 제각기 그 나무들에 달린 투명한 잎사귀를 떨어뜨렸다. 하늘은 은빛으로 변했다.

차가워진 호숫물은 창백해졌다. 색이 바래 가는 푸른 이끼가 누렇게 변해가는 풀밭을 덮고, 잎을 다 떨쳐버린 관목 덤불과 숲을 물들였다. 밤은 더욱 길어지고, 저녁 또한 길어졌다.

하루 있던 집안일에 대해 아무도 이야기하지 않으면, 유르트 안의 저녁은 깊은 침묵이 지배했다.

안카는 작은 셔츠와 붕대들을 꿰맸다.

메르겐은 벽난로 앞에 몸을 굽힌 채 앉아, 한번은 자신의 등을, 또 한 번은 자신의 무릎을 따뜻하게 했다.

－저 사람들은 왜 말이 없이 조용해 있나요? 왜 저 사람들은 나를 쳐다보지도 않나요?

그녀가 때때로 플루오에게 물었다.

－여보! 여기는, 지난번 섬에서처럼, 내가 당신과도 얘기할 수 없는 처지라서... 주변에 듣는 사람이 많아요... 사람의 마음은 귀를 좋아하지 않네요!...

－저 사람들은 나를 사랑하지 않네요. 온전히 맞아요. 나도 저 사람들을 사랑할 수 없어요... 저 사람들은 나에게는 무관심하거든요. 사막보다 이곳이 더 우울하네요.

－저 사람들을 불쌍히 여겨요... 잠시라도 저 사람들이나, 다른 사람들을 불쌍히 여겨요, 그러면, 즉시 당신 마음이 편안해질 거요.

－난 못해요! － 그녀는, 자신의 건조하고 불타는 눈을 돌리며, 말했다. － 플루오, 당신에게 사람들이 없다면, 당신은 저 나무 기둥도 사랑할 사람이네요... 당신은 뭐에 쓸모가 있는지?

그녀는 잠시 뒤, 그 말을 덧붙였다.

－여름에는 우리가 다시 그 섬에서 넘나들어 보지요!

야쿠트 사람인 플루오가 중얼거렸다.

－여름이라구요! 그때까지 무슨 일이 일어날지 누가 알겠어요! 당신 발가락이 떨어져 나갈지도 몰라요...

가을은 성큼성큼 달아났다.

철새들은 이미 날아 가 버렸다. 풀 속에 숨겨져 있던 작은 진흙 항아리는, 밤새 얼어붙고 낮이 되어도 다시 녹지 않았다.

그러나 정오에, 태양은 여전히 불처럼 뜨거웠고, 그 비교할 수 없는 밝기가 밤부터 안개를 몰아내고, 호수들을 황금빛으로 물들였다.

그들은, 매일 몇 시간씩, 겨울 추위를 이겨낼 유일한 피난처가 되는 자신의 유르트를 앞서서 수리했다. 젖소가 제공해주는 쇠똥은 집 외벽의 치장용 흙으로 매우 적합했다.

그러나 메르겐의 변덕은 또 시작되었다.

-그건 소용없다니까요. 쇠똥이 마르면, 또 여름이 되면, 햇볕에 불이 붙을 수도 있으니까요. 갈라진 틈을 이끼로 막고 두꺼운 점토로 층을 만들면 됩니다. 그것이면 필요한 것은 다 해결됩니다. 나는 이 젖소를 유르트 밖으로 완전히 내몰 수도 있구요. 이 유르트에는, 물이 빠지는 수로도 없고, 거름을 버릴만한 구덩이도 없으니... 연이은 습기와 악취에 시달려야 하니!... 저 사람들이 별도로 마구간을 지어야 해요! 사람들이 저 짐승 때문에 질식해 살 수가 있겠어요?

안카는, 이러한 극단적인 주장을 듣고, 매우 분개했지만, 깊이 고민한 끝에 동의했다.

-뭐든 일일이 그녀가 간섭하길 좋아하니!... 좋아요, 우리가 마구간을 지읍시다.

여자들이 서로 엉겨 붙고 싸움을 벌일까 걱정했던 플루오는 안카의 침착함에 놀랐다.

-우리가 지으면 됩니다! 물론 우리는 지을 겁니다... 내일 즉시, 그레고리오와 함께, 기둥과 들보에 쓸 나무를 잘라 오지요...

안카가 자기 의도를 전달하자, 그레고리오는 열심히 그 작업에 착수했다.

며칠 동안 그들은 목재로 기둥을 세우고, 그 위에 널빤지를 놓았다.

안카와 비테르카이는 사방 벽에 점토를 칠하고, 지붕에도 흙을 던져 올렸다.

그 새로 지은 작은 유르트에 벽난로 1개와, 작은 창문 2개, 부분적으로는 널빤지로, 또 부분적으로는 점토로 덮인 바닥이 놓여 있다. 그 공간이 너무 좁아, 젖소 한 마리가 거의 자리를 다 차지했다. 벽난로와 여물통 사이에만 두 사람이 누울 작은 공간이 있었다.

메르겐은 이 모든 것을 알아차렸지만, 그에 대해 아무 말이 없었다. 그녀는, 안카가 마구간에서 임신한 채 눕게 될 때, 그때를 위한 계획도 있었다. 그들은 유르트 지붕과 북쪽 벽에 가축들이 먹을 건초와 가축에게 필요로 하는 사료를 쌓아두었다. 곧 그들은 어미 소와 송아지를 새 거주지로 장중하게 입주시켰고, 다음 날엔 그레고리오와 안카가 자신들 침구를 마구간으로 옮겼다. 처음에 그들은 그곳에서 밤에만 주로 시간을 보냈다. 나중에는 그들은 점점 더 일찍 자신들의, 작은 새집으로 달려갔다. 그곳 벽난로에서는 즐거운 불이 점점 더 오랫동안 타올랐다.

비테르카이는 쉼 없이 계속 그 새집에 앉아 있었다. 빈자리가 부족하지 않으면, 그녀가 거기서 잠을 자기도 하였다.

그러나 새집인 그 유르트는, 추위를 대비하고, 보온을 위해 의도적으로 너무 작게 지어, 벽과 가축 옆구리 사이에 좁고 낮은 통로만 있었다.

그렇다 해도, 그게 "가끔" 이웃을 방문하는 비테르카이나 플루오를 막지는 못했다.

이곳을 찾는 손님을 대접하기 위해 그 부부는 숲에서 따온 야생꽃차도 준비했다.

메르겐은 유르트 안에서 긴 저녁 시간을 혼자 보냈고, 쿠투야크시트 신음만 그 버려진 집의 무덤 같은 침묵을 깨뜨렸다. 그러나 밖에서 웃음소리와 유쾌한 수다가 크게 들려왔다.

그때 메르겐은 슬프고 거친 노래를 길게 부르기 시작했는데, 그 노래로 그녀는 이웃을 잠잠하게 만들고 싶은 것 같다. 그녀는 더 자주 밖으로 나와, 그 사람들이 나누는 대화들을 열심히 엿듣고는, 마침내 이미 늦었다거나, 잠잘 시간이라는 핑계로 비테르카이와 플루오를 그들 대화에서 불러냈다.

-내일, 내일 정오에는 다시 일어나 일을 해야지요. 여러분은 충분히 이야기했네요!

-오호라. 그녀는 다른 사람들을 일 시키러 부르는 법을 잘도 아네요!

안카가 그레고리오를 살짝 건드리면서 중얼거렸다.

-그녀가 자기가 원하는 방식대로 하라지! 우리가 이쪽 새집으로 와, 살게 되어 정말 다행이네요. 이젠 이 뼈도 즉시 그 아픔을 멈춘 것 같네요.

-거기서는 내가 편히 잠을 잘 수 없었거든요. 그 지옥에서 온 여자가 움직일 때마다, 나는 바로 깨어났어요. 난 그녀가 칼을 들고 다가오는 것 같이 느껴졌거든요.

-이제 자요! 그녀는 여긴 오지 않을 거요.

-그런데 앞으로는 어떻게 될까요?

-앞으로요?... 사람들이 그녀를 죽일지도 몰라요. 왜냐하면, 그녀가 도둑질을 멈추지 않으니. 또 우리에겐 그녀 재산이 남겠지만요.

매우 신경이 날카롭고 흥분해 있는 메르겐은 플루오를 더 자주 욕했다.

-당신은 나를 떠날 거고요!... 당신이 내겐 관심도 없으니!... 어쩌면 당신은 그 여자와 놀아나고 있지요, 그 허깨비 같은 이와요?

-무슨 그런 말을 해요? 하지만, 당신, 메르겐, 당신은 평소에는 말이 적으니... 당신 같이 참한 여성을 어찌 잊겠어요?

그녀는 그이가 하는 칭찬을 들어도 그런 칭찬하는 그이를 인정하지 않았다. 그녀에게는 그이가 가증스럽다. 추위와 노동으로 인해 그이 상처는 점점 커지고, 역한 냄새마저 났다.

　-이게 바로 메르겐, 당신 모습이네요. 당신 자신을 위하지 않고, 다른 사람들도 위하지 않는 사람!

　하지만, 그녀는 그녀 자신이 친절하게 대하고 싶고 관대하게 대하고 싶은 사람이 누군지 알고 있었다.

　-그만하고, 저리 가요!

　모든 날은 서로 닮아 있었다. 똑같이 고립된 날이며, 똑같이 벽난로 불이 타-탁-거리며 타는 소리가 나는 날이며, 똑같이 쿠투야크시트의 앓는 소리가 들리는 날이며, 똑같이 바깥에서 사람들 소리가 들리는 날이며.

　누군가 밖에서 동화를 말하고 노래하였다. 사람, 영웅, 멋진 말(馬), 강력한 적... 또 신의 목소리를 능숙하게 모방해 그 동화 구연하는 사람은 말하고 있었다. 그녀에게는 그 동화 구연의 주인공이 그레고리오 목소리인 것 같다.

　그레고리오는 간혹 동화를 말해 왔다. 그녀는 지금까지 그이가 하는 말을 매우 기꺼이 들어 왔다.

　그녀는 출입문 문지방 앞으로 나가 보았다. 땅 위로 안개가 자욱하고, 하늘 저 높은 곳에는 별무리들이 반짝이고 있다.

　맞았다.

　실제로 동화 구연을 하는 이가 이번에는 목소리를 바꾸고, 또 다른 새 이야기를 꺼내, 그 이야기를 시작했다... 아니, 이번에는 동화가 아니라, 사랑에 대한 노래였다!

　-아, 이 마음이여! 왜, 당신으로 인해, 움직이는 내 입은 말하게 되나요? 왜 당신은 그렇게 내 말을 집중해 듣고 있나요?

-내 말이 허공을 뚫고, 당신 기억 속에 남을 수만 있다면, 아, 난 노래할 거요. 쉼 없이, 중단없이 노래할 거요…

-왜 내 마음이 약해졌나요? 왜 내 예리한 눈은 더는 볼 수 없는가요? 왜 내 생각이 흐려지나요?

-오호라! 슬픔이여, 떠나가 주오… 우리가 사는 동안에는 신나게 웃을 거고, 기쁨으로 살아 가리… 인생은 너무 빨리 흐르네!…

-아, 청동 같은 목구멍이여, 소리를 내어주게, 크게 노래해 봄세… 늙어 병들어 죽게 될 때까지 사랑하세, 우리가 한 줌의 재가 될 때까지 사랑하세.

-오, 내 노래가, 힘이 되어, 바람을 붙잡아 둘 수 있고, 구름을 몰아낼 수 있고, 태양을 식힐 수 있다면야, 외! 나는 당신을 향해 바람이 되어 다가가리. 당신을 향해 늘 바람처럼 다가갈 거요…

이 노래를 그는 그녀에게 여러 번 불러주었다.

갑자기 메르겐이 당당하게 그 출입문을 열어젖혔다.

불을 가운데 두고, 그들은 앉아 열심히 그레고리오가 하는 말에 귀 기울이고 있었다.

플루오와 비테르카이는 손바닥으로 얼굴을 받치고 있었다.

안카는 자기 남편에게서 눈을 떼지도 않았다.

그들이 있는 유르트 안을 누군가 들여다보고 있다는 것을 아무도 눈치채지 못했다.

방금 들어선 메르겐을 향해 젖소만 자신의 뿔을 돌렸고, 눈을 반짝였다.

-플루오, 즉시 나와요!

갑자기 메르겐의 쉰 듯한 목소리가 그렇게 집중해 듣고 있던 사람들 마음을 떨리게 만들어 놓았다.

-무슨 일인가요?

-이제 와요! 그만하면 충분해요! 내가 충분하다고 했어요…

-가 봐요! 가봐요!

안카가 플루오를 밀면서 말했다.

-무슨 일이요?

플루오가 자신의 머리를 긁으며, 자신이 평소 거주하던 유르트 안으로 들어와, 메르겐의 이글거리는 두 눈을 보며 물었다.

-온종일 내가 사람 목소리를 못 들었네요... 사람 얼굴도 못 보았네요... 항상 죽어가는 쿠투야크시트의 울부짖음과 앓는 소리만 들으니!... 그런데 당신은 그곳에서 잔치를 벌이고 있네요!... 그만할 때도 되었거든요! ... 난 더는 못 듣겠어요!... 당신은 차를 두 번이나 마시더군요... 다른 사람들에게 우유와 버터가 부족한데도요... 그 정도면 충분하거든요! 당신에게 먹거리가 이제 없게 되면, 나는 당신도 내 양식으로 먹여 살려야 하니... 당신은, 지금, 내 그물을 사용하지, 내 보트를 쓰지, 내가 가진 밥그릇들을 사용하지, 안 그래요? 당신은, 저 사람들을 위한 건초도 모아주고, 또 마구간 짓는 것도 도와주었지요, 안 그래요?... 그런데 당신은 내게 속하지 않나요? 도대체 어디 소속인지 어서 말해 봐요!

-물론 당신에게 속한 것이 맞지!...

그가 그녀에게 다정하게 확인해 주었다.

-내가 정당하게 말하는 거요. 저 젖소는 그들 것일 수도 있지만, 만일 저들이 따로 우유도 마신다면, 저들은 우리를 속이게 됩니다. 저들은 자기네 생명을 지키려고 우리 생명을 파괴하니

까요... 기근이 오면, 일 많이 하면서도 아주 적게 먹는 사람들이, 다른 사람들보다, 먼저 죽는다구요. 당신들은 죽을 것이고, 하지만 나는 플루오, 당신이 죽는 것을 원하지 않아요. 나는 저들이 죽는 것을 더 선호합니다. 내가 원한다고 저들에게 말해주세요. 저들이 우리와 함께 다시 거주하라고 내가 명령한다고요. 그렇지 않으면, 내가 저 젖소도 내쫓고, 마구간도 불 지를 거라고도 전해요... 저들은 반드시 돌아와야 할 거요!

-안 돼, 그 말을 내가 저 사람들에게 말할 수 없어요. 저 사람들은 내 말 듣지 않을 거요... 저 사람들에게도 자유로운 마음이 있다구요!...

-그럼, 좋아요! 그 말 하지 마요, 내가 곧장 불 질러버릴 테니!

그녀가 불타는 장작 하나를 집어 들었다.

-내가 말하지, 내가 말하면 돼!... 오, 여자여! 내일 내가 말할게요, 지금은 진정하오!... 하지만 안카는 동의하지 않을 거예요. 그 젖소는 그녀 재산이니... 이전엔 당신은 그녀 남편을 뺏으려 했고, 지금은 그녀 젖소도 뺏으려 하네요... 내 생각엔, 당신이, 이전보다, 더 좋아진 줄 알았는데...

그녀는 웃으며 그를 밀쳤다.

비테르카이가, 걱정이 되어, 유르트 안으로 들어왔다.

-넌 바보야. 내일 너의, 저 아름다운 인형이 무슨 말을 할지 보게 될 거야.

그녀는, 구석으로 가, 옷을 벗어 던졌다. 플루오도 자신의 옷을 벗고, 생각에 잠겼다.

-그녀가 원하는 게 뭘까? 정말 여자들은 이해하기 힘드네!... 여자들은 완전히 어리석네. 내일은 틀림없이 그 둘이 서로 머리카락을 잡아 뜯겠구나... 내가 그레고리오에게 이 상황을 미리 알려야겠다. 그러고, 나는 이렇게 계획을 세워야겠구나: 마구간에는 안카와 비테르카이가 자고, 그레고리오는 여기에 자고... 그

러면, 안카는 거의 없는 거나 마찬가지네... 아니면 메르겐을 저기서 자게 하는 것이, 그게 가장 좋겠구나. …

그렇게 마음을 먹으니, 그는 안심이 되었다. 일에 지친 그는 즉시 깊은 잠에 빠졌다.

그러나 메르겐은 잠을 이룰 수 없었다.

좀 전의 노래로 일깨워진 모든 희망과 기쁨이 메르겐 앞에 떠올랐다... 창백한 얼굴의 이 여자가 온 뒤로는 모든 것이 사라졌구나!... 수많은 불행이 이 여자를 따라 왔어... 만약 이 여자가 오지 않았다면, 아마도 양식도 다른 사람들에게 충분했을 거고, 저 끔찍한 밤도 오지 않았을 게다... 이 여자가 여길 오지 않았다면, 지금도 메르겐 자신은 혼자가 아니었을 게다... 그레고리오가 메르겐 자신을 떠나지도 않았을 거고... 모두가 메르겐 자신을 들짐승 대하듯 증오하지도 않았을 거다.

메르겐 자신의 거친 마음은 이미 부드러워지기 시작했다. 그녀가 이곳 사람들에게 웃음 주며 행복을 기원한 그런 나날이 다시 돌아올 거라는 생각이 들었다...

그런데 지금, 다시 밤이 되니, 춥다, 슬프다! 그리고 밤은, 그런 밤 말고는 달리 될 수도 없다...

메르겐은 그레고리오 얼굴이 다시 떠올랐다: 그때는 뜨거운 밤이었고, 보랏빛 밤이었고, 별들이 샛강에서 밝게 빛나던 밤이었다. 하지만 그이는 메르겐을 밀어냈고, 또 밀어냈다... 메르겐은 떨기 시작했다....

그리고 지금 … 저 둘은 저곳에서 서로 목을 껴안은 채 자고 있다 … 저곳의 짐승들이 자신의 호흡으로 저 둘의 몸을 따뜻하게 해 준다... 저 둘의 심장은 평화로이 뛰고 있다 …

그리고 저 멀리 어딘가에, 마찬가지로, 따뜻하고 부잣집 유르트 안에, 편하게도, 그녀 첫사랑이자 그녀를 여기로 내던진 그 남자가 다른 여자와 함께 자고 있겠지…

메르겐 등에 차가운 전율이 흘러내렸다.

메르겐은 침대에서 기어 나와, 벽난로 불을 더 세게 피우려고 입으로 불을 불기 시작했다.

벽난로에는 마지막으로 남은 장작 하나가 타고 있었다. 그녀는 땔감을 찾으러 나갔지만, 돌아오지 않았다.

희미한 여명 속에서 그 작은 마구간이, 마치 유령처럼, 그녀 눈앞에 나타났다... 굴뚝에서 은은한 연기가 피어오르고 있었다. 그녀 두 눈에는 야만의 즐거움이 반짝이더니, 자신의 유르트 안으로 돌아왔다. 그녀는 유심히 주변을 살피고는, 플루오가 아직 자고 있고, 쿠투야크시트가 평소보다 크게 신음하지 않는 걸 알자, 벽난로에서 타고 있던 장작 하나를 집어 들고는, 밖으로 달려 나와, 그 마구간 북쪽 벽을 덮고 있는 건초 더미에 그 장작을 들이밀었다.

그다음, 그녀는 재빨리 돌아왔지만, 그 유르트 안에 머물 수 없었다.

그녀는 다시 흥분된 상태로, 밖으로 뛰쳐나가면서, 그 유르트 출입문을 닫는 것을 잊어버렸다. 바깥 불길의, 피 묻은 혀가 이미 마구간의 사방 벽과 지붕을 핥고 있었다. 아침의 약한 바람이 그 불길을 더 넓혀 갔다. 메르겐은 재빨리 들보 하나를 굴려, 그 마구간 출입문을 막았다. 거의 동시에, 그 안의 가축들이 울기 시작했고, 창백한 얼굴과 손이 작은 창문에 보이고, 출입문을 매우 세게 두드리는 소리와 끔찍하게도 큰 소리가 들렸다:

-사람 살려, 여기 좀 와 주세요!...불이야, 불!... 출입문 좀 열어 줘요!...

플루오, 비테르카이, 심지어 쿠투야크시트까지 유르트에서 밖으로 뛰쳐나왔다.

-어디서 불이 났어? 뭐가 불타고 있어?

그들은 불덩어리가 그들에게서 매우 가까이 있음에도 불구하고, 정신없이 그 말만 반복해 말했다.

그 마구간의 유르트 내부에서는 고통과 절망의 날카로운 목소리가 울려 퍼졌고, 가축들의 울부짖는 소리와, 살려고 몸부림치는 처절한 싸움의 소리가 울려 퍼졌다.

마침내 플로오가 그 출입문 앞에 뭔가를 막아놓은 것을 발견하고, 그 출입문으로 뛰어갔다. 불길이 뱀처럼 그의 맨살의 팔을 휘감았지만, 그는 그 출입문 입구를 막았던 들보를 밀쳐내고 그 출입문을 열었다.

동시에 커다란 젖소가 자신의 머리가 보였으나 빠져나오지 못하고 쓰러지는 바람에, 이번에는 그 큰 덩치의 젖소가 그 출입문을 막아버렸다. 플루오가 그 젖소를 끌어내려고 했다. 그는 그 젖소를 때리기도 하고, 당겨도 보았지만, 그 불행한 동물은 일어날 수 없었고, 떨면서 울음만 울고 있었다.

갑자기 그 젖소가, 밖으로 밀쳐진 듯이, 앞으로 고꾸라지면서, 그 젖소 가슴이 그 출입문 틀과 부딪혔다. 그 바람에 반쯤 타버린 벽이 흔들리더니, 그 벽 위를 지탱하던 들보가 플루오와 그 젖소 위로 떨어졌다. 불더미가 그들을 덮었다.

그 불행한 사람 플루오의 발만, 상처 입은 발만 자유로웠다.

그래도, 그는 그 자리에서 일어나, 이 끔찍한 함정에서 벗어나려고 애썼다.

메르겐은 그에게 달려가, 위험한 상황임을 잊은 채, 불타고 있는 목재를 여기저기로 내던지기 시작했다.

갑자기 바람이 더 강해지기 시작했고, 그 집안에서는 검은 연기구름이 날아올랐고, 마치, 거대한 용 한 마리가 자신의 많은 침이 달린 혀로 하듯이, 피의 화염으로, 메르겐을 에워쌌다. 동시에 건물 전체가, 이미 그녀 쪽으로 기울어진 채, 흔들리고 무너졌다.

지붕의 주 기둥이 그녀 가슴을 쳤고, 그 바람에 그녀는 쓰러

져 땅바닥에 내동댕이쳐지게 되었다. 격렬하게 신음하면서, 그녀
는 그 불구덩이 속에서 몸부림쳤다.
　끝내 그녀는 잠잠해졌다.

　떠오르는 태양은 그 불타는 회색 연기를, 또, 공포에 질린 채
돌처럼 굳어버린 비테르카이와 쿠투야크시트 모습을 황금빛으로
물들였다.

XII

Kutujaĥsit tuj revenis en la jurton, kuŝiĝis kaj ne leviĝis plu. Ŝi mortis post kelkaj tagoj.

Biterĥaj restis sola, preskaŭ senkonscia de teruro. Ŝi havis nutraĵon en la provizejo, tre proksime, sed ŝi timis iri preter la mortintoj. Ŝi nutris sin per muskoj, beroj de sovaĝa rozo, radikoj, kiujn ŝi povis kolekti proksime de la jurto. Ŝi maldikiĝis, paliĝis, perdis la fortojn. La tempon liberan de la ĉasado kaj de la kolektado de la beroj, ŝi pasigis en la jurto, kvankam la malbonodoro de la putranta korpo de Kutujaĥsit venenigis la aeron.

Fine la sorto sendis al ŝi liberanton.
Foje vespere ŝi rimarkis lin, kiam ŝi revenis kun sitelo da akvo. Ĝi estis besto nigra kaj granda kiel la bovino. La knabineto ektremis de ĝojo. En la komenco ŝajnis al ŝi, ke ĝi efektive estas ilia bovino, ke nenio okazis, ke tuj Anka kaj Gregorio venos. Sed la gasto havis haroriĉan, triangulan buŝegon kaj grandajn ungegojn, posedis nek kornojn, nek voston. Rimarkinte ŝin, la besto haltis, sidiĝis

kaj komencis grati sin per la posta piedo post la orelo.

Biterĥaj tuj saltis en la jurton, rapide fermis la pordon kaj rigardis tra la fenestreto, kio okazos. La bruo timigis la beston, ĝi ekstaris sur la postaj piedoj kaj rigardis ĉirkaŭe. Estis silente, mallume, nur la lago, purpura de la vespera ĉielruĝo, bruis en la malproksimo; la gasto do trankviliĝis, aliris al la forbrulinta jurto, puŝis per la buŝego la nigriĝintan kapon de Mergenj kaj komencis disŝiri ŝian korpon.

La tutan nokton ĝi bruis kaj rulis la trabojn. Matene sur la loko, kie la mortintoj estis, kuŝis nur blankaj ostoj kaj sangaj restaĵoj, disĵetitaj inter la karboj. La urso dormis apude, enŝovinte la buŝegon inter la piedegojn.

Du tagojn ĝi festenis antaŭ la pordo de la jurto.

En la lasta nokto oni ĝin malhelpis, sed ĝi ne foriris.

Matene la knabineto ree ekvidis ĝin sur la sama loko. Ĝi dormis en la suno ··· Soifo kaj malsato ekstreme ŝin turmentis, sed ŝi ne kuraĝis eliri ··· Preskaŭ senviva ŝi sidiĝis en anguleto kaj sonĝis pri la verdaj arbaroj, pri la lando ĉe la grandega lago, kie feliĉaj homoj loĝas, kie libere kuras infanoj, kaj bovidoj ··· Murmuro en la fenestro vekis ŝin. Piedego armita per ungegoj kaj granda, hororiĉa buŝego preskaŭ samtempe enŝovis sin, sed la truo estis tro malgranda ··· La okuloj de l' urso kolere

ekbrilis, ĝi eliĝis ⋯ Sed ĝi ne cedis ⋯ Ĝi iris ĉirkaŭ
la jurto kaj piedfrapis sur la herboj. Fine ĝi saltis
mallerte sur la tegmenton, kiu ekkrakis sub ĝia pezo
⋯ Ĝi gratis, fosis la teron, dispuŝis la trabojn; post
momento ili disiĝis, falis internen, kaj en la hela
truo aperis kapo kun sangaj okuloj. La besto rigardis
en la jurton kaj malleviĝis internen. Ĝi haltis sur la
planko, skuis de si la polvon, etendis la nazon, ekfl
aris kaj iris rekte al la lito de Kutujaĥsit.

Sed subite ĝia rigardo renkontis la okulojn de
Biterĥaj, kiuj brilis kiel du rubenoj ⋯Ĝi stariĝis sur
la postaj piedoj, ekronkis kaj, stariginte la harojn,
furioze spiregante, ĝi iris terura al la knabineto ⋯
Ŝi ne moviĝis, ne kriis, eĉ ne ekĝemis, kiam ĝia
piedego ekpremegis ŝian maldikan korpeton al la
benko.

* * * * * ** * * * *

La neĝoj superŝutis la glaciiĝintajn lagojn,
maldensajn arbarojn kaj mizeran teron. De la
potenca frosto ĉio fariĝis malmola kiel kristalo.

Kiam la komunumo eksciis de la ĉasistoj, ke fumo
ne leviĝas plu el la jurto de la lepruloj, la princo
sendis delegiton por konvinkiĝi, ĉu Dio efektive
forprenis de la lando la "malbenon". La Jakuto longe
vane kriis, fine li levis la pordon per sia ponardego
⋯ Li rimarkis la rompitan tegmenton kaj komprenis

ĉion.

—Urso! — murmuretis li.

Li revenis kaj raportis pri la terura okazo. La
"kunveno" decidis sendi monon en la urbeton por
funebra meso kaj bruligi la jurton. La sendito,
farinte pie la signon de la kruco, metis brulantan
vergaĵon sub la tegmenton de la malnova domo,
saturita de la veneno ⋯ Li staris apude kaj atendis,
ĝis la fumaj nuboj certigis lin, ke la fajro bone
brulas. Tiam li revenis hejmen.

Sur la malbenita loko restis nur du amasoj da
cindro kaj iom da ostoj. La tuta ĉirkaŭaĵo de la
jurto de la lepruloj longe ne estis vizitata de iu ⋯
Neniu kuraĝis tie kolekti berojn, kapti fiŝojn,
persekuti forkurantan ĉasaĵon ⋯

Sed la ŝimo de la vivo ne estis elŝirita kun la
radiko, ne estis detruita kune kun la malfeliĉuloj, —
ĝi ree ekkreskos ie sur homaj korpoj kaj ree
pleniĝos kaj ekĝemos la malbenitaj dezertoj.

Varsovio, 24 Aŭgusto 1899.

12장. 곰의 습격과 비테르카이의 운명

쿠투야크시트는 곧장 자신의 유르트로 돌아와 눕고는, 다시는 일어나지 못했다.

그 노파도 며칠 뒤 죽었다.

비테르카이가 홀로 남게 되자, 공포감에 거의 정신을 잃을 정도였다.

그 소녀는 아주 가까운 창고에 먹거리가 있어도, 그 주검들 옆을 지나가기가 두려웠다. 그 소녀는 유르트 인근에서 구할 수 있는 고사리, 들장미 열매와 뿌리를 먹으며 지냈다. 그 소녀는 야위고 창백해지고, 힘마저 잃게 되었다.

쿠투야크시트 시신이 썩는 악취가 진동했지만, 그 소녀는 유르트 인근에서 뭔가 먹거리를 찾아 나서고 열매 따는 일로 자유로운 시간을 보냈다.

마침내 운명은 그 소녀에게 해방자를 보냈다.

어느 날 저녁에, 한번은, 그 소녀가 물동이에 물을 길어 돌아왔을 때. 그녀는 그 해방자 존재를 알아차렸다. 그 해방자는 까만 짐승이고 몸집은 젖소만큼 컸다. 어린 소녀는, 기쁘기조차 하여, 몸이 떨렸다.

처음에는 그녀가 그들이 키우는 젖소인 줄로 여겨, 아무 일도 일어나지 않을 거고, 안카와 그레고리오가 곧 올 줄 여겼다.

그러나 그 해방자인 손님은 많은 털에, 삼각형 모양의 큰 입과 큰 발톱도 있었다. 하지만 뿔이나 꼬리는 없었다. 갑자기 그 소녀 존재를 알아차린 그 짐승은 움직임을 멈추고, 그 자리에 앉고는, 자신의 뒷발로 자신의 한쪽 귀 뒤를 긁기 시작했다.

비테르카이는 즉시 유르트 안으로 뛰쳐들어가 재빨리 출입문을 쾅-하게 닫고, 작은 창문을 통해 무슨 일이 일어날지 살펴보았다. 그 요란한 소리에 그 짐승은 겁을 집어먹고, 뒷다리로 일어나 주위를 살폈다. 주위는 고요하고 어두웠으며, 저 멀리 저녁 하늘의 붉은 노을에 비친 보라색 호수만 바람 소리를 크게 냈다. 그렇게 주위가 고요함을 다시 확인한 그 해방자 손님은 다시 마음을 진정하고는, 이미 불탄 유르트 쪽으로 성큼성큼 다가가, 자신의 큰 입으로 메르겐의 검게 타버린 머리를 한 번 밀쳐보고는, 그 시신을 찢기 시작했다.

밤새도록 그 짐승은 요란한 소리를 내며, 그 유르트의 서까래들을 이리 저리로 굴렸다. 다음 날 아침, 주검들이 있던 자리에는 하얀 뼈들과 피 묻은 것들만 숯 더미 사이로 여기 저기 흩어져 있었다. 곰은, 자신의 큰 발 사이로 자신의 큰 입을 밀어 넣은 채, 옆에서 자고 있었다.

이틀이나 곰은 그 유르트 출입문 앞에서 포식의 잔치를 벌였다.

마지막 날 밤에는 그 짐승이, 다른 동물들과 싸우며 방해를 받았지만, 그 자리서 다른 곳으로 가지는 않았다.

다음 날 아침에도 소녀는 같은 장소에서 그 짐승을 다시 보았다. 그 짐승은 햇볕에 자고 있었다...

물이 먹고 싶고 배도 곯아, 소녀는 극도의 고통스러움에도, 감히 밖에 나가 볼 용기가 생기지 않았다...

거의 생명이 없는 것처럼 소녀는 구석에 앉아, 초록 숲에 대해, 행복한 사람들이 사는, 또 아이들과 송아지들이 자유로이 뛰노는, 거대한 호수 옆의 땅에 대해 꿈꾸었다,...

창가에서 포효하는 소리에 소녀는 잠에서 깼다.

발톱이 뚜렷하게 드러나 보이는 큰 발과 털복숭이 같은 큰 입은, 거의 동시에, 그 유르트 집의 문틈에 파고들었지만, 문 틈새는 너무 작았다... 곰의 화난 눈은 이글거렸고, 곰은 그 틈새에서 그 입을 빼내고, 바깥으로 나갔다...

하지만 곰은 포기하지 않았다...

곰은 유르트 주변을 배회하며, 풀밭에서 자신의 발로 땅을 차기도 했다.

마침내 곰은 서툴게 유르트 지붕 위로 뛰쳐 올라갔고, 곰이 누르는 자신의 몸무게 때문에 그 지붕이 갈라지는 소리가 들렸다. 곰은 자신을 한 번 긁고, 또 흙을 파기도 하고, 서까래들을 이리저리로 밀치기도 하였다.

잠시 뒤, 그 서까래들이 분리되고, 제각각 유르트 안으로 떨어지니, 이제 밝은 구멍 속에서 충혈된 눈을 가진 머리가 보였다.

짐승은 유르트 안을 한번 들여다보고는, 그 안으로 내려갔다. 짐승은 바닥에 한 차례 멈춰 서서는, 자신의 몸에 묻은 먼지를 한번 털고는, 자신의 코를 쭉 뻗어 냄새를 맡더니,

곧바로 쿠투야크시트 침대로 향했다.

　그러다가 갑자기 짐승 눈길이 루비처럼 빛나는 비테르카이의 두 눈과 마주쳤다...

　그 짐승은 자신의 뒷발로 일어나, 괴성을 한 번 지르고는, 자신의 머리털을 곤추세우고, 격렬하게 크게 숨을 헐떡이며, 소녀를 향해 공포스럽게 달려들었다...

　짐승의 큰 발 하나가 소녀의 가녀린 몸을 벤치가 놓인 자리로 세게 밀치고 갈 때도, 그 소녀는, 움직임도 없이, 비명도 내지르지도 못하고 신음조차 내지도 못했다.

* * * * * * * * * *

　얼어붙은 호수들 위로, 드문드문 보이는 숲들 위로, 척박한 그 땅에 다시 눈이 내렸다.
　강추위로 인해 모든 것이 수정처럼 단단해졌다.

　공동체에서 한센병 환자 유르트에 이제는 연기가 피어오르지 않는다는 것을 사냥꾼들을 통해 알게 되자, 왕자는 하나님께서 실제로 그 땅에 "저주"를 풀어놓으셨는지 확인하기 위해 아랫사람을 보냈다.
　위임을 받은 야쿠트인은 그 유르트 앞에서 헛되이 오랫동안 고함을 질렀고, 마침내 그는 자신이 가진 큰 단검으로 출입문을 들어 올렸다....
　그는 부서진 지붕을 발견하고, 모든 것을 이해했다.
　-곰이 이리 만들었구나! - 그는 중얼거렸다.

그는 돌아와, 그 끔찍한 사건을 보고했다.

"회의"에서 장례 미사를 위해 작은 읍으로 조의금을 보내고, 그 유르트에 불 지를 것을 결정했다.

그렇게 위임을 받은 사람은 경건하게 십자 성호를 한 번 긋고는, 횃불이 타고 있는 장작 하나를 집어 들어, 독으로 가득 찬 오래된 가옥의 지붕 아래에 밀어 넣었다…

그리고 그 사람은 유르트 가옥 옆에 서서, 연기구름을 통해 그 유르트가 완전히 재가 되었음을 확인할 때까지 계속 기다렸다.

그리고 그는 돌아갔다.

이제 그 저주받은 장소에는 잿더미 2개와 사람의 뼈 몇 점만 남았다.

그 뒤로, 한센병 환자들이 살던 유르트 주변은 오랫동안 아무도 방문하지 않은 채로 남았다…

감히 그곳에서 열매를 따거나, 물고기를 잡거나, 도망치는 사냥감을 쫓는 사람은 아무도 없었다…

그러나 그 생명의 곰팡이는 뿌리째 뽑히지 않았고, 그 불행한 사람들과 함께 깡그리 없어지지도 않았다. -그 생명의 곰팡이는 사람들의 몸 어딘가에 다시 자리 잡고 커가니, 그 저주받은 삭막한 땅에 사람이 다시 거주하고, 앓는 소리가 다시 들릴 것이다.

바르샤바,
1899년 8월 24일.

코스모스 한들한들 피어 있는 길
향기로운 가을 길을 걸어갑니다
기다리는 마음같이 초조하여라
단풍 같은 마음으로 노래합니다
길어진 한숨이 이슬에 맺혀서
찬바람 미워서 꽃 속에 숨었네....
-가수 김상희 〈코스모스 피어 있는 길〉 중에서-

2024년 추석 뒷날 아침, 마을 뒷동산을 올랐습니다. 평소 걷던 산책길에서 어느 벤치에서 쉬어가기도 하고, 체육 공원 같은 곳에서 이것저것 운동기구들을 만져 보았습니다. 그러다가

어느 길목에서 발 앞에 보이는 도토리들이 여기저기 놓여 있음을 보게 되었습니다. 아직 무더위가 사그라지지 않은 추석이지만, 시절은 그래도 가을로 가는 입구에 서 있나 봅니다.

도토리 중 새파란 것 하나를 손에 집어 들고, 사진도 찍어 보았습니다.

그때 제 머리 위로 도토리 하나가 떨어지는 것이 아니겠어요!

그래서 저는 내 머리를 때린 상수리나무가 어떤 모습인지 올려다보았습니다. 아직 푸른 잎들이 풍성한 가지들이 달린 상수리나무 한 그루가 4 내지 5미터 높이로 굳건하게 서 있었습니다.

그 나무 저위로 아직도 무더위를 쏟아내는 파란 하늘이 드높이 보였습니다.

나는 어제까지 번역해 갈무리해놓은 작품 『빈곤의 밑바닥』

에 대한 '역자 후기'를 쓰고 싶은 마음에 집을 향해 서둘러 내려와, 컴퓨터 모니터 앞에 앉았습니다.

지난봄부터, 인터넷에서 구한 폴란드 작가 바츨라프 세로셰프스키(Waclaw Sieroszewski, 1859-1945)의 작품 『빈곤의 밑바닥』(Dno nędzy)(1900)의 에스페란토 번역본 『La Fundo de l' Mizero』를 우리글로 옮기는 작업을 시작했습니다.

작가 바츨라프 세로셰프스키는 폴란드인으로서 한국은 물론이고 중국, 일본, 몽고, 야쿠트(사하공화국) 등 동양의 여러 나라를 소재로 수많은 작품을 쓴 폴란드 작가이자 민속학자이자 독립투사이자 정치인이었습니다.

바츨라프 세로셰프스키가 폴란드에서 작품 활동을 하게 된 계기에는 『마르타』(Marta)의 작가 엘리자 오제슈코바의 적극적인 권유와 추천이 있었던 것으로 알고 있습니다.

이 폴란드 원작 『빈곤의 밑바닥』은 폴란드 번역가 카지미에시 베인(Kabe)이 에스페란토로 번역한 첫 작품이기도 합니다. 카지미에시 베인은 이후 엘리자 오제슈코바의 단편작품들- 『중단된 멜로디』, 『선한 부인』, 『전설』-을 번역해 냄으로써 에스페란토 문학에 큰 발자취를 남겼습니다.

작품 『빈곤의 밑바닥』은 우리에게 많은 생각을 하게 해 줍니다.
'코로나 19'라는 전대미문의 전염병이 온 세상을 강타해, 우리는 2020년대 초반을 그 두려움 속에서 지내야 했습니다. 그 전염병으로 인해 국내외가 어려운 환경 속에서 역자인 나는 그

동안 번역해 둔 작품들을 진달래 출판사를 통해 소개해 왔습니다. 그러면서 에스페란토 번역가들의 관심을 다시 한번 살펴보게 되었습니다, 그러다가 카지미에시 베인의 단편 번역작들을 챙겨 읽게 되었습니다.

『빈곤의 밑바닥』을 쓴 폴란드 작가 바츨라프 세로셰프스키가 1903년 동양탐험여행에 참가하면서, 일본, 몽고, 중국, 한국을 방문했다는 사실도 알게 되었습니다.

작가는 당시 일본 선편으로 부산에 도착한 후 신포까지 배로 가서, 다시 원산을 거쳐 말을 타고 서울에 들러 약 두 달간 여행을 했다고 합니다. 그 방문을 통해 광범위한 기행문 형식의 한국 보고서인 『한국, 극동의 열쇠』(1905년)를 러시아어와 폴란드어로 출간했는데, 이 작품은 당시 한국 사회를 속속들이 소개해 놓고 있습니다.

이 작품은 100년이 지나 서울에서 『코레야 1903년 가을: 러시아 학자 세로셰프스키의 대한제국 견문록』(김진영 외 옮김. 서울: 개마고원, 2006)으로 우리말로 소개되었습니다. 역자인 나도 이 작품을 한글로 읽게 되었는데, 그 작품 속에는 당시 한국을 방문하면서 찍은 사진 자료들이 정말 흥미로웠습니다. 1906년 폴란드어로 출간된 『기생 월선이』 -대나무는 스스로 자신의 잎을 떨군다-(1906년 폴란드어로 출간, 양정숙 옮김, 도서출판 남지, 서울, 1995년 재판)도 한글로 번역되어 읽을 수 있었습니다. 이 작품의 한국어판 서문에 1990-1994년 주한 폴란드대사를 지낸 엥제이 끄라꼬프스끼가 서문에 쓴 한 구절을 여기에 소개하고자 합니다.

"바츨라프 세로셰프스키의 한국에 대한 열정의 원천은 뚜렷합니다. 그는 단지 작가였던 것만이 아니고 폴란드 독립을 위해 활발히 투쟁한 투사이기도 합니다. 자신의 활동으로 인해 그는 수차례에 걸쳐 감옥에 갇혔으며 폴란드를 지배한 러시아 정부에 의해 시베리아로 유배당했습니다. 날카로운 관찰자로서 그가 한국을 방문할 당시 한국은 오래된 훌륭한 문화와 오랜 전통을 가진 나라로서 외국세력에 의해 자주성을 잃어가고 있다고 보았습니다. 그래서 불의를 참지 못하고 압박에 흔들리지 않는 사람인 그는 한국인들의 편에 자신의 사랑을 보냈습니다."

민속학자이기도 한 작가는 한국에 대한 남다른 관심을 그렇게 자신의 작품으로 남겨 놓았습니다.

다시 우리 작품 『빈곤의 밑바닥』으로 가 볼까요?
폴란드 독립을 위해 싸우다가 투옥된 작가는 재판을 받고 시베리아로 10여 년 유배를 당하게 되었다고 합니다. 그곳 시베리아 원시림 타이가 지역의 야쿠트족 사람들의 생활상과 민속 등을 또한 속속들이 체험하게 되고, 야쿠트족 여인과 결혼도 하게 됩니다. 그런 경험이 이 『빈곤의 밑바닥』 작품 속에도 들어 있지 않을까요?

이 작품의 소재인 한센병에 대해서 번역자인 필자도 한센병에 대한 지식이 없던 어린 시절에는 마을 사람들이나, 또 급우들이 전하는 말에 따라, 그 병자들을 길에서 만나게 될까 봐, -물론 한 번도 직접 대면하지는 않았지만, 무서움의 대상이었습니다. 한적한 시골 신작로에서 소년이 혼자 길을 걸으면 근처 보리밭이나 밀밭에서 그 환자가 곧장 내 앞에 나타날 것만 같은 무서움 말입니다.

인류 역사상 가장 오래된 질병 중 하나인 한센병은, 1873년 노르웨이의 한센(Hansen, 1841~1912)에 의해 이 병을 일으키는 나균(Mycobacterium leprae)이 최초로 발견되었습니다. 한센병은 나균에 의한 만성감염병이지만 나균에 대한 면역기능이 아주 약한 경우에만 발생되고, 조기에 진단하여 조기치료를 시작하면 후유증이 거의 없이 완치가 가능한 질병이라고 합니다.

나중에 부산에 이사 온 뒤로는, 부산 시내에도 그런 환자들을 위한 수용시설이 있음을 알게 되었습니다. 우리 독자들은 한센병 환자들이 살아온 소록도 이야기를 한두 번은 들었을 겁니다.

한센병은 잘 관리하고 치료를 받으면 그 아픔을 이겨나갈 수 있음을 이제는 알게 되었습니다. 그러나 100여 년 전에는 나라마다 이 병 환자들에게는 사회로부터 격리하는 정책을 써 왔습니다.

이 작품 『빈곤의 밑바닥』에서도 그 병으로 인한 고통이 적나라하게 나타나 있어, 그 참담함이 다시 한번 아픔으로 다가왔습니다.

그래도 이 작품은 한센병 환자들이 그 질병으로 인한 고통과 사회적 편견과 차별 속에서도, 삶에 대한 희망과 사랑을 포기하지 않음을 엿볼 수 있었습니다.

희망으로 한 번 읽고,
좌절 속에서도 한 번 읽고
눈물로도 한 번 읽을 수밖에 없는 작품입니다.

번역을 격려해 주시는 박연수 박사님과 최성대 교수님께도,
번역 공간을 묵묵히 지켜보는 가족에게도 고마움을 남깁니다.

2024년 9월 추석을 뒤로하고
지난 4년간 온 세상을 뒤집어놓은
'코로나 19' 전염병을 돌아보며

편집자의 글

2020년 초, 코로나19가 전 세계를 강타했을 때의 그 공포는 지금도 생생하게 기억납니다. 하루하루 뉴스에서 전해지는 확진자 수와 사망자 수는 마치 전쟁의 전황을 알리는 것처럼 느껴졌습니다. 사람들은 불안과 두려움에 휩싸여 마스크를 쓰고, 손을 씻고, 거리두기를 지켰습니다. 어딘가에 있을지 모르는 바이러스가 우리를 위협하는 상황에서, 일상은 뒤틀리고 고요해졌습니다.

하지만 그러한 고통 속에서도 우리는 작은 희망을 찾으려 애썼습니다. 온라인으로 친구들과 소통하며, 뒤늦은 공부를 하고, 소중한 책을 펴내고, 다양한 책을 읽는 등 나름의 방식으로 이겨나갔습니다. 언젠가 이 상황이 끝날 것이라는 믿음이 있었고, 그 믿음이 우리를 지탱해 주었습니다.

그로부터 몇 년이 지난 지금, 코로나19는 우리의 기억 속에만 남아 있습니다. 세상은 일상으로 돌아가고, 거리에는 사람들이 붐비고, 카페와 식당이 활기를 띠며, 아이들의 웃음소리가 퍼져 나갑니다.

우리는 고통을 겪으며 서로의 소중함을 깨달았고, 함께하는 시간의 가치를 더욱 깊이 인식하게 되었습니다. 코로나19가 남긴 상처는 여전히 있지만, 그 상처 위에 세운 새로운 일상은 우리가 어떤 어려움에도 대처할 수 있다는 믿음을 줍니다.

이렇게 우리는 다시 일어섰습니다. 그 시절의 고통이 우리를 더욱 강하게 만들어주었고, 앞으로 어떤 상황이 닥치더라도 우리는 다시 희망을 찾을 수 있을 것입니다. 일상이 회복되는 지금, 우리는 매일매일을 감사히 여기며 살아가고 있습니다. 코로나19와 함께 출발한 진달래 출판사는 여전히 고귀한 가치를 품고 평화의 언어를 세상에 전하고 있습니다. 무수히 아픈 사람들을 위로하기 위해. ―――――――――― 오태영 진달래 출판사 대표